JASMIN ROMANA WELSCH

EWIG ROSES

BAND 3: DISKRETION WILL GELERNT SEIN

New Adult

STERNENSAND

www.sternensand-verlag.ch | info@sternensand-verlag.ch

1. Auflage, November 2018

Umschlaggestaltung: Jasmin Romana Welsch
Korrektorat: Sternensand Verlag GmbH | Martina König
Satz: Sternensand Verlag GmbH
Druck und Bindung: Smilkov Print Ltd.

ISBN-13: 978-3-03896-022-5
ISBN-10: 3-03896-022-5

INHALTSVERZEICHNIS

TELEFON-TELENOVELA

Am Morgen nach einer verruchten Nacht übermüdet in meine Wohnung zu kommen und abschätzend zwischen der Kaffeemaschine und der Tür zu meinem Schlafzimmer hin und her zu blicken, ist mir nicht fremd. Ich weiß, wie es sich anfühlt, wenn man absolut geschafft ist, die Gedanken aber nicht aufhören, zu kreisen, weil einen die Bilder der letzten Nacht verfolgen.

Man möchte meinen, das Leben einer sexuell etwas zu offenen, Cocktails etwas zu lecker findenden Kunststudentin geführt zu haben, würde einen gut auf den Job als Escort vorbereiten. Die Parallelen reichen aber nicht weit.

Ein One-Night-Stand mit einem Fremden ist nicht dasselbe wie bezahlter Sex. Schon gar nicht, was die emotionale Verarbeitung des Ganzen betrifft. Das ist, als würde man Äpfel mit Birnen vergleichen. Oder geschenkte Pfirsiche mit gekauften Aprikosen. Beides ist Obst, aber …

Okay, ich brauche keinen Kaffee, ich brauche Schlaf. Meine Metaphern sind so grenzenlos beschissen, dass ihnen nicht mal der schwer bescheuerte Teil in mir etwas abgewinnen kann. Und der hat selbst nach einem Jahr noch über das Video des niesenden Pandas gelacht.

Ha. Der Panda … großartig.

Wo steht noch gleich mein Bett?

Nach dem Aufwachen habe ich Muskelkater, bin aber klarer. Mein Unterbewusstsein hat sich mit konfusen Albträumen ausgekotzt, um sich besser zu fühlen.

Da hatten sich zu viele unverarbeitete Ereignisse und Ängste aufgestaut. Die Sache mit Finn, die Sache mit Lias und seiner Frau und meine älteste Sorge, die mich begleitet, seit ich den banal klingenden Entschluss ›Escort. Lass mal machen‹ gefasst habe.

Kevin.

Wenn er herausfindet, was ich tue, würde das unsere Beziehung zerstören.

Ich darf mich aber nicht von ›Was wäre, wenn‹-Ängsten runterziehen lassen. Ich bereue meine Entscheidung nicht. Das habe ich in keiner einzigen Sekunde getan. Es gab zwar auch beschissene, beklemmende Momente, aber der Lohn, den ich dafür bekomme, ist die Opfer wert.

Das klingt jetzt, als wäre ich eine Auftragskillerin, die Bösewichte für den Weltfrieden abmurkst. Ich vögle nur für Geld. Ich bin kein Ninja, ich bin eine käufliche Aprikose …

Okay, meine Metaphern sind noch immer seltsam. Lag wohl nicht an der Müdigkeit, sondern daran, dass ich heute grundsätzlich nicht mehr über den Eloquenz-Grad einer Mailboxansage hinauskomme.

Es ist später Nachmittag, als ich aus der Dusche steige und beginne, Kaffee in mich reinzuschütten. Viel Kaffee, oder wie ich es gern nenne: Lebenselixier. Ich bin mir beinahe sicher, dass man mich von überall auf der Welt beschwören könnte, wenn man ein Pentagramm aus gefüllten Kaffeebechern auf den Boden stellt und dreimal ›Emma‹ sagt.

Obwohl ich die ganze Mitte dieses Tages verschlafen habe, fühlt er sich absurd lang an. Beim Ausräumen meiner Tasche fällt mir ein Buch in die Hand, das Zeuge davon ist, dass ich heute Morgen tatsächlich neben einem Bestseller-Autor aufgewacht bin.

Ich hatte keine Zeit mehr, mir ›Rote Sterne lügen nicht‹ von Lias signieren zu lassen. Ich war zu sehr damit beschäftigt, mich vor seiner Frau zu verstecken, damit sie uns nicht beide mit seinen Büchern erschlägt.

Nach einer Runde Schlaf und etwas Abstand zu der Sache fällt mir auf, wie sehr mich der verrückte Morgen mitgenommen hat. Ich mochte Lias wirklich. Ich mag ihn noch immer, aber es ist beschissen, dass er verheiratet ist. Nicht, weil ich etwas von ihm will, sondern weil ich mich noch immer schuldig fühle. Mir ist klar, dass er die Entscheidung, mit mir zu schlafen, selbst gefällt hat, aber es tut mir trotzdem leid für seine Frau. Ich denke, selbst unsympathische Menschen haben es nicht verdient, belogen zu werden.

Nicht, dass ich mir wünschen würde, Lias hätte sofort nach ihrem Auftauchen so was herausposaunt wie: ›Hey, Schatz, irgendwo im Haus versteckt sich ein rothaariges Flittchen – such mal!‹ Nein, das ganz bestimmt nicht.

Es gibt einen richtigen Zeitpunkt und einen richtigen Ort für die Wahrheit, und der war garantiert nicht heute Morgen in dem Haus, in dem ihr Mann mich gevögelt hat.

Ich will eigentlich überhaupt nicht, dass sie herausfindet, dass Lias sie mit mir betrogen hat, aber sie hat es verdient, dass er ihr reinen Wein einschenkt, was seine Gefühle betrifft. Er kann sie doch unmöglich lieben – ich denke eher, er hat Angst vor ihr. Oder Angst vor dem Alleinsein. So oder so, diese Beziehung ist offensichtlich toxisch für beide. Sie ziehen sich lieber gegenseitig runter, als sich zu trennen. Ziemlich bescheuert – andererseits, was weiß ich schon über Beziehungen? Ich weiß, dass ich mich von Jan getrennt habe, als bei ihm zu bleiben zu schmerzhaft wurde.

Vielleicht sind alle Beziehungen an irgendeinem Punkt toxisch und man muss einfach immun gegen das Gift werden, indem man genügend davon schluckt und Antikörper entwickelt.

Ist Liebe echt so kompliziert? Kein Wunder, dass sie bisher nur einen kleinen Cameo-Auftritt in meinem Leben in Form eines gutherzigen, aber etwas sexsüchtigen Bi-Engels hatte.

Ich seufze Lias' Buch an und blättere es immer wieder durch, da der kühle Lufthauch der Seiten meinen Arm streift und mich weiterhin von den Gedanken ablenkt, die ich mir eigentlich machen sollte.

Über Lias' Beziehung zu urteilen, steht mir weder zu, noch ist diese Sache annähernd mein größtes Problem. Ich lenke mich nur damit ab, weil ich nicht weiß, wie ich verhindern kann, dass dieser Tag noch schlimmer endet, als er angefangen hat.

Eine Beinahe-Begegnung mit einer wütenden Frau, eine Arschbombe in einen Dornenbusch und unangemeldet in das BDSM-Schloss meines missgelaunten Bosses platzen – all das würde ich lieber noch mal machen, als die Buchung, die ich bereits bestätigt habe, durchzuziehen.

Finn und seine fünf Persönlichkeiten bespaßen – sogar das würde ich vorziehen!

Ich will nicht zur Schule meines Bruders fahren, um dort Sex mit seinem Lehrer zu haben!

Abgesehen von der gefährlichen Nähe zu Kevin, habe ich Pascal auch bei seiner letzten Buchung hoch und heilig versprochen, dass ich nie wieder auftauche, wenn er bei ›Evig Roses‹ eine Escort bestellt. Ich kann mir nicht vorstellen, dass er mich noch mal gebucht hat. Ich denke, er wollte Claire und sie hat ihn wieder weitergereicht. Deshalb kamen Tinas Infos auch erst heute Morgen.

In meiner Buchung steht:

›Marcel – 2 Stunden – DVV‹

Ich weiß, dass es Pascal und kein echter Marcel ist, auch weil die Adresse die von Kevins Schule ist.

Was für ein Mist! Außerdem: Diese bescheuerten Insider-Abkürzungen machen mich wahnsinnig! Was heißt DVV?

Deo verwenden, Vollidioten? Dreimal verrückt vögeln? Deine Verpeiltheit verstört?

Ist das eine Anweisung? Ein Tippfehler? Ein Diss? Was willst du von mir, Tina?!

Tina kann nichts dafür. Ich bin nur durch den Wind, weil ich unmöglich an Kevins Schulgelände als Escort herumlaufen kann. Außerdem will mich Pascal nicht noch mal. Denke ich. Er hat mich angefleht, nie wieder zu kommen, wenn er bucht. Damals war er noch Marcel für mich und die Sache im Festsaal war noch nicht passiert. Hat das etwas verändert? Will er mich jetzt doch?

Wenn du ihn heiratest, heißt du Emma Favre.

Aha. Danke für den äußerst hilfreichen Einschub – nimmst du jetzt Drogen?

Ich denke nicht, dass er Pascal Reichalt heißen will.

Du weißt, dass er schon Panikattacken bekommt, wenn man ihn zu lange begeistert ansieht? Wenn der ›heiraten‹ hört, zieht er sich eine Tüte auf den Kopf und setzt sich für immer wippend in die Ecke. Außerdem: Wie kommst du darauf, dass ich ihn heiraten will?!

Ruf Claire an.

Nein! Ich frage sie garantiert nicht, ob sie weiß, wie Pascal zum Heiraten steht!

Jetzt spinnst du herum, Emma. Du sollst sie anrufen, um herauszufinden, ob er speziell dich gebucht hat oder nicht. Und ob du aus der Sache vielleicht doch noch rauskommst.

Ohh … ja. Das ist zur Abwechslung mal ein nützlicher Vorschlag.

Ich greife mein Handy und wähle Claires Nummer. Auch wenn sie supernett ist und wir bereits intime Gespräche geführt haben, werde ich nervös.

Sie ist diese ältere Kollegin, die so viel Ansehen in der Firma genießt, dass ihr Urteil über dich genauso schwer wiegt wie das deines Vorgesetzten – Gold-Rosen-Status eben.

Außerdem weiß sie nicht, dass die Buchung mit Pascal beim ersten Mal voll in die Hose ging. Das weiß zum Glück niemand bei ›Evig Roses‹.

»Ja?«

Ich zucke zusammen, weil Claires ›Ja‹ alles andere als freundlich klingt. Eher genervt, etwas aggressiv – ich erkenne ihre Stimme kaum wieder.

Shit. Jetzt rutscht mir das Herz in die Hose. Telefonieren ist in letzter Zeit der pure Stressakt für mich.

»Ähm ... entschuldige! Ich wollte dich nicht stören! Soll ich später anrufen?«

Bescheuertes Angebot, sie würde nicht rangehen, wenn ich sie später anrufen soll, aber ich laufe gerade im ›Emma hat mit dem Handy am Ohr mal wieder Panik‹-Modus.

»Warte. Wer ist da?«, fragt Claire und klingt irritiert. Ihre Stimme ist noch immer rauer als gewohnt, aber die offensichtlich feindliche Note ist verschwunden.

»Hier ist Emma. Rote Haare ...« Das hilft den meisten Leuten weiter, wenn sie mich nicht zuordnen können. Claire auch. Sie lacht plötzlich.

»Entschuldige, Mäuschen! Ich bin etwas durch den Wind. Ich habe ›Enni‹ gelesen, bevor ich rangegangen bin!«

»Ah. Okay. Ich verstehe.« Ich verstehe gar nichts.

Claire lacht wieder. »Enni ist eine meiner Stiefschwestern. Hat mir mal Geld geklaut. Und einen Freund. Kleptomanische Bitch. Was brauchst du, Süße?«

Ja, das ist die Stimme, die ich kenne! Hilfsbereit, angenehm tough – so habe ich Claire in Erinnerung.

»Wegen meiner Buchung heute ...«, setze ich an und höre sie mit einem Mal quieken. Ich glaube kaum, dass dieser halbe Satz von mir sie so in Entzückung versetzt hat.

»Lass das! Ich telefoniere!«

Oh, sie ist nicht allein.

»Kannst du reden?«, frage ich vorsichtig, für den Fall, dass sie bei jemandem ist, vor dem sie nicht über die Agentur sprechen möchte.

»Jaja! Er weiß, dass ich ein böses Mädchen war!«, scherzt sie.

Ich höre ein männliches Schnauben. »War? ›War‹ darfst du erst sagen, wenn du aufgehört hast, für den Idioten zu arbeiten!«

Er muss quasi auf ihr liegen – oder sie auf ihm –, ich höre seine Stimme so deutlich, als hätte er ihr Handy in der Hand.

Claire hat mir erzählt, dass sie jemanden hat. Etwas Ernstes. Jemanden, den sie liebt. Klar ist er nicht begeistert von der Tatsache, dass sie für Vincent anschafft – oder wie er ihn nennt: ›den Idioten‹.

Er klingt ziemlich jung. Aber Sek tut das auch – manche Menschen haben einfach jugendliche Stimmen.

»Baby, wenn du dich traust, Vincent ins Gesicht zu sagen, dass er ein Idiot ist, bist du der Erste und wahrscheinlich der Letzte – das tut niemand«, klärt sie ihn auf.

Anscheinend kennt er Vincent nicht persönlich. Was gut ist. Der neue Freund und der Zuhälter, in den man eine halbe Ewigkeit verliebt war, sollten sich nach Möglichkeit lieber nicht begegnen. Schon gar nicht, wenn man für den einschüchterndsten Vampir der Welt arbeitet. Wenn Vincent auch nur den Hauch von Eifersucht verspüren sollte, möchte ich nicht in der Haut von Claires Freund stecken.

»Tzz. Es ist mir egal, ob er ein Punk oder der König von England ist! Zeig ihn mir und ich sage ihm, dass er dich zehn Jahre lang wie

Dreck behandelt hat. Und dann donnere ich ihm eine, stellvertretend für alle Momente, in denen er Frauen wie Ware behandelt hat!«, droht er, klingt zwar tough, aber er macht auch irgendwie Faxen. Das hoffe ich zumindest. Egal wie er aussieht, ich denke nicht, dass es jemanden gibt, der Vincent einfach so eine donnern kann. Außer Victor. Aber auch nur einmal und ganz schnell, dann würde er auswandern und sich dem Zeugenschutzprogramm anschließen.

»Er behandelt Frauen nicht schlecht, Baby …«, stellt Claire klar. »Und was zwischen mir und ihm war, spielt jetzt keine Rolle mehr. Zwei Wochen noch. Dann gehöre ich dir, solange du willst …«

»Solange ich will? Du weißt, ich stehe auf ›für immer‹, oder?«

Wow. Ich schaffe es sogar am Telefon, in Beziehungsgespräche zu platzen, bei denen ich nur stumm dastehe und warte, bis sich wieder jemand daran erinnert, dass ich auch da bin.

Sie küssen sich. Fummeln vielleicht etwas. Kichern.

»Ich würde dem Idioten trotzdem gern meine Meinung sagen! Und dass ich dich liebe. Und du mich. Das ist für ihn wahrscheinlich gleichbedeutend mit einem Faustschlag«, mutmaßt er.

Er klingt stolz, wenn er sagt, dass sie sich lieben, was unheimlich süß ist und absolut verständlich. Claire ist eine klasse Frau. Er kann sich glücklich schätzen, dass er sie hat. Vincent ist durchaus ein wenig bescheuert …

»Vinc ist nicht eifersüchtig«, versichert sie mit sanfter Stimme.

Höre ich da etwas Wehmut heraus?

Das hier hat etwas von spannender Daily Soap zum Hören. Ich stehe total auf GZSZ! Legt bloß nicht auf!

»Er hat mich nicht geliebt. Du schon. Alles andere ist scheißegal.«

Er murrt. Scheißegal ist es ihm nicht, aber er akzeptiert ihre Vergangenheit. Das würde nicht jeder Mann so anstandslos tun. Vor allem weil Claire noch immer für Vincent arbeitet. Warum sie nicht schneller aussteigt, weiß ich nicht. Vielleicht geht es noch um Geld oder darum, dass sie ihre Kunden nicht zu plötzlich vor den Kopf stoßen will.

Erfahre ich das sofort oder in der nächsten Folge?

Ein letztes Kussgeräusch, dann räuspert sich Claire. »Entschuldige, Mäuschen. Warum rufst du noch gleich an?«

Ja … wenn ich das noch wüsste. Ich wollte mir gerade Popcorn machen.

»Ähm … Pascal! Tina hat mir eine Buchung von ihm geschickt. Hast du ihn wieder an mich weitergegeben oder hat er mich selbst ausgesucht?«

Schweigen. Ich sehe auf mein Display und checke, ob ich noch Empfang habe, aber es liegt nicht an der Verbindung, Claire ist einfach kurz still.

»Hat er dir tatsächlich gleich beim ersten Mal seinen echten Namen verraten?«, will sie überrascht wissen.

Oh Scheiße. Deshalb ist es ratsam, zuerst zu denken und dann zu reden. Der Filter zwischen Gehirn und Mund war bei mir aber schon werksmäßig defekt.

Pascal will garantiert nicht, dass ich jemandem von unserem ungeplanten privaten Treffen beim Elternsprechtag erzähle.

Denk nach, Emma! Du musst auf eine eloquent raffinierte Weise vertuschen, dass ihr euch noch mal begegnet seid, aber trotzdem durchklingen lassen, dass du denkst, du hättest eine Art Connection zu ihm.

»Ich weiß es … ähh … Ja.«

Brillant, Emma. Genau so. Vollidiotin!

»Hmm ... Hätte nicht gedacht, dass er das tut. Aber umso besser! Er vertraut dir! Ich hatte schon beinahe ein schlechtes Gewissen, weil ich ihm nicht erzählt habe, dass du heute statt mir auftauchst.«

Großartig. Er denkt also, er hat Claire gebucht ...

»Willst du Pascal nicht anrufen? Ich meine ... du hast ihm beim ersten Mal doch auch gesagt, dass ich auftauche.«

Ich versuche, nicht zu verzweifelt zu klingen.

»Nein, wir müssen ihn ein wenig kalt erwischen. Du hast sicher gemerkt, dass Pascal etwas paranoid ist, was sein Privatleben betrifft. Er lässt keine andere Escort dort hinkommen, wo er lebt. Das darf eigentlich nur ich. Und er würde mich immer wieder bequatschen und ich würde Ja sagen, weil ich mit Remo ... Ach, das ist etwas kompliziert! Ich mag Pascal, wir kennen uns auch privat, aber ich will meine Kunden loswerden, ohne sie für die Agentur zu verlieren ... das habe ich Vincent versprochen.«

Jemand knurrt im Hintergrund. Ich weiß, wer. Der Mann, der warten muss, bis Claire ihre Kunden an die neue ›Ware‹ gewöhnt hat, weil sie Vincent und der Agentur gegenüber wohl so eine Art Pflichttreue verspürt. Jetzt weiß ich zumindest, warum sie so langsam aussteigt.

»Er kennt dich jetzt, er hat dir sogar gesagt, wie er wirklich heißt. Das lief alles gut, jetzt braucht er einen kleinen Schubs und deshalb fahr einfach zu ihm nach Hause, ignorier die eisigen Blicke, die er manchmal draufhat, und versichere ihm, dass das alles für dich nur ein Job ist und es dir scheißegal ist, was er privat tut und wo er lebt. Er ist Lehrer an einem Internat und wohnt auch am Schulgelände.«

Aha. Wusste ich gar nicht …

»Das lässt sich aber trotzdem alles ganz diskret durchziehen«, versichert Claire mir. »Die Bungalows der Lehrer stehen ziemlich abgeschieden am Waldrand. Sollte dir trotzdem jemand begegnen, sagst du einfach, du besuchst einen Bekannten. Oder deinen Cousin. Ich war jahrelang Pascals ›Schwester‹, aber ich bin nie jemandem begegnet, der das infrage gestellt hätte. Doch. Einmal, aber das war etwas anderes. Er ist einfach ein wenig übervorsichtig. Wenn du aber schon vor seiner Tür stehst, schickt er dich bestimmt nicht weg und gewöhnt sich endgültig an die neue Situation. Du schaukelst das schöne französische Ding schon«, scherzt sie und untermalt ihre motivierende Ansprache mit einem Kichern.

Wie komme ich da denn jetzt raus? Claire will ihre Kunden loswerden und ich will ihr den Ausstieg nicht unnötig schwer machen. Aber ich kann doch nicht einfach an Kevins Schule fahren und …

»Mein Bruder geht auf das Internat, an dem Pascal unterrichtet«, spreche ich in monotonem Tonfall aus, was eigentlich emotionaler über meine Lippen kommen will. Dass ich meine Ängste hinunterschlucken kann, liegt nur daran, dass ich Claire meine Probleme nicht aufhalsen will. Ich denke, sie ist ziemlich empathisch, und ich denke auch, dass sie selbst schon genügend Mist in ihrem Leben erlebt hat. Meine Sorgen sind nicht ihre, aber ich muss ihr trotzdem erklären, wieso ich das Ganze für keine gute Idee halte.

»Oh …« Claire schweigt kurz, um nachzudenken. »Ist das ein Problem? Ich meine … hast du Angst, dass er dich sehen könnte?

Die Schüler laufen nicht abends bei den Bungalows der Lehrer herum. Ich bin noch nie einem begegnet. Du steigst vor seinem Haus aus dem Taxi und verschwindest im Bungalow. Und wenn dich jemand sieht, kannst du noch immer behaupten, ihr trefft euch einfach so. Auch wenn Pascal das nicht will, niemand würde auf die Idee kommen, dass er dich für Sex bezahlt. Es wäre einfach ein Date. Oder ein Treffen unter Freunden. Ist dir das trotzdem zu riskant?«

Jetzt schweige ich.

Claire seufzt leise. Nicht genervt, eher einfühlsam, was mein Gewissen unmittelbar dazu bringt, sich schmerzhaft bemerkbar zu machen.

»Schon gut. Ich verstehe das, Mäuschen. Ruf Vincent an und sag ihm, dass du nicht kannst. Lass dir eine gute Ausrede einfallen. Verrat ihm bloß nicht, dass zwischen dir und Pascal eine private Verbindung besteht! Er ist ziemlich empfindlich, was dieses Thema betrifft, und würde nur misstrauisch werden und hinterfragen, wieso du jetzt erst damit rausrückst. Ich übernehme den Termin mit Pascal heute.«

Der Funke aus Erleichterung, der in mir aufkeimt, wird umgehend von dem Knurren erstickt, das ich höre.

»Warte! Es geht nicht anders! Ich kann sie doch nicht … Bleib hier!«

Claires energisches Rufen gilt nicht mir, sondern dem Mann, den sie liebt und der gerade mit anhören musste, dass sie sich heute wieder von einem anderen vögeln lassen muss. Ich höre ihn nicht mehr deutlich, aber er faucht etwas von wegen: ›Wie kannst du diese gemeinsame Sache, die wir vorhatten, absagen, nur damit der Vollidiot, der dich verkauft, noch mehr Kohle bekommt?‹

Sie läuft ihm hinterher, ich höre eine Tür knallen und dann ist es still. Claire schnaubt verzweifelt, reißt sich aber schnell am Riemen. »Ruf Vincent bitte an. Ich … mache die Buchung mit Pascal.«

»Vielleicht kann ich eine andere Escort auftreiben, die einspringt!«, schlage ich vor und klinge hoffentlich nicht so weinerlich schuldbewusst, wie ich mich fühle.

Ich kenne zwar niemanden aus der Agentur, aber Jan kennt beinahe jeden. Und bevor Claire den wahrscheinlich einzigen Mann verliert, den sie jemals wirklich geliebt hat, und ich daran Schuld habe, telefoniere ich mit hundert fremden Frauen und beknie sie, für mich einzuspringen. Notfalls schicken wir Jan mit seiner blonden Perücke dort hin! Wenn es sehr, sehr dunkel ist und Pascal sehr, sehr besoffen, fällt es ihm vielleicht gar nicht auf …

»Nein. Das ist keine Option«, verwirft Claire meinen Vorschlag. »Er würde jede fremde Frau wegschicken. Dich kennt er schon, das würde funktionieren, aber sonst … Ich denke nicht, dass er jemals wieder bei uns buchen würde, wenn ein fremdes Mädchen vor seiner Haustür auftaucht. Und wenn wir Pascal als Kunden vergraulen, wird Vinc garantiert sauer. Ich kann das ab, ich verschwinde bald, aber ich kann dich nicht mit einem angepissten Dänen zurücklassen.«

Claire ist so empathisch, dass sie mich nicht hängen lassen würde. Ich kann dieses starke, manchmal so schmerzende Mitgefühl aber auch nicht abstellen.

»Nein. Vergiss es. Ich will nicht, dass du Streit mit deinem Freund hast, nur weil ich Schiss vor etwas habe, das so unwahrscheinlich ist, wie vom Blitz getroffen zu werden. Ich mache die Buchung mit Pascal. Niemand wird mich sehen. Und falls doch: Niemand kann mich der Agentur zuordnen.«

»Bist du dir ganz sicher, Emma?«

Nein.

»Ja.«

»Phillip würde sich wieder beruhigen – er weiß, dass ich noch nicht ganz aufhören kann. Wir hatten nur etwas vor und …«

»Nein, das musst du nicht absagen. Du hast recht: Es kann gar nichts rauskommen. Im schlimmsten Fall erfährt jemand, dass ich einen heißen Mann date, den jeder gern daten würde. Who cares …«

Wieso meine Stimme plötzlich so cool klingt, weiß ich nicht. Ich will auf keinen Fall, dass Claire wegen mir Streit mit ihrem Freund oder Ärger mit Vincent bekommt. Das könnte ich nicht verantworten. Natürlich will ich noch weniger, dass Kevin erfährt, dass ich eine Escort bin, aber das kann er wirklich unmöglich herausfinden. Wenn alle Stricke reißen und sich das Universum gegen mich verschwört, muss ich vielleicht ein unangenehmes Gespräch mit ihm darüber führen, dass ich seinen Klaviergott-Lehrer scharf finde. Vielleicht würde Kevin die Vorstellung, dass ich Herrn Favre date, aber sogar gefallen. Das Escort-Ding kann unmöglich rauskommen.

Meine Nerven flattern trotzdem. Schließlich erwartet Pascal Claire und ich habe ihm versprochen, dass ich nie wieder eine Buchung mit ihm wahrnehme. Es geht aber nicht anders. Ich kann nicht kneifen, damit vielleicht Claires Beziehung riskieren und dafür verantwortlich sein, dass sie ewig eine Rose bleiben muss, weil sie sich vor lauter Herzschmerz wieder in den Mann verliebt, der sie zehn Jahre am ausgestreckten Arm hat verhungern lassen.

Scheiß drauf! Was soll passieren? Ich fahre da hin!

»Danke, Mäuschen. Wirklich … Ich weiß, dass das unangenehm für dich sein muss. Du hast etwas gut bei mir«, versichert Claire.

»Blödsinn! Du schuldest mir gar nichts. Entschuldige, dass ich dich angerufen habe. Meine Sorgen waren unbegründet. Und jetzt hast du Ärger mit deinem Freund.«

»Er beruhigt sich schnell wieder. Glaub mir, ich kann gut mit komplizierten Männern.«

Würden wir uns gegenüberstehen, würde sie den Satz wahrscheinlich mit einem Zwinkern untermalen. Klar, Claire kann gut mit schwierigen Männern – das glaube ich ihr sofort.

»Ruf mich an, falls Pascal doch Zicken machen sollte, weil ich nicht auftauche.«

»Danke. Ich gebe mir aber Mühe, versprochen.«

Noch während ich mit einem Versprechen um mich werfe, das mir noch um die Ohren fliegen könnte, fällt mir etwas ein.

»Kannst du mir noch schnell verraten, was DVV heißt?«

Claire schnaubt amüsiert, ehe sie antwortet. »Das heißt, dass ›DeVotes Verhalten‹ gewünscht ist, im Gegensatz zu DMV – ›DoMinantes Verhalten‹ gewünscht. DVV heißt, der Kunde steht darauf, unterwürfige Frauen zu vögeln, aber das ist bei Pascal auch nicht schwer zu erraten. Er weiß, was er will, und sagt es auch – er ist ziemlich einfach zufriedenzustellen, aber das ist dir sicher schon klar.«

Sicher … einfach. Außer, man blutet spontan aus der Nase.

»Ich muss jetzt auflegen, Mäuschen«, meint Claire, die plötzlich etwas atemlos klingt. »Temperamentvolle Männer laufen leider ziemlich schnell!«

»Oh! Ja, klar! Viel Glück!«

»Schon gut. Ich habe das Einfühlungsvermögen einer besorgten Mutter und verdammt scharfe falsche Brüste – mehr braucht es nicht, um stürmische, leidenschaftliche Männer einzufangen! Bye, bye!«

Ich lache über den Spruch und lege das Handy weg. Dass ich noch drei Sekunden grinse wie eine fröhliche, unbeschwerte Kuh, liegt daran, dass ich Claire so mag und mich glücklich schätze, in letzter Zeit so besondere Menschen kennenzulernen.

Der Job hat mich in vielerlei Hinsicht überrascht. Ich wusste in Wahrheit absolut nicht, worauf ich mich einlasse. Bekanntschaften wie die von Claire, Ivy oder Sek gehören zu den unerwartet hellen Sonnenseiten des Rosen-Daseins.

Als mir auffällt, dass ich keine Zeit habe, darüber zu fantasieren, wer welchen Spruch in mein Stammbuch schreiben würde, friert mein Gesicht ein.

Habe ich Claire wirklich eindringlich und cool klingend versichert, dass ich Pascal unbedingt bedienen will? Bin ich bescheuert?!

Das war eine rhetorische Frage, oder? Zieh dir etwas an. Ich hoffe, du hast eine Skimaske im Schrank – du musst nämlich an Kevins Schule!!

HALLÖLE!

Könnten Sie bitte näher an das Haus heranfahren?«

»Fräulein, wenn ich noch näher ranfahre, parke ich im Wohnzimmer.«

Nachdem der Taxifahrer mich skeptisch angeblinzelt hat, bezahle ich die Rechnung und springe aus dem Wagen.

Ich drehe mich zwar nicht mehr um, aber ich weiß, dass der ältere Herr, der mich gefahren hat, gerade den Kopf über mich schüttelt. Er sieht mich aus dem Wagen hinter den großen Busch neben dem Bungalow sprinten und in die Hocke gehen. Im besten Fall glaubt er, ich muss mal dringend und schaffe es nicht mehr ins Badezimmer – im schlimmsten Fall hält er mich für eine Geisteskranke, die sich zu irgendwelchen Häusern fahren lässt, nur um dann dort im Gebüsch zu lauern, bis der psychotische Schub vorbei ist.

Natürlich trifft nichts von beidem zu. Wobei, ein wenig pinkeln muss ich schon, aber deshalb bin ich nicht hinter dem Gestrüpp verschwunden. Auf der Fahrt die Waldstraße entlang, vorbei an den anderen Bungalows, haben wir einen Radfahrer überholt. Ich bin sicher, er kommt gleich hier vorbei, und ich will nicht, dass er mich vor der Tür stehen und klopfen sieht.

Wahrscheinlich wäre es egal, aber ich bin schon so paranoid, seit ich meine Wohnung verlassen habe. Dem Fahrer habe ich die Adresse mit so verschwörerisch leiser Stimme mitgeteilt, dass er mich schon beim Einsteigen für eine Irre gehalten hat. Das Taxi-Unternehmen besitzt übrigens keine Wagen mit getönten Scheiben – dafür haben sie meine Telefonnummer und Adresse wahrscheinlich an die städtische Nervenheilanstalt mit den Worten ›Ist euch eine Patientin verloren gegangen? Falls ja: Wir wissen, wo das aufgeregte Mädchen hockt‹ weitergeleitet.

Als der Radfahrer vorbeifährt, verschmelze ich quasi mit dem Grünzeug. Wenn der Typ auf dem Fahrrad jetzt zu mir rübersieht, wundert er sich garantiert, warum der Busch ein schwarzes Cap der New York Yankees trägt.

Die Kopfbedeckung war absolut notwendig. Schließlich trällern meine verdammten roten Haare permanent mehrstimmig meinen Namen. Wirklich, man hört sie schreien – sie brüllen jeden an, der mich auch nur aus der Entfernung sieht.

›Hallöle! Wir wachsen auf Emma! Sieh uns an!‹

Eigentlich mag ich meinen Kopf. Das heißt, meine Haare. Ich war immer stolz auf die ungewöhnliche Farbe, aber wenn man vorhat, nicht aufzufallen und sich möglichst unbemerkt in das Haus von jemandem zu schleichen, ist rothaarig zu sein quasi eine Behinderung.

Ich denke, selbst Leute, die mich noch nie gesehen haben, würden mich von Weitem als eine Verwandte von Kevin erkennen. Das ist wahrscheinlich Blödsinn, aber ich konnte diese Angst nicht loswerden. Deshalb habe ich auch meinen gesamten Kleiderschrank ausgeräumt, um etwas zu finden, das die auffällige Mähne versteckt.

Feststellung des Abends: Ich besitze nicht einen Hut!

Dass ich keine im achtzehnten Jahrhundert lebende, schicke Hüte besitzende Konkubine bin, hat mich fast schon verzweifelt gestimmt. Ich besitze zwar Winterhauben, aber mit einer Wollmütze am Kopf, unter der ich drei Kilo Haare verstecke, wäre ich schlichtweg kollabiert.

Als ich nichts gefunden habe, habe ich sogar kurz darüber nachgedacht, mir den Kopf zu bandagieren. In meinem Badezimmer liegt meterweise Mullbinde, die Jan mir mal geschenkt hat, weil er anscheinend in seinem Job als Arzthelfer klaut.

Mit einer Bandage am Kopf hier aufzutauchen, wäre allerdings wirklich mein letzter Ausweg gewesen. Ein schwer bescheuerter Ausweg, aber ich wäre lieber die seltsame Mumie gewesen, als mich als Kevins Schwester zu outen. Pascals Blick, wenn er in das zu stark geschminkte Gesicht einer Frau mit eingebundenem Kopf blickt, wäre bestimmt unbezahlbar gewesen. Entweder hätte er vor Schreck aufgeschrien und mir die Tür vor der Nase zugeschlagen oder aber ich hätte ein verständnisvolles Nicken und einen Spruch à la ›Dein Kopf ist kaputt? Das erklärt so viel!‹ geerntet.

Zum Glück passiert das alles nicht. Mir ist Kevins schwarzes Cap der New York Yankees in die Hände gefallen, das er vor drei Jahren bei mir vergessen hat. Unauffälliges Massenprodukt, das zu einem sexy Kleid genauso gut passt wie eine Violine zu einem Schwein. Ich musste meinen Dresscode ändern, weil eine Frau im eleganten kurzen Kleid mit einem Sport-Cap ebenso auffällt wie eine Rothaarige oder jemand mit einem Schädelbasisbruch.

Ich habe mich zwar extra für hautenge Jeans, ein enges schwarzes Top und offene Stilettos entschieden, aber der Look hat nichts Auffälliges, zumal viele Frauen in sexy Hosen und Sport-Caps rumlaufen. Ich nenne das den Nicki-Minaj-Flittchen-Look. Vincent würde mich wahrscheinlich rausschmeißen, wenn er erfährt, dass ich Jeans bei einer Buchung trage. Ich weiß noch, dass er das hasst. Die Sache mit Jan und mir im Badezimmer und der abgeschnittenen Hose hat sich für immer in mein Gedächtnis gebrannt.

Der Radfahrer verschwindet aus meinem Sichtfeld und ich spähe hinter dem Busch hervor, um zu checken, ob die Luft rein ist. Von links kommt niemand, von rechts kommt niemand – leckt da gerade was an meinem Fuß?!

Ich kann mich gerade noch so zusammenreißen, damit mein Aufschrei stumm bleibt. Den panischen Sprung kann ich nicht kontrollieren, als ich das Tier erspähe, das sich mindestens genauso erschreckt wie ich.

Der Waschbär, der an mir geleckt hat, springt in die Luft und ahmt dabei meinen schockierten Gesichtsausdruck nach. Als wir landen, atmen wir uns beide hektisch an und starren eine Runde.

Es ist kein Waschbär – es trägt keine Maske. Es ist wohl so etwas wie ein stark übergewichtiges hellgraues Eichhörnchen. Der buschige Schwanz zuckt, bevor es die Beinchen in die Hand nimmt und im Gestrüpp verschwindet. Ich springe auch aus dem Busch und laufe die drei Stufen hinauf, die auf die kleine Veranda und vor die Haustür führen.

Eigentlich zögere ich ja immer, bevor ich eine Buchung beginne, aber ich bade lieber in meiner gewohnten Escort-Nervosität, anstatt hier weiter rumzustehen und zu riskieren, dass mich jemand sieht oder wilde Tiere an meinem Fuß lecken. Was war das denn für ein schräges Hörnchen?! Gibt es Fetischismus unter Tieren?

Dass mein Klopfen hektisch klingt, fällt mir erst auf, als ich schon fünfmal gegen die Tür gedonnert habe. Pascal muss denken, jemand will ihm sagen, dass sein Klavier brennt oder sein Haus. Keine Ahnung, was von beidem ihm wichtiger ist.

Play it cool, Emma! Das hier wird schwierig genug, auch ohne deine Verpeiltheit.

Ich weiß, ich muss mich zusammenreißen. Ich darf Claire nicht hängen lassen.

Trotz des eindringlich hektischen Klopfens stürmt niemand zur Tür und öffnet mir. Als ich Schritte vernehme, klingen sie ziemlich gemächlich. Was mich nervös macht, weil ich ein Auto höre.

Mach auf! Oder ich springe wieder in deine Büsche!

Als sich die Haustür öffnet, mustere ich ihn nur eine Sekunde, um sicherzustellen, dass ich nicht aus Versehen an die falsche Tür geklopft habe. Blond, leuchtet in einer Aura aus unwirklicher Schönheit und dezenter französischer Überheblichkeit – definitiv Pascal.

Weg da! Ich muss mich verstecken!

»Hall… Also … Na gut!«

Das ist alles, was er erst mal rausbringt, als ich an ihm vorbeihusche, er sich vor Verwirrung zweimal dreht, dabei anscheinend etwas schwindelig wird und dann irritiert die Tür schließt.

»Da bist du einmal pünktlich und dann wirkst du so gehetzt? Das wegen der Verspätung beim letzten Mal und der Sache mit dem Nachsitzen war ein Scherz. Du kannst kommen, wann immer du willst. Ich bin froh, solange du noch Zeit für mich hast.«

Mein Blick huscht nervös über Pascals Rücken. Er sieht mich nicht an, nur aus dem Fenster neben der Tür.

»Bist du jemandem begegnet? Bist du deshalb so nervös?«, fragt er, während er die Straße inspiziert. »Ich habe erst heute im Lehrerzimmer erwähnt, dass mich meine Schwester besucht. Es macht nichts, wenn dich jemand sieht.«

Oh, das bezweifle ich. Ich bin nämlich nicht ›die Schwester‹, die du erwartest und die du sonst hier vögelst. Im Übrigen: Mann, ist euer Alibi widerlich! Was macht ihr, wenn ihr wirklich beim Poppen erwischt werdet? Sagen, dass man sich in Frankreich mehr lieb hat als im Rest der Welt?

Einerseits bin ich froh, dass mir das Cappy und das Verstecken meiner Haare wirklich so viel Anonymität verleihen, wie ich gehofft hatte, andererseits fühlt es sich gerade ziemlich beschissen an, dass Pascal mich in der Hektik mit Claire verwechselt hat. Er hat mich nur reinhetzen sehen – seine Erwartungshaltung hat den Rest erledigt.

Ich würde mich gerade unheimlich gern in Claire verwandeln. Harry-Potter-Vielsafttrank exen und Pascal eine heiße Stunde schenken. Haben die in Hogwarts das Zeug jemals so benutzt? Um mit jemand Ahnungslosem zu vögeln? Ist das eine Zauber-Straftat? Gibt es darüber Fanfictions?

Emma!

Ja, ich weiß …

Während Pascal das Fenster kippt, ziehe ich mir die schwarze Kappe vom Kopf und ordne meine Haare.

»Wenn du …«

Meine Stimme klingt leise und fremd in meinen eigenen Ohren, wahrscheinlich weil ich unterbewusst versuche, nicht wie ich selbst zu klingen, was Schwachsinn ist, der Franzose fällt sowieso gleich in Schockstarre.

»Wenn du die ganze Zeit die Augen zulässt und ich die Klappe halte, kannst du dir vielleicht vorstellen, ich wäre Claire, aber ich bin …«

Pascal legt so viel Schwung in seine Bewegungen, dass er beinahe wieder einen Kreis dreht. Die leuchtend blauen Augen mustern mich. Obwohl ich es vermutet hatte, erstarrt er nicht. So was von nicht. Er mutiert erneut zum Kreisel, donnert das Fenster zu – weil es frische Luft anscheinend nur für Claire gegeben hätte – und zieht dann so hektisch die Vorhänge zu, dass die Stange, an der sie befestigt sind, knarrt.

»Putain de merde! Que fais-tu ici?!«

Oh, schön, er rastet total aus. Das war gerade ›Verdammte Scheiße! Was machst du hier?!‹ auf Französisch. Mir ist schon damals im Festsaal aufgefallen, dass er ungewollt zwischen den Sprachen switcht, sobald er sehr aufgebracht ist.

»Du hast eine Escort gebucht …«, versuche ich, mit der einfachsten, aber nichtssagendsten Begründung durchzukommen.

Seine Miene verfinstert sich. »Ich habe Claire gebucht! Nicht dich! Ich arbeite hier!! Das geht nicht!!«, ruft er aufgebracht.

»Na ja … *hier* arbeitest du nicht«, entgegne ich und mache kreisende Bewegungen mit der Hand. Wir stehen in einem wirklich hübschen Vorzimmer-Bereich mit weißer Kommode und überraschend vielen Sneakers. »Ich schätze mal, *hier* ziehst du dir nur die Schuhe an und hängst deine Jacke auf. Oder haltet ihr vor deiner Sockenschublade Lehrerkonferenzen ab?«

Ich grinse. Pascal nicht. Die arktische Zone, in der wir uns befinden, ist absolut humorbefreit.

Der Franzose macht einen Schritt auf mich zu und beginnt, energisch den Kopf zu schütteln. »Wie kannst du hier einfach so auftauchen?! Ist dir klar, dass das Schulgebäude nur einen Kilometer entfernt steht?! Und die Wohnheime der Schüler?! Und dass hier andere Lehrer herumlaufen?!«

»Niemand hat mich gesehen!«, versichere ich eindringlich.

Pascal sieht so aus, als würde er mir gar nicht zuhören, sondern in Gedanken nur Schreckensszenarien durchgehen. Ich muss versuchen, ihn irgendwie aus diesem Panik-Modus zu holen, sonst redet er sich wieder in seine Paranoia rein und hierherzukommen war umsonst.

Ich atme durch, um die Aufregung loszuwerden, mit der er mich angesteckt hat, und schenke ihm ein schiefes Lächeln. »Nur das Eichhörnchen in euren Büschen weiß, dass ich hier bin. Und es hat sich so sehr gefreut, mich zu sehen, dass es mir über den Fuß geleckt hat. Es ist etwas dick – füttert ihr es? Hat es einen Namen?«

Was ich für eine erheiternde Anekdote und Ablenkung halte, bringt Pascal dazu, angewidert das Gesicht zu verziehen. Seine Stimme klingt noch aufgebrachter.

»Was fragst du mich da über ein fettes Eichhörnchen?! Ich bin der Lehrer deines Bruders!«, knurrt er – seine Stimme überschlägt sich beinahe. Er läuft im Paranoia-Modus. »Ist es dir egal, dass ich einen Ruf zu verlieren habe?! Ist es dir egal, ob Kevin erfährt, dass du dich für Sex bezahlen lässt?!«

Sein letzter Satz lässt auch meine Stimmung kippen, weil er wie ein Messer durch meine Gefühle schneidet.

»Du denkst, das wäre mir egal?!«, fauche ich und mache einen Schritt auf ihn zu. »Das ist das absolut Schlimmste, was mir passieren könnte! Er würde … Du hast keine Ahnung, wie das unsere Beziehung und mein Leben erschüttern würde! Unterstell mir noch einmal, es wäre mir egal, ob mein Bruder mich hasst, und ich …!«

»Es tut mir leid.«

Dass er meinen Satz mit so ruhiger, eindringlicher Stimme unterbricht, hätte ich nicht gedacht. Während ich selbst dabei war, auszurasten, hat sich Pascal offenbar beruhigt. Anscheinend funktionieren wir wie ein Eisklotz und ein Topf heißes Wasser – bevor er alles um sich erfrieren lässt, dampfe ich ihn ab, und bevor ich überkoche, kühlt er mich.

Das war doch mal eine schöne Metapher!

Klar, du hast dich selbst als Topf bezeichnet.

Pascal beginnt, den Kopf zu schütteln – langsam und viel weniger energisch als vorhin. »Ich wollte dir das nicht unterstellen. Aber ich verstehe nicht, wieso du hergekommen bist.«

Jetzt hört er mir zumindest zu. Ich unterdrücke ein Seufzen und zucke schwach mit den Schultern. »Ich bin hier, weil du jemanden gebucht hast. Und weil niemand herausfinden wird, dass du mich gekauft hast. Selbst wenn mich jemand sehen würde, könnten wir nur Freunde sein. Und auch wenn jemand erfährt, dass wir miteinander schlafen, würde niemand auf die Idee kommen, dass du dafür bezahlst. Sie würden nur denken, dass du eine Frau triffst. Das ist weder verboten noch verwerflich, aber falls es dich beruhigt: Sollte jemand denken, wir daten uns, erzähle ich gern und jederzeit, dass du mich abgeschossen hast, weil ich eine Idiotin war und irgendetwas Dummes gemacht habe. Du kommst in jedem Fall gut weg, auch vor Kevin. Ich spiele die Böse, das ist mir egal. Hauptsache, er erfährt nichts von der Escort-Sache. Das ist mir genauso wichtig wie dir.«

Pascals Miene verliert die Härte und sein Körper die sichtliche Anspannung. Er seufzt und fährt sich mit geschlossenen Augen durch die Haare. »Claire hätte mir sagen können, dass sie dich schickt.«

»Du hättest mich nicht herkommen lassen«, unterstelle ich ihm wissend, blicke aber im nächsten Moment verlegen nach unten, weil mir etwas bewusst wird.

Ich dränge mich hier ziemlich auf. Mir war klar, dass er ausrastet, dass er nicht will, dass ich komme, und ich bin trotzdem hier. So als müsste er mit mir schlafen, wenn ich schon da bin. Ich bin aber keine aus Versehen gelieferte Pizza, die man mal eben isst, auch wenn man sie nicht wollte – ein bisschen Hunger hat man schließlich immer.

»Ja, ich hätte die Buchung storniert«, spricht Pascal schonungslos aus.

Ich nicke dem Boden zu und zupfe an meinem Cappy herum, während ich in meinem Unbehagen brenne.

»Aber …«

Als die schöne Klavierspielerhand plötzlich in meinem Blickfeld auftaucht und sich die schwarze Mütze greift, sehe ich zu ihm auf.

Pascal mustert mich eindringlich. Ich hatte vergessen, wie überirdisch attraktiv sein Gesicht ist. Man könnte sich in seinen Augen verlieren. Einfach darin untergehen wie in einem tiefen blauen See. Sein ›Aber‹ klang so melodisch, als wollte er mir gleich einen richtig romantischen Song singen. Ich hänge an den Lippen, die noch weicher aussehen, als er kurz darüber leckt.

Er braucht auffallend lange, um den Satz zu beenden. Seine Miene verändert sich. Der See friert zu.

»Aber du bist verdammt schlecht im Bett.«

Ähm. Hallo?! Was singt der denn für scheiß Lovesongs?!

Ich reiße ihm meine Mütze aus der Hand und schlage ihn damit. »Was war das denn jetzt?! Ich dachte, du sagst etwas Nettes! Man tritt doch niemanden, der sowieso schon am Boden liegt! Siehst du nicht, dass ich traurig bin, weil ich mich wie eine nicht bestellte Pizza fühle? Außerdem bin ich nicht schlecht im Bett!! Hätte ich nicht aus der Nase geblutet, wärst du gekommen und zufrieden gewesen! Ja, ich höre selbst, wie bescheuert der Satz geklungen hat! Aber es stimmt!«

Pascal ist offenbar ein Einzelkind. Er ist so irritiert, weil ich ihn mit dem Cappy schlage, dass er nicht weiß, ob er weglaufen oder mich festhalten soll.

Das war aber auch kränkend! Und jetzt ist sowieso schon alles egal. Ob er Vincent sagt, dass er mich weggeschickt hat, weil ich schlecht vögle, oder weil ich ihn mit einem Stück Stoff verdroschen habe, spielt keine Rolle mehr. Ich kriege so oder so riesigen Ärger. Da kann ich meiner Kränkung auch Luft machen.

»Wie kann man denn so unsensibel sein?! Du bist Lehrer! Sag zumindest etwas Aufbauendes, bevor du jemanden nach einer verpatzten Prüfung rausschickst!«

»Ich arbeite nicht mit Siebenjährigen! Und ich bin keiner dieser Teletubby-Pädagogen! Hör auf, mich mit dem Ding zu schlagen! Was bist du? Die schlechteste Domina der Welt?!«

Er packt meine Hand und reißt das Cappy wieder an sich, nur um es mir dann gegen den Arm zu donnern – wiederholt! Vielleicht hat er doch Geschwister. Total kindisch aggressiv der Mann!

»Hör auf, mich zu schlagen! Fetisch kostet extra!«, fauche ich und erwische die Kappe.

»Lass los!«

»Lass du los!«

Keiner von uns beiden muss loslassen, denn der Stoffriemen zum Verstellen der Größe, den ich gepackt hatte, reißt. Ich knalle gegen die Garderobe in einen Haufen Sakkos und Pascal gegen die Haustür.

»Jetzt hast du Kevins bescheuerte Mütze kaputt gemacht!!«, werfe ich ihm vor, obwohl ich genauso daran Schuld habe wie Pascal. Mir ist aber noch immer danach, mich für den gemeinen Kommentar zu rächen.

»Du hast angefangen, am Rad zu drehen!«, knurrt er.

»Weil du mich gekränkt hast!«

»Das sollte keine Kränkung sein, sondern eine Feststellung! Ich kann auch nicht alles! Ich bin schlecht bei Ballspielen! Wenn mich jemand darauf aufmerksam macht, verdresche ich ihn aber nicht mit dem nächstbesten Kleidungsstück, das ich ausziehen kann!«

Das Bild von Pascal, der auf dem Fußballplatz seine Hose auszieht, um einen Trainer damit zu jagen, würde mich fast zum Lachen bringen, wäre ich nicht so aufgebracht.

»Das ist doch weder eine Feststellung noch konstruktive Kritik! Du hast keine Ahnung, ob ich gut bin oder nicht, weil du mich nur in einer Extremsituation erlebt hast! Ich will mal sehen, wie du dich anstellst, wenn du zum ersten Mal deinen Körper verkaufen musst und spontan von jemandem in ein Hotelzimmer bestellt wirst, der nicht mal deine Hand zur Begrüßung schütteln will! Du kannst doch nicht mal den interessierten Blick einer Frau ertragen, ohne den Drang zu verspüren, in eine Tüte zu atmen!«

Mir wird erst bewusst, was ich gesagt habe, als Pascals blaue Augen das kampflustige Funkeln verlieren und er abschätzend den Kopf neigt. Oje.

»Ich war dein erster Kunde? Claire meinte, du hättest Erfahrung als Escort.«

Ich würde das Gesagte gern zurücknehmen, aber so läuft das mit Gesprächen leider nicht. Dass Claire das behauptet hat, kann ich verstehen. Jeder möchte mit Profis arbeiten, niemand mit Amateuren.

Das Unbehagen und mein Schamgefühl übernehmen wieder die Kontrolle über meine Gefühle. Auch wenn mein Temperament abkühlt, verbrenne ich innerlich. Nein, ich verkaufe mich noch nicht lange. Und der Mann, aus dessen Sakkos ich mich gerade aufrichte, will mich loswerden, weil ich seiner Meinung nach nicht mal für Sex tauge. Wütend zu sein hat sich viel besser angefühlt, das hat mich zumindest innerlich zusammengehalten.

»Es … spielt doch keine Rolle«, entgegne ich gehetzt klingend, mache ein paar Schritte auf Pascal zu und nehme ihm schwungvoll die kaputte Kopfbedeckung ab, ohne ihn anzusehen. Ich beginne, meine Haare wieder unter der Mütze zu verstecken, schließlich will ich gleich diesen Berg hinunterlaufen und nicht erkannt werden.

»Ich rufe Vincent an und du bekommst dein Geld wieder. Claire kann nicht mehr kommen, sie steigt aus.«

Ich bin mir sicher, Vincent wird alles andere als erfreut darüber sein, dass ich einen Kunden vergrault habe. Aber was soll ich machen? Ich kann Pascal nicht zwingen, mit mir schlafen zu wollen. Vielleicht kann ich Vincent anbieten, als Wiedergutmachung eine Woche gratis zu arbeiten. Oder zwei. Oder doch Fetisch zu machen. Vielleicht will Finn mich noch mal buchen … Der Job war lukrativ, oder? Wiegt das diese Katastrophe wieder auf? Schmeißt er mich raus? Er kann mich nicht rausschmeißen, ich schulde ihm zu viel Geld.

Dass mir die roten Haarsträhnen immer wieder aus der losen Kappe rutschen, bringt mich zum Knurren. Ich würde gern fluchen, aber ich habe Angst, nicht mehr aufhören zu können, wenn ich damit anfange. Das Fluchen könnte in die Selbstmitleidskrise ausarten, die gerade in meinem Inneren tobt und hier keinen Platz hat.

Erst zu Hause weinen, Emma – wie sonst auch.

Ich weiß. Alles gut.

»Ich will das Geld nicht zurück«, höre ich eine monotone Stimme sagen. »Du musst Vincent hiervon nichts erzählen.«

Mein Bick verfinstert sich. Ich funkle nicht Pascal an, sondern die Garderobe, weil ich ihn einfach nicht mehr ansehen will.

»Das letzte Mal hast du schon eine halbe Stunde zu viel bezahlt, diesmal willst du mich nicht mal anfassen – behalt dein Geld, ich will keine Almosen. Ich kläre das schon.«

Dass ich so selbstbewusst klinge, liegt nur daran, dass ich das Gespräch mit Vincent erst mal ausblende. Ich bitte Pascal aber sicher nicht um eine Summe, die mich bestimmt schaudern lassen würde, und tue absolut nichts dafür. Er hat schon einmal für mich gelogen. Und er hat nicht darum gebeten, dass ich komme. Ich habe ihn überfallen. Eigentlich hat er jedes Recht der Welt, mich wegzuschicken. Schlechte Ware gibt man zurück. Ich kann keine Sekunde länger hier sein.

»Entschuldige den Überfall. Und das Ausrasten. Ich weiß nicht, was mit mir los war. Du musst nicht nett zu mir sein oder mir gut zureden. Ich bin nicht deine Schülerin, du kaufst mich und du kannst mich zurückgeben.«

Ich nicke zur Verabschiedung, da ich nach diesem stark klingenden Satz nur noch einen Mimimi-Tonfall anschlagen würde, weil die selbstbewusste Fassade langsam bröckelt. Nichts wie raus hier! Ich hoffe, die Kappe hält meine Haare im Zaum.

Es wundert mich eigentlich kaum, dass Pascal nichts mehr von sich gibt und nur stumm an mir vorbeisieht. Es ist alles gesagt – vielleicht sogar zu viel. Ich habe ihn schockiert, wir haben uns angeschrien, uns kindisch verhalten, und dann ist es ernst geworden. Was im Nachhinein betrachtet unvermeidlich war. Klar muss er sagen, wenn er mich nicht gut findet, sonst hätte ich nicht geschnallt, dass er mich loswerden will.

Ich verlasse den Bungalow, laufe den Weg entlang und zucke immer wieder peinlich berührt von mir selbst zusammen, wenn ich mir bewusst mache, dass ein dämlicher Teil in mir die Hoffnung hatte, dass das Streiten und die kindische Kabbelei in Küssen und Sex gipfeln und nicht darin, dass ich verschwinde. Das Leben ist wohl keine Romantikkomödie. Egal, wie sehr man es sich wünscht.

»Kann ich dir helfen? Suchst du ein bestimmtes Haus?«

Ich mache einen Satz zur Seite, als die fremde Stimme ertönt. Es dauert eine Weile, bis ich realisiere, dass jemand aus dem Fenster von einem der Bungalows mit mir gesprochen hat. Oh Shit. Lehrer. Junger Lehrer. Mit Gießkanne.

Aus dem etwas rundlichen Gesicht kommt ein sympathisches Lächeln, aber sein Blick ist ziemlich neugierig.

»Ich bin nur … Ich besuche meinen …«

»Schon gut, sie sucht mich. Danke, Olli.«

Diesmal bin ich diejenige, die so überrascht auf den Absätzen herumwirbelt, dass ich beinahe eine Pirouette drehe. Ich konnte die melodische Stimme zwar zuordnen, aber ich halte das gerade für so unwahrscheinlich, dass ich erst glaube, dass es Pascal ist, als ich ihn sehe.

Er kommt tatsächlich um die Häuserecke gelaufen, eine Hand in der Hosentasche, ein so freundliches, nichtssagendes Lächeln auf den Lippen, als wäre er eine Mischung aus Instagram-Model und Wettersprecher.

›Heute: Sonne, Hagel, Eis und Schnee – das Wetter ist so launisch, dass es alle drei Minuten wechselt, genau wie meine Stimmung. Mein Name ist Pascal Favre und ich bin ein schwer verwirrter französischer Mann mit einem Plan, den niemand versteht.‹

»Oh. Du hast Besuch, Pascal. Schön! Schön! Echt schön!«, tönt es aus dem Fenster.

Ich drehe mich wieder zu dem brünetten Lehrer mit dem verlegenen Lächeln. Er versucht, möglichst cool und entspannt zu wirken. Das misslingt leider, nicht nur, weil er vor Überraschung dreimal dasselbe Adjektiv benutzt. Die offensichtlichste Manifestation seines kleinen Schocks ist, dass er mit der Gießkanne, mit der er eigentlich den kleinen Blumentopf an seinem Fensterbrett wässern wollte, jetzt die Fassade seines Hauses gießt. Er grinst angestrengt, nickt, würde in Wirklichkeit aber gern ein Foto von uns schießen.

Klar, Pascal bekommt nicht oft Frauenbesuch. Wahrscheinlich nie. Zumindest nicht offiziell – da kann man vor Überraschung schon mal seinen Bungalow gießen.

»Ich wohne drei Häuser weiter – Nummer 11«, sagt Pascal, bleibt neben mir stehen und macht eine auffordernde Kopfbewegung, nicht ohne mir sein superfreundliches, aber absolut nichtssagendes Lehrerlächeln zu schenken.

Er ist so verdammt gut darin, sich Dinge nicht anmerken zu lassen und Mister Korrekt zu spielen, dass ich selbst eine Sekunde lang glaube, ich wäre gar nicht vor drei Minuten aus seinem Haus gestürmt, weil er mir ›Vögel-Inkompetenz‹ unterstellt hat.

Eigentlich müsste Pascal diese Situation absolut aus der Haut fahren lassen. Er geht aber ganz ruhig neben mir her, nachdem er seinem Kollegen einen schönen Abend gewünscht hat.

Ich sehe mich dreimal um, bevor ich den Mund aufmache, um sicherzustellen, dass niemand mehr in Hör- oder Sichtweite ist. »Du weißt, dass spätestens morgen alle Lehrer wissen, dass dich eine Frau besucht hat? Wieso bist du mir denn hinterhergekommen?«

Pascal sieht sich auch noch mal um, ehe er die nichtssagende Miene ablegt und mich mit hochgezogener Braue anfunkelt. Er flüstert sehr eindringlich, aber leise. »Ich habe den Satz vorhin nicht so beendet, wie ich ihn eigentlich beenden wollte. Den mit dem ›Aber …‹. Ich wollte sagen, wir können es versuchen. Dann hast du mich plötzlich so schmachtend angesehen, dass ich ausgerastet bin und dich provozieren musste. Ich wollte dir nicht das Gefühl geben, dass du ›schlechte Ware‹ bist. Aber ich musste etwas sagen, um klarzustellen, dass es nur um Sex geht. Ich habe mich im Ton vergriffen. Und wegen der Sache mit Olli: Ich habe kein Zölibat abgelegt. Ich darf Frauenbekanntschaften haben. Auf deinem T-Shirt steht nicht ›Escort‹ und Olli kann dich auch nicht Kevin zuordnen – also …« Er zuckt mit den Schultern.

Während er seine Haustür aufmacht, starre ich ihn mit geneigtem Kopf von der Seite an. Als Pascal merkt, dass ich ihn mustere, als würde ihm ein Pentagramm auf der Stirn kleben und das Illuminati-Symbol aus dem Arsch wachsen, murrt er. »Was?«

»Na ja. Ich habe mal gelesen, dass Leute, die Nervenzusammenbrüche haben, irrationale Dinge tun. Aber das jetzt mal live zu sehen … wow. Merkt man eigentlich selbst, wenn man so einen Anfall hat, oder glaubst du, du verhältst dich gerade normal?«

Anstatt zu antworten, betritt er seinen Bungalow. Ich folge ihm, weil wir dieses Gespräch wirklich lieber zwischen schalldämmenden Wänden fortsetzen sollten.

»Also erstens …«, setzt Pascal an, nachdem er die Tür geschlossen hat, und fuchtelt sofort mit dem besonders strengen Lehrer-

Finger vor meinem Gesicht herum. »Ich habe reflektiert und bin zu dem Schluss gekommen, dass ich mich schäbig verhalten habe – das hat rein gar nichts mit einem Nervenzusammenbruch zu tun! Und zweitens …«

Er nimmt den Finger wieder runter. Wahrscheinlich, weil er selbst gemerkt hat, dass er dabei aussieht, als wäre er mein Erziehungsberechtigter. Der Mann reflektiert schnell, das muss man ihm lassen.

»Es ist deine Schuld, dass ich mich so seltsam verhalten habe«, blafft er und verzieht die französischen Lippen abschätzig.

»Meine Schuld?!«, piepse ich echauffiert.

Er brummt wieder. »Du bringst mich dazu, dich mit einer Kappe zu schlagen! Ich mache so was nicht! Das war mir sogar als Sechsjähriger zu infantil! Furchtbar.«

Pascal greift nach meiner Mütze und wirft sie auf die Garderobe, damit wir sie nicht wieder zur Waffe umfunktionieren können. Meine Haare fallen zurück auf meine Schultern.

Seine Züge entspannen sich etwas, aber der vorwurfsvolle Vortrag ist noch nicht vorbei. »Außerdem hast du mich schon wieder so angesehen, als würdest du mich gern ansehen und dir irgendetwas erhoffen – du weißt, dass ich das nicht leiden kann! Absolut ekelhaft … darauf reagiere ich … eigenwillig.«

Meine Miene verliert die Strenge. So viel Drama, nur weil er Angst vor mehr als Sex hat.

Ich seufze. »Zusammengefasst: Du hast behauptet, ich wäre schlecht im Bett, weil du es ›ekelhaft‹ findest, dass ich dich angucke und nicht kotze? Meilenweit entfernt von Nervenzusammenbruch. Absolut normale Reaktion.«

Ich hatte aus irgendeinem Grund verdrängt, dass Pascal einen Knall hat, über den er selbst aber am besten Bescheid weiß. So irrational er sich verhält, so schnell biegt er Dinge auch wieder gerade. Dass ich mit meinem Auftauchen all seine Ängste triggern würde und ihn zu abweisenden Reaktionen bringen könnte, ist mir nicht vollends bewusst gewesen. Ich kenne aber auch niemanden mit so einer schrägen Angststörung. Sieh mich nicht zu lange freundlich an oder ich schlage verbal und mit Stoff um mich!

Pascal seufzt. »Kannst du das mit dem sarkastisch vorwurfsvollen Humor bitte lassen? Das habe ich auch an jedem anderen Abend der Woche. Ich weiß, ich bin nicht einfach, und du wirst dich daran gewöhnen müssen, wenn du wiederkommen willst, aber ich will kein Arschloch sein. Dich zu kränken und dann keinen Kommentar mehr abzugeben, war eine Überreaktion. Entschuldige. Ich will dir nicht wehtun. Niemandem wehtun, meine ich. Allgemein.«

Ich schmunzle schwach, sehe ihn dabei aber nicht an, weil er sonst vielleicht wieder am Rad dreht und mich ›Weiche, Dämon‹-rufend mit Weihwasser bespritzt.

Seine Entschuldigung klingt sehr ehrlich und sein Tonfall ist angenehm warm. Pascal kann ja doch schöne Songs singen. Wenn er will und über seinen Schatten springt.

»Das hier ist nur Sex und nichts anderes. Für uns beide. Was andere denken, spielt keine Rolle«, stellt er klar.

Langsam glaube ich, das ist sein Lieblingsspruch. Ob er schon mal über ein Armtattoo nachgedacht hat? Vielleicht gibt es ein chinesisches Zeichen für ›Es ist nur Sex!‹.

»Würdest du dich besser fühlen, wenn ich dich nicht Pascal, sondern Bums-Bärchen nenne? Zu liebevoll? Bums-Kunde?«, frage ich und sehe ihn die Augen überdrehen. Er kann mir die scherzhaften Anspielungen auf seine Macke nicht verbieten. Ich denke aber, er kommt viel besser mit dieser Art von Humor klar, als er zugibt.

»Kann es sein, dass du außer Kevin noch einen Bruder hast? Lange verschollen? Behauptet, er wäre Italiener?«

»Soviel ich weiß, sind da nur Kevin und ich«, entgegne ich und sehe Pascal eine auffordernde Handbewegung machen.

»Ich hätte das schon vor zwanzig Minuten sagen können, ohne auszurasten, aber … möchtest du ein Glas Wein?«

VERSAUTER, ALS ICH DACHTE

Mir war klar, dass eine Schule voller Bonzen-Kinder, deren Eltern jährlich Beträge in Höhe des Wertes eines Mittelklassewagens überweisen, Geld hat. Dass hier jeder Lehrer einen eigenen Bungalow bekommt, ist trotzdem dekadent.

Bisher hatte ich noch keine Gelegenheit, mich umzusehen, aber da Pascal die Paranoia losgeworden ist und sich die Situation entspannt hat, kann ich einen Blick riskieren.

Offener Wohn-/Küchen-Bereich, alles sehr stylisch, ordentlich, aber nicht ungemütlich steril. Auf dem großen dunklen Sofa liegen tausend Kissen in verschiedenen Grautönen. Die Regale an der Wand sind voller Bücher und … Wer hat denn heutzutage noch

CDs? Dreißigjährige Musiklehrer, die scheinbar nichts von Spotify halten.

Pascal steuert auf die weiße Küchenzeile zu und holt eine Flasche Wein aus dem Getränkekühlschrank. Ich setze mich auf einen der beiden Hocker am Tresen und spähe kurz neugierig in den Gang. Ich schätze, eine der Türen führt zum Badezimmer, eine zu seinem Schlafzimmer und eine zu seinem … Musikzimmer? Mann, ihr lebt hier wirklich auf großzügig vielen Quadratmetern.

»Pinot Noir?«

»Was immer du trinkst«, entgegne ich, auch weil ich keine Ahnung von Wein habe.

»Claires Lieblingswein. Eigentlich zu süß für meinen Geschmack, aber ich habe noch drei Flaschen hier. Vielleicht schmeckt er dir auch.«

Ich zögere etwas mit meiner Frage, aber das sind keine Neuigkeiten für ihn. »Du wusstest, dass Claire irgendwann nicht mehr kommen würde, weil sie aussteigt. Hast du dich nicht gedanklich darauf vorbereitet, dass hier irgendwann eine andere Escort auftauchen würde?«

Pascal lehnt sich an den Tresen, schwenkt sein Glas und mustert den Wein so skeptisch, als wäre er ein Kritiker. Das weiße Shirt steht ihm unheimlich gut. Der Stoff schmiegt sich eng an seinen schlanken, nicht zu überdefinierten Körper. Bevor meine Blicke zu schmachtend werden, sehe ich auch in mein Glas.

»Ich weiß, dass Claire einen Freund hat. Und es wurde auch Zeit, dass sie zur Ruhe kommt. Aber es ging dann doch schneller, als ich dachte. Der Egoist in mir hätte sich gewünscht, dass sie weiterhin kommt. Ich kenne Claire gut, ich konnte sie einschätzen, sie wollte nie mehr von mir als ein Glas zu süßen Wein und bezahlten Sex. Ich war absolut nicht ihr Typ. Sie stand kein bisschen auf mich.«

Er sagt das so verträumt und glücklich, als würde es nichts Schöneres für ihn geben als Frauen, die ihn so unerotisch finden wie einen Waldtroll.

Mannomann, was ist bloß in deinem Liebesleben alles schiefgelaufen?

Pascal hat mir zwar erzählt, dass er Probleme mit einer Stalkerin hatte, aber das lässt einen doch nicht auf ewig jeder emotionalen Nähe wie einem Fluch begegnen. Oder war es so schlimm?

»Du hast nie Sex mit normalen Frauen? Nicht mal One-Night-Stands? Es kommen nur Escorts infrage?«

Sein Blick wird kälter, die blauen Augen funkeln prüfend, aber er seufzt im nächsten Moment resigniert. Anscheinend erinnert er sich wieder daran, dass ich ihn nicht ausfrage, weil ich mich an ihm festketten will.

Pascal ist nicht so kaltherzig, wie es sein Blick manchmal vermuten lässt. Ich denke, er ist ein einfühlsamer Mensch, aber er traut einfach keinen Frauen. Schräg.

»In den letzten Jahren gab es nur Claire. Und eine Freundin, mit der ich ein Abkommen hatte.«

»Friendship with benefits«, mutmaße ich und sehe ihn ein wenig auftauen, weil die Erinnerung wohl positive Emotionen in ihm weckt. Er schmunzelt sogar. Das Lächeln steht ihm – das echte noch mehr als das höflich aufgesetzte.

»Ja, so etwas in der Art. Nur spezieller.«

»Und jetzt habt ihr keinen Sex mehr?«

»Nein. Sie ist weggezogen. Und mit meinem besten Freund zusammen, also …« Er zuckt mit den Schultern und schmunzelt noch breiter. Wenn er nicht gerade den Stimmen seiner verrückten Ängste lauscht, ist er sehr umgänglich.

»Oh, ja. Das ist ein Grund«, entgegne ich und beiße mir auf die Zunge.

Mich würde ja brennend interessieren, wie diese Geschichte abgelaufen ist, vor allem deshalb, weil Pascals Augen so ungewohnt kokett funkeln, aber ich denke nicht, dass er vorhat, mir heute Nacht aus dem Roman vorzulesen, der seine Vorgeschichte erzählt. Das würde zu weit führen. Deshalb bin ich nicht hier. Er will neue Seiten aufschlagen, mit einer neuen Protagonistin. Ob er mit einem verpeilten rothaarigen Chaosmagneten gerechnet hat? Wohl eher nicht, aber er hat sich einen eingefangen.

»Diese Escort-Sache … Du hast erwähnt, du tust das für das Schulgeld«, schlägt Pascal ein neues Thema an, das diesmal mich dazu bringt, mit etwas zu ernster Miene in mein Glas zu starren. »Kevin hat einen glänzenden Notenschnitt. Er hätte ein Leistungsstipendium bekommen. Wenn du früher zu mir gekommen wärst, hätte ich das mit unserem Direktor klären können. Ich bin sein Klassenvorstand. Ich hätte ihm geholfen. Du hättest nicht …«

»Ich weiß es selbst erst seit zwei Wochen!«, unterbreche ich ihn forsch, weil ich den letzten Satz nicht hören will. Ich hätte mich nicht prostituieren müssen, wenn ich früher von der Sache gewusst hätte. Das ist so einfach dahingesagt, aber die Realität war komplizierter.

»Unser Vater hat uns auflaufen lassen. Ohne ein Wort zu sagen. Als ich davon erfahren habe, war die Frist für die Zahlung längst abgelaufen. Dass Kevin überhaupt in die letzte Klasse durfte, war schon nett von eurem Direktor. Aber um einen Stipendiumsantrag einzureichen, war es schlichtweg zu spät.«

Er nickt. Mein Tonfall klingt wieder ruhiger, weil ich mich am Riemen reiße. Dass ich Pascal im Festsaal von meinen Beweggründen erzählt habe, bereue ich noch immer.

Er mustert mich auffallend lange. »Ich war dein Erster. Wie viele Kunden hattest du seither?«

Ich erlebe einen kurzen Flashback, in dem ich Finns Stimme höre, die mich dunkel und erregt fragt, wie viele Männer mich schon hatten. Bei Pascal klingt die Frage anders. Er geilt sich nicht an der Zahl auf, es scheint ihn aber zu beschäftigen, dass er mein Erster war.

»Zwei nach dir.«

»Der eine, der dich vor dem Elternsprechtag am Hals verletzt hat. Und der andere? Auch Fetisch? Wann hattest du den Termin mit ihm?«

»Wieso willst du das so genau wissen?«, frage ich und hoffe, dass er das Thema bleiben lässt, weil es mir unangenehm ist. Ich will ihm nicht sagen, dass ich erst gestern Nacht gevögelt wurde.

Pascal zuckt mit den Schultern. »Du stellst mir auch ständig persönliche Fragen, obwohl ich dich schon bei der ersten Buchung darum gebeten hatte, das sein zu lassen. Ich will nur faire Verhältnisse schaffen. Es ist mir eigentlich egal, was du machst oder mit wem.«

Der letzte Satz klang so hoheitsvoll und unterkühlt, dass ich keinen Zweifel daran habe, dass gerade wieder der Drang nach Distanziertheit aus ihm spricht und mich anmotzt. Meine Frage klang wohl so, als würde ich ihm unterstellen, dass er sich für mehr an mir interessiert als für meinen Körper. Was okay wäre – Menschen unterhalten sich, interessieren sich füreinander und führen Gespräche, auch wenn sie sich nicht lieben, sondern nur mögen. Aber auch das zuzugeben, schreckt ihn ab. Pascals Augen wirken wieder kalt.

»Kann ich damit rechnen, dass du länger für Vincent arbeitest? Ich will nicht in zwei Wochen das gleiche Gespräch mit dem nächsten Mädchen führen.«

Ich bin austauschbar, aber es wäre anstrengend für dich – schon klar. Das war einfach eine etwas andere Interpretation seines ›Es ist nur Sex‹-Mantras.

»Du weißt, was ein Schuljahr an eurem Internat kostet«, entgegne ich und zucke schwach mit den Schultern.

Pascal nickt. Der Satz muss ihm reichen, um zu wissen, wie lange ich der Agentur gehöre. Er kann es sich bestimmt besser ausrechnen als ich, weil er weiß, was Vincent für mich verlangt.

»Und dann steigst du aus? Wenn du das Schulgeld bezahlt hast?«

Ich hebe irritiert den Blick, weil ich seine Frage seltsam finde. Natürlich höre ich auf, sobald ich meine Schulden bezahlt habe. Ich bin nicht so tough wie Jan oder Claire, die diesen Job absolut problemlos wegstecken und sich von dem Geld schicke Sachen kaufen. Wenn ich durchhalte, bis die 50.000 beglichen sind, ohne einen Knacks zu bekommen, feiere ich eine Woche lang mit Billig-Piña-Colada in meiner winzigen Wohnung und bin froh darüber, arm, aber schuldenfrei zu sein.

»Ja. Es geht nur um Kevins Abschlussjahr. Ich hätte den Job für nichts anderes angenommen.«

Stille. Seltsam unangenehme Stille. Wie damals im Festsaal. Ein verstohlener Blick in Pascals blaue Augen verrät mir … gar nichts. Das ist, als würde ich mir Steven Hawkings Physiknotizen ansehen. Keine Ahnung, was ich da sehe. Interesse? Desinteresse? Ein schwarzes Loch über Frankreich?

»Gibt es eigentlich irgendetwas, das du beim Sex mit Claire besonders mochtest?«, frage ich, um das Thema aufzugreifen, das diesen Abend eigentlich bestimmen sollte.

Dass er mir überhaupt Wein anbietet und sich unterhalten möchte, war etwas überraschend. Bei unserer ersten Buchung ging es nur ums Vögeln. Andererseits wollte er im Festsaal auch reden. Ich würde für eine Gebrauchsanweisung für diesen Mann sogar etwas bezahlen.

Pascal neigt den Kopf zur Seite, bricht aber nicht mit seiner an den Tresen gelehnten, einen Arm vor der Brust verschränkten Kritiker-Pose. »Claire hatte keinen devoten Charakter, aber sie konnte es gut spielen. Tu einfach, was ich sage, und improvisier um Gottes willen nicht. Ach, und wenn es dir irgendwie möglich ist, schlag dir nichts mehr auf die Nase. Oder sonst wo hin.«

Klar, die Anspielung musste kommen.

»Wenn du so schnell feucht wirst wie beim letzten Mal, können wir uns das Gleitgel sparen – aber ich habe welches hier, falls es nötig sein sollte. Du musst mir keinen Orgasmus vorspielen oder meinen Namen stöhnen. Ich stehe nicht auf dieses übertriebene Porno-Getue. Dass du nicht kommst, nur weil du meinen Schwanz im Mund hast, ist mir klar. Und ich muss auch nicht hören, wie gut ich bin oder wie geil ich dich mache.«

Okay. Keine Show.

Pascal zählt diese Dinge so ernst auf, dass kein Zweifel daran besteht, dass er nicht gern verschaukelt wird, auch wenn es gut gemeint ist. Bei den eindringlich gesprochenen Worten bekomme ich aber ein wenig Angst, überhaupt einen Ton von mir zu geben. Was, wenn ich stöhne, weil er sich wirklich gut anfühlt? Und ja, das Gleitgel kann er sich sparen, meine Libido ist schon hellhörig, seit er mit verruchten Anweisungen um sich wirft.

Seine Stimme klingt so rau und selbstbewusst, wenn er über Sex spricht, dass man nicht überhören kann, dass er ein ziemlich erfahrener Mann ist, der schon viel ausprobiert hat und genau weiß, was er will. Trotz der Blockade in seinem Kopf.

»Ich stehe auf harte Ficks, aber ich bin kein Fetischist. Wenn ich zu grob werde, kannst du es mir sagen, ich will dir nicht wehtun. Harter Sex turnt mich an, aber nicht, wenn du Schmerzen hast. Dein Safeword?«

Mein Blick versteinert, weil mich die Frage kalt erwischt. Darüber, dass Kunden mein Safeword wissen wollen, habe ich mir noch gar keine Gedanken gemacht. Und das, obwohl ich Sex mit dem Teufel hatte! Finn war mein Safeword scheißegal. Und bei Lias war keines notwendig. Ich habe zwar eines, aber das stammt noch aus meiner Beziehung mit Jan und wir waren bekanntermaßen etwas kindisch und schräg. Ich sage Pascal jetzt garantiert nicht, dass er aufhören muss, sobald ich ›Pikachu‹ sage.

»Ähm …«

Sein Blick wechselt von selbstbewusst zu fragend, als ich zu stammeln beginne. Er zieht eine Braue nach oben. »Sag mir jetzt nicht, dass du keines hast. Du hattest Sex mit einem Typen, der dich gebissen hat!«

»Ja … aber … das war nur … eine Ausnahme. Es gab kein Safeword, ich durfte …«

Pascal stößt sich vom Tresen ab und schnaubt. »Du durftest was? Nicht abbrechen?! Arbeitet Vincent jetzt so?«

»Nein! Nein! Ich hätte gehen können!«

Das bestätige ich mir zumindest immer wieder selbst.

»Mein Safeword lautet ›Rouge‹«, entscheide ich spontan. Rot wegen meiner Haare, und wer mich zu Französisch inspiriert hat, liegt nahe.

Pascal stellt sich seitlich neben mich. »Tu parles un peu le français?«

Er will wissen, ob ich Französisch spreche. Ich schüttle den Kopf, aus Angst, dass er gleich einen Vokabeltest mit mir macht.

»Mais tu me comprends?«

Ich nicke, weil er fragt, ob ich ihn verstehe.

»À vrai dire, ça me plaît …«, brummt Pascal.

Es gefällt ihm, dass ich ihm folgen kann. Wenn ich mich richtig erinnere, ist Französisch seine Muttersprache. Das hört man auch. Es geht ihm weich und absolut mühelos über die Lippen.

Mir war nicht klar, dass sich diese melodische Sprache so tief und rau anhören kann, aber der Klang ist anregend. Genau wie sein Geruch. Mir steigt sein Parfum in die Nase, als er einen Schritt zur Seite macht und sich hinter mich stellt. Ich begradige die Haltung und schließe die Augen, während er mir die Haare über die Schultern streift und meinen Nacken frei macht. Seine Hand greift zu, massiert mich fest, aber der Druck ist angenehm.

»Du hattest Französisch in der Schule«, stellt er wissend fest und positioniert seinen Körper noch dichter hinter meinem.

»Ja. Aber ich war nicht gut.«

»Du verstehst viel. Wieso hast du Angst, es zu sprechen?«

»Meine Aussprache ist schlecht …«

»Das ist nichts, was dich abhalten sollte, eine Sprache zu üben. Je mehr du sprichst, desto besser wirst du.«

»Da haben Sie recht, Herr Favre«, entgegne ich und kann mir das Schmunzeln nicht verkneifen, weil ich mir gerade zu gut vorstellen kann, Pascal wäre wirklich mein Lehrer.

Ein ziemlich heißer Gedanke. Keine Ahnung, wie ich in den Bungalow meines Lehrers gekommen bin, aber er massiert gerade meinen Nacken und mustert meinen Ausschnitt, während er mir über die Schulter blickt.

»Lass das«, verlangt die raue Stimme und verliert dabei ein Stück weit den angeregten Tonfall.

Was habe ich denn jetzt falsch gemacht? Stöhne ich zu genießerisch wegen der Massage? Er packt aber auch angenehm fest zu.

»Keine Schüler-Lehrer-Rollenspiele. Ich hasse die Vorstellung«, stellt er unmissverständlich klar und zerstört damit die für mich scharfe Sexfantasie.

Das hätte doch Spaß gemacht, oder? Ein wenig strenger Lehrer und notgeile Schülerin spielen. Aber es ist seine Buchung … wir machen, was er will.

»Entschuldige. Ich merke es mir«, verspreche ich und versuche, mich nach ihm umzudrehen.

Pascal hält meine Schulter fest. »Bleib so.«

Okay, kein Lehrer, aber Anweisungen zur Sitzordnung gibt es trotzdem.

Ich entspanne den Körper wieder, zumindest so lange, bis er seine linke Hand nach vorn schiebt und unter meinem Top verschwinden lässt. Er streift über meinen Bauch, kurz, dann fühle ich seine schlanken Finger an meinen Brüsten. Sein Zeigefinger streift über den dünnen Stoff meines BHs und bringt meinen Körper dazu, eine Welle aus Erregung loszutreten. Das wohlige Aufstöhnen verkneife ich mir, aber er merkt, dass mich seine Berührungen anturnen, weil ich nicht verhindern kann, dass meine Brustwarze unter dem Reiben seines Zeigefingers immer härter wird.

»Bist du feucht?«

Die geraunte Frage lässt mich doch genießerisch aufseufzen. Pascal massiert noch immer meinen Nacken mit der einen Hand, während die andere schmutzigere Dinge tut. Die Impulse aus dem festen Kneten und dem eindringlichen Reizen sind großartig. Mein Körper ist definitiv bereit für mehr. Einen Fick auf dem Küchentresen oder alles, was er möchte.

»Ja. Ich kann für dich machen, was immer du willst«, stöhne ich leise und stutze, als er von mir ablässt.

»Gut. Dann geh duschen. Das Badezimmer ist dort drüben.«

Ich rutsche vom Hocker und drehe mich überrascht blinzelnd zu ihm um. »Ich habe geduscht! Ich rieche lecker!«, platzt es etwas beleidigt aus mir heraus. Dass es bescheuert aussieht, als ich prüfend an mir selbst rieche, fällt mir erst auf, als Pascal eine Braue nach oben zieht.

»Ja, du riechst sehr gut«, bestätigt er, klingt allerdings so, als würde gleich ein dickes Aber kommen. »Aber …« Da ist es. Pascal rümpft die Nase und sieht dabei sehr französisch aus. »Du hast mir vorhin erzählt, dass eine Ratte deinen Fuß abgeleckt hat. Muss ich mehr sagen?«

»Ich denke, es war ein Eichhörnchen … oder so etwas in der Art«, entgegne ich kleinlaut, weil ich seine Aufforderung jetzt irgendwie nachvollziehen kann. Ich habe die Geschichte so erzählt, als hätte das Tier mir wie ein Hund übers Bein geschleckt – so krass war es nicht, aber wenn er will, dass ich dusche, dusche ich eben.

DU ERINNERST MICH AN

Ich folge seiner richtungsweisenden Geste in den Flur und mache mir gedanklich eine Notiz: Pascal ist ein kleiner Hygiene-Junkie. Das passt auch irgendwie zu seinem Charakter und zu seinem Bungalow. Alles hier wirkt sehr sauber. Ich stelle aber fest, dass er verdammt viel Zeug besitzt.

Drei Duschgels und ebenso viele Shampoos zu haben, erscheint mir etwas übertrieben. Für trockenes Haar, für schnell fettendes Haar, für schuppiges Haar – wow, sogar seine Kopfhaut hat drei Identitäten. Herr Favre, der Lehrer, Marcel, der Frauen nicht traut, und Pascal ohne Ängste, aber dafür mit Schuppen? Merkwürdig.

Dass er eine Regendusche besitzt, gefällt mir. Ich hätte auch gern eine, aber mein Duschkopf ähnelt mehr einem Gartenschlauch mit Persönlichkeit, der mich bei schlechter Laune anspuckt.

Ich versuche, die Haare und mein Gesicht trocken zu halten, und hoffe, dass mein Make-up durch den Wasserdampf nicht verläuft. Eigentlich will ich schnell nach einem der Duschgels greifen und mich einseifen, damit ich Pascal nicht unnötig lange warten lasse, aber als ich die Tür aufgehen höre, stutze ich. Die Glastrennwand lässt mich seine Umrisse nur schemenhaft erkennen, bis er sich an die Fliesen gegenüber der Dusche lehnt.

Obwohl Pascal mich schon nackt gesehen hat und ich eigentlich kein Problem mit forschenden Blicken habe, werde ich seltsam verlegen. Die Musterung aus diesem perfekten Gesicht lässt mich sogar vergessen, dass ich meinen Kopf nicht nass werden lassen wollte. Das warme Wasser rinnt über meine nackte Haut, während ich abzuschätzen versuche, ob er nur hier ist, um mir zuzusehen, oder ob er Sex unter der Dusche möchte. Im Moment hat er dafür aber noch zu viele Klamotten an und hält zu großen Abstand.

»Was? Stört es dich, wenn ich dir zusehe? Ich habe dich schon duschen gesehen«, erinnert Pascal mich und hebt hoheitsvoll das Kinn. Er sieht wieder besonders französisch aus. Schön, etwas hochnäsig, aber sexy.

Ich habe natürlich nicht vergessen, dass wir schon zusammen unter der Dusche standen. Aber die Situation damals war anders. Ich war zu sehr damit beschäftigt, nicht mehr aus der Nase zu bluten, was die Stimmung merklich beeinflusst und letzten Endes gekillt hat. Pascals Augen haben nicht annähernd so intensiv geglänzt wie jetzt.

»Nein. Es stört mich nicht, dass du mir zusiehst. Ich dachte aber eigentlich, du würdest die letzte Buchung lieber verdrängen.«

Ich greife nach dem Duschgel und beginne mich einzuseifen. So langsam, wie sich kein Mensch einseift, der schon mal unter einer Dusche stand und die Funktion von Seife gerafft hat. Es sieht aber anregend aus – hoffentlich.

»Das hier erinnert mich nicht an die Sache im Hotelzimmer, sondern an etwas anderes«, spricht Pascal mit rauer Stimme aus.

»Hat Claire manchmal für dich geduscht?«, will ich wissen und sehe ihn mit den Schultern zucken.

»Ja, aber du erinnerst mich gerade mehr an die Freundin, von der ich dir vorhin erzählt habe. Auch sehr zierlich, klein, keine zu großen Brüste – ich mochte ihren Körper. Als sie zum ersten Mal hier war, stand sie auch unter der Dusche.«

Dass er mir von einer anderen Frau erzählt, fühlt sich seltsam an. Ich ignoriere das leicht unangenehme Gefühl, das aufkommen will, und konzentriere mich nur darauf, dass ich es scharf finde, wenn er über Sex spricht.

Pascal ist ein Vorzeige-Lehrer, unheimlich eloquent, unheimlich engagiert und korrekt – das macht es umso heißer, dass er diese verruchte Seite an sich hat, die er an kaum jemandem auslebt.

»Hast du sie unter der Dusche gevögelt?«, will ich wissen und sehe ihn schief grinsen.

»Nein. Ich war mir noch nicht sicher, ob ich sie unverbindlich ficken kann. Das hat sich erst später herausgestellt.«

»Also hattest du eine heiße Zeit mit ihr?«

»Ja. Wir hatten eine scharfe Zeit mit ihr«, antwortet Pascal und verwirrt mich damit. Benutzt er den Plural, weil er besoffen ist, oder ist das jetzt so ein ›Gollum hat zwei Persönlichkeiten und zeigt es auch‹-Ding?

»Wir?«, wiederhole ich und ziehe eine Augenbraue nach oben, weil ich der Meinung bin, dass er sich versprochen hat. Deutsch ist nicht seine Muttersprache, auch wenn er das sonst nicht durchklingen lässt.

Der Franzose schmunzelt. »Wir hatten ein paar nette Dreier.«

Ich sehe ihn eindeutig zu überrascht an, aber dass er es so faustdick hinter den Ohren hat, verblüfft mich.

»Wer war die zweite Frau?«, will ich wissen, obwohl ich die Antwort vermutlich kenne. Claire. Pascal hat erwähnt, dass er in letzter Zeit keine anderen Frauen hatte – nur seine Rose und diese spezielle Freundin, an die ich ihn gerade erinnere.

Hoffentlich verlangt er keine Threesome-Abenteuer von mir. Ich weiß nicht, ob ich mit einer anderen Frau im Bett umgehen könnte. Muschis irritieren mich. Also nicht meine eigene – wir kennen uns –, sondern fremde.

Er grinst schief. »›Die andere‹ war ein knurrender Italiener«, haut er raus und schockt mich mit diesem salopp gesprochenen Geständnis noch mehr.

»Du hast mit …? Ich meine … ein zweiter Mann? Bist du bi?«

Er schüttelt den Kopf. »Nein. Kein bisschen. Aber er ist mein bester Freund und wenn man sich sehr gut versteht und etwas eingespielt ist, kommt man sich nicht in die Quere. Zu sehen, wie eine Frau auf vier Hände reagiert, hat etwas sehr Scharfes. Oder zuzusehen, wie sie gefickt wird, während sie dir einen bläst.«

Ganz ehrlich: Bis auf die Dominanz-Sache hatte ich mich für versauter als Pascal gehalten.

Mann, lag ich falsch! So falsch!

Er möchte zwar keine Rollenspiele spielen, aber Orgien sind in Ordnung?

»Was? Überrascht? Sehe ich so unschuldig aus?«, fragt er, weil mir meine Gedanken vermutlich ins Gesicht geschrieben stehen.

»Nein. Dein Aussehen ist es nicht. Aber die Tatsachen, dass du schwer durch den Wind warst, weil dir vor Kevin das Wort ›ficken‹ rausgerutscht ist und du dieses kolossale Vertrauensproblem hast, lassen nicht gerade darauf schließen, dass du auf sooo offenen Sex stehst.«

»Mein Job steht an erster Stelle. Dass die Kinder mir bedenkenlos vertrauen und zu mir aufsehen können, ist Voraussetzung dafür, dass ich der Pädagoge sein kann, der ich sein möchte. Wenn das verklemmt wirkt, von mir aus. Und mein ›Vertrauensproblem‹ …« Er betont das Wort über. Anscheinend hat ihm meine Formulierung nicht gefallen, aber nichts anderes ist es. Er vertraut Frauen nicht. Obwohl ich nackt vor ihm stehe und ihm schon hundert Mal versichert habe, dass ich weiß, dass es nur bezahlter Sex ist, ist da dieses misstrauische Funkeln in den blauen Iriden, das ich noch nie ganz habe verschwinden sehen, nicht mal, wenn er scharf ist.

Pascal brummt resigniert. »Ich habe mir diese Spleens nicht ausgesucht oder aus Spaß angewöhnt.« Er zieht sich das T-Shirt über den Kopf und wirft es zum Wäschekorb. »Es ist eben, wie es ist. Aber das heißt nicht, dass ich verklemmt bin, wenn ich Sex habe. Ich bin nur wählerisch bei meinen Partnerinnen …«

Mein Blick klebt an seinen außerordentlich schönen Händen, die seinen Gürtel öffnen und sich dann an seinen Hüften unter den Jeansstoff schieben. Ohne Gürtel kann er die Hose abstreifen, obwohl sie relativ eng sitzt. Die Jeans landen gemeinsam mit seinen Shorts auf dem trockenen Fliesenboden.

Als dieser schlanke, definierte Körper hüllenlos vor mir steht, schlucke ich. Ganz ehrlich: Pascal ist die Personifizierung aller Träume, die ich jemals über einen perfekten Mann hatte. Nur schärfer. Ich habe ihn schon nackt gesehen, aber meine Gedanken waren zu zerstreut, um das volle Ausmaß seiner Attraktivität zu begreifen. Klar, Schönheit ist etwas Subjektives und Geschmacksache, aber scheiß den Eiffelturm an, Pascal ist für mich reine Perfektion!

»Hör auf, mich so anzusehen«, knurrt er plötzlich. Eigentlich war er dabei, auf mich zuzugehen, aber er bleibt stehen und mustert mich vorwurfsvoll.

Ja, ich weiß! Nicht begeistert gucken! Aber mal ehrlich, wenn du nicht willst, dass andere dich attraktiv finden, versuch mal, das mit dem Sport sein zu lassen, mehr Pommes in dich reinzustopfen und dir die Dinger auch ins Gesicht zu reiben, bis du Pickel bekommst. Obwohl … Nein, auch mit zehn Kilo zu viel und Akne wäre Pascal noch attraktiv. Da hilft echt nur eine Tüte über dem Kopf.

»Entschuldige«, murmle ich und streife mir die mittlerweile klatschnassen Haare nach hinten. »Aber nur weil ich dich attraktiv finde, heißt das nicht, dass ich in dich verliebt bin. Das Thema hatten wir schon.«

Ich betone es noch mal, weil er sich daran gewöhnen muss, dass ich ihn manchmal mit glänzenden Augen mustern werde. Ich kann nicht abstellen, dass ich ihn sexy finde. Er weiß auch selbst, dass er schön ist! Aber Pascal ist so distanziert, beherrscht und unterkühlt, dass es absolut nie über eine harmlose Schwärmerei hinausgehen könnte. Ich kenne ihn nicht und er will auch nicht, dass ich ihn kennenlerne.

»Schön, zu hören, dass dich meine Persönlichkeit abturnt«, entgegnet er meiner Klarstellung und zieht dabei eine Augenbraue hoch. Er macht eine richtungsweisende Kopfbewegung, als er sich wieder in Bewegung setzt. »Dreh dich um.«

»Ich mustere dich nicht mehr so intensiv«, versichere ich und versuche, den Glanz aus meinem Blick zu vertreiben, als er vor mir stehen bleibt und die Hände neben meinem Kopf an den Fliesen abstützt. Sein Gesicht kommt so nah an meines, dass die Wassertropfen, die an seinem Kinn zusammenlaufen, auf meine Brüste tropfen.

»Tu einfach, was ich sage. Diskutier nicht mit mir.«

Die Arschloch-Ergänzung am Ende macht er bewusst. Wegen meines Spruchs von vorhin. Ich hoffe, das hat ihn nicht gekränkt. Ich finde seine Persönlichkeit nicht abturnend, aber er braucht negative Bestätigungen, damit er darauf vertrauen kann, dass das hier nur vögeln bleibt. Ich tue uns beiden damit einen Gefallen.

Als ich mich umdrehe, schlingt Pascal einen Arm um mich und legt seine Hand auf meine Brüste. Seine Lippen drücken sich an meine Halsbeuge, erzeugen dort so viel Unterdruck, dass mich das Kribbeln meiner Nervenenden leise aufstöhnen lässt. Ich fühle seinen Körper an meinem Rücken, vor allem den harten Teil an ihm, der sich gegen meine nasse Haut drückt. Meine Hand wandert nach hinten, weil ich ihn anfassen möchte, aber kaum streichen meine Finger über seine Härte, stoppt er mich. Pascal führt meine Hand wieder nach vorn und nach oben, bis vor die silberne Querverstrebung der Duschstange.

»Beug dich nach vorn.«

Oh, ich weiß, was das wird.

Ich greife die Stange, die mir gleich helfen wird, das Gleichgewicht zu halten und Gegendruck zu seinen Stößen aufzubauen. Mein Körper spannt sich in erregter Erwartung an. Ich drücke den Rücken durch, will ihn spüren, aber mein Hintern wippt nur in der Luft herum.

Eigentlich sollte da ein scharfer, harter Franzose stehen. Als ich mich umdrehe, ist er verschwunden.

»Ähm. Hallo?«

Wer geht denn bitte in so einer Situation einfach weg?

»Bleib so!«, höre ich ihn rufen, ziemlich leise. Er ist wohl in einem anderen Raum.

Ich murre gegen die Fliesen und lasse das warme Wasser weiterhin meine Haut streicheln. Das Gefühl ist angenehm, aber mein Körper will mehr als eine entspannende Dusche.

Dass ich so ungeduldig bin, muss ich abstellen. Was gleich passiert, dient nicht meinem Vergnügen, sondern Pascals. Scharf aussehen und mich gut anfühlen, mehr verlangt er nicht von mir und mehr sollte ich mir auch nicht abverlangen. Ich mache mir wieder bewusst, dass das hier ein Termin und kein Spaß unter Freunden ist. Das fällt mir zum ersten Mal schwer, weil Pascal irgendwie auch ein Teil meines Privatlebens ist – Herr Favre zumindest. Ich muss aufhören, mir vorzustellen, ich wäre nach dem Elternsprechtag hier gelandet. Es geht um Geld. Und Sex. Nichts weiter.

Ich hebe den Kopf und öffne den Mund, um etwas Wasser hineinlaufen zu lassen. Als er mich anspricht, verschlucke ich mich.

»Was war das?«, will Pascal wissen und klingt ziemlich schlecht gelaunt.

Ich räuspere mich, bevor ich mich nach ihm umdrehe. »Noch nie jemanden Wasser aus dem Duschkopf trinken sehen?«, entgegne ich schief grinsend, weil ich denke, dass seine plötzliche schlechte Laune da herrührt. Grummel-Franzose …

»Doch. Hunde«, lautet seine sarkastische Antwort.

Er greift meinen Oberarm, um mich wieder umzudrehen. Ich sehe noch, dass er ein Kondom in der Hand hat – deshalb war er verschwunden.

»Aber deine seltsamen Trinkgewohnheiten meinte ich nicht. Ich wollte wissen, was das hier war …«

Ich fühle seine Hand über meinen Hintern gleiten, sehr sanft, nicht ruppig oder fest, er streift nur kurz über meine Haut und murrt dann. Als ich den Kopf nach hinten drehe, sehe ich, wie akribisch er meine Kehrseite mustert. Es dauert eine Sekunde, bis ich verstehe, warum er meinen Hintern mit vorwurfsvollen Blicken straft.

Ich beiße mir peinlich berührt auf die Lippen und versuche, keine Nervosität aufkommen zu lassen, obwohl ich schon jetzt weiß, dass ich mir keine passabel klingende Ausrede aus dem Ärmel schütteln kann. Dass er die vielen feinen hellroten Kratzer erst jetzt bemerkt, wundert mich. Anscheinend war er von anderen Stellen meines Körpers abgelenkt und danach hat ihn das fehlende Kondom beschäftigt.

»Das war …«, setze ich an und will mich zu ihm drehen, Pascal drückt mich aber an der Schulter an die Wand und fährt mit dem Zeigefinger sanft über meine Pobacken.

»Sagtest du nicht, du machst keinen Fetisch?«

»Mache ich auch nicht.«

»Wieso lügst du mich an?«

»Tue ich nicht! Das war kein Mann, das war ein Busch.«

Oh. Ich wusste, dieser Satz würde bescheuert klingen, aber laut ausgesprochen klingt er noch dämlicher als erwartet.

Pascal drückt die Schläfe an die Fliesen. Unsere Nasenspitzen berühren sich beinahe, seine Handfläche tastet noch immer meinen zerschundenen Hintern ab. Ich hatte mich an das leichte Brennen gewöhnt, das von den kleinen Wunden ausgeht, und nicht mehr daran gedacht, dass sie da sind. Dass sie Pascal so beschäftigen würden, konnte ich nicht kommen sehen. Er wirkt manchmal so gleichgültig und dann mustert er mich plötzlich, als wäre ich eine seiner Schülerinnen und er müsste auf mich aufpassen.

»Wie schafft man es denn bitte, sich von einem Busch so etwas antun zu lassen?«

Zwischen den durchaus besorgten Tonfall mischt sich ein verarschender.

»Na ja. Ich hab ihm Geld geschuldet. Es war ein Mafia-Busch.«

Sehe ich da ein Schmunzeln? Er unterdrückt es, mustert mich wieder eindringlich.

»Ich bin aus einem Fenster gesprungen und im Gestrüpp gelandet«, gestehe ich, weil er auf eine nicht verschaukelnde Antwort wartet.

»Und der Busch hat deinen Selbstmordversuch abgefedert?«

Für jemanden, der strafend die Lippen verzieht, sobald man einen dämlichen Witz reißt, haut er selbst auffallend gern mit schwarzem Humor um sich.

»Ich wollte mich nicht töten, aber die Frau meines Kunden hätte das wahrscheinlich erledigt, wenn ich nicht abgehauen wäre.«

Pascal blickt kurz zur Seite. Ich weiß nicht, was er denkt, aber er sieht dabei vorwurfsvoll aus.

Ja, ich schlafe mit anderen Männern – auch verheirateten Männern. Das ist wohl schäbig, aber ich suche mir das nicht aus …

»Also ein Strauch. Keine Peitsche«, will er bestätigt haben und sieht mir wieder in die Augen. Sehr forschend, so als wollte er herausfinden, ob ich die Wahrheit sage.

Der abschätzende Blick vorhin war doch kein Vorwurf, sondern Mitgefühl. Damals im Festsaal hat er mich auch so gemustert, als er Finns Bissspuren ertastet hat.

Mir wird etwas seltsam zumute, als ich mir bewusst mache, wie viel von Pascals kühler Distanziertheit nur eine Maske ist. Sehr viel. Gefühlskalt ist in Wahrheit das letzte Wort, mit dem man ihn beschreiben könnte. Er hat sich die gespielte Gleichgültigkeit gut antrainiert. Wenn er Verletzungen an jemandem entdeckt, kann er die Fassade aber nicht aufrechterhalten.

»Mir hat niemand wehgetan. Es geht mir gut. Und ich spüre es kaum.«

Ich fühle, wie sein Daumen über meine Haut streichelt. So sanft seine Hände gerade sind, so kühl wird sein Blick.

»Ich frage nur, weil ich wissen will, ob deine Verletzung unseren Sex beeinträchtigt«, brummt er.

Schwachsinn. Du fragst, weil du ein mitfühlender Mensch bist und dich verpflichtet fühlen würdest, etwas zu tun, wenn du erfährst, dass mich jemand misshandelt.

»Danke.«

»Für was denn? Ich wollte dich von hinten ficken und das kann ich jetzt nicht mehr. Hör auf, mich anzusehen, als hätte ich dir ein Gedicht aufgesagt.«

Jetzt merkt er selbst, wie besorgt er gewirkt hat. Er rudert zurück und klingt schlecht gelaunt und gleichgültig.

»Schon gut, du kannst mich nehmen, wie du willst. Mein Hintern kann die Stellung ab«, versichere ich und drücke mich ihm entgegen. Pascals Erregung hat sich ein Stück weit in seiner Besorgnis verloren, aber mit der Strenge in seinem Blick kommt auch der lustvolle Glanz in seinen Augen zurück.

»Dir ist schon klar, dass ich mit ›von hinten‹ nicht die Stellung, sondern den Fick selbst meine, oder?«

Ich blinzle etwas überrascht und drehe mich zu ihm um. Er legt eine Hand um meine Hüfte und küsst mich zum ersten Mal. Seine Zunge spielt nur kurz mit meiner, dann macht er sich vor mir so groß, dass ich seine Lippen nicht mehr erreiche.

Ich dachte nicht, dass er meinen Hintern so will, aber mir fällt einmal mehr auf, dass es unheimlich heiß ist, wenn er Dinge sagt, die so schmutzig sind, dass ich sie ihm eigentlich nicht zutrauen würde. Meine Arme legen sich auf seine Schultern. Ich ziehe mich an ihm hoch und beiße ihm sanft in die perfekten Lippen.

»Mach mit mir, was dir Spaß macht«, hauche ich ein Angebot gegen seine nasse Haut, das ich für verlockend halte. Er muss keine Rücksicht darauf nehmen, ob es mir gefällt, ob ich komme oder ob ich andere Vorlieben habe – ich denke, genau das ist das Reizvolle an gekauften Körpern.

Meine Handfläche schiebt sich über seine Bauchmuskeln zu seiner Männlichkeit, die unter dem Druck meiner Finger härter wird.

Ich will ihm das Kondom aus der Hand nehmen und ihm den Gummi überstreifen, aber Pascal zieht das Päckchen weg.

»Ich mache das selbst«, stellt er klar und beginnt, sich das Kondom überzustreifen.

Ganz ehrlich, das klang wieder ziemlich paranoid, so als hätte er Angst, dass ich den Gummi absichtlich falsch überstreifen könnte, um ihm etwas unterzujubeln und ewig an mich zu ketten. Hört sich bescheuert an, aber ich verstehe langsam, was seine verqueren Ängste ihm zuflüstern.

Ich lasse Pascal selbst Hand an sich legen, was seinen Reiz hat, weil es heiß aussieht, wenn die schönen, schlanken Finger über seine Härte streifen. Als er fertig ist, drehe ich mich für ihn um. Ich spüre seine Hände an meinen Hüften. Er zieht mein Becken zu sich und ich greife wieder die silberne Querverstrebung. Ein Blick über meine Schulter verrät mir, dass er meinen Körper mustert. Ich höre ihn angeturnt knurren, dann drückt er sich so fest und schnell in mich, dass ich beim erschrockenen Aufstöhnen Wasser schlucke.

»Ich. Dachte, du. Wolltest …?«, japse ich abgehackt klingend, weil seine intensiven Stöße dazu führen, dass die Lust meine Gedanken einnimmt und es mir egal wird, warum er mich jetzt doch ›normal‹ von hinten nimmt.

»Ich will nicht …«, setzt Pascal an, den das schnelle, feste Tempo auch umgehend atemlos klingen lässt. »Ich will dir nicht noch mehr wehtun, als du dir schon selbst wehgetan hast. Ich bin kein Sadist.«

Er festigt den Griff um meine Hüften und ich spanne den Körper an, um genügend Gegendruck aufzubauen, weil Herr Favre mich sonst hemmungslos und wortwörtlich an die Wand nageln würde.

Dass er Rücksicht auf meinen Hintern nimmt, weil er weiß, dass Analsex einen selbst dann komisch sitzen lässt, wenn die Pobacken nicht sowieso schon brennen, ist rücksichtsvoll.

Nein, Pascal ist kein Sadist, der sich an Schmerzen aufgeilt. Trotzdem, der letzte Mann, der mich so fest genommen hat, war Victor, der nicht anders kann, weil er der verdammte Hulk ist und schlichtweg zu viel Kraft für alles hat. Pascal wählt den Härtegrad bewusst. Er steht darauf. Das hat er zwar schon bei unserer ersten Buchung durchklingen lassen und genauso angekündigt, aber das hier ist heftiger, als ich erwartet hatte.

Der Unterschied zum Vögeln mit Victor ist gar nicht mal die Intensität, sondern die Tatsache, dass Pascals Körper besser zu meinem passt. So fest er mich auch nimmt, er ruft nicht dieses unangenehme Stechen in mir hervor. Die intensive Penetration überfordert mich nur im ersten Moment, weil sie so schnell so viel Erregung in mir lostritt, dass der Endorphinrausch meine Gedanken vernebelt.

Pascal fühlt sich schlichtweg heiß in mir an, und das, obwohl das Wasser immer kühler wird.

In das atemlose Stöhnen hinter mir habe ich längst eingestimmt. Mein Körper lechzt nach mehr, nach diesen wohltuenden Impulsen, die mich zu einem Höhepunkt treiben, den ich eigentlich gar nicht erwarten darf und plötzlich doch so sehr will, dass ich beinahe alles um mich herum vergesse. Der schönste Mann der Welt hinter mir, sein scharfer Körper und seine Härte, die sich so verdammt gut anfühlt, wenn er in mich stößt – nichts anderes hat noch Platz in meinen Gedanken.

»Nimm mich fester …«, stöhne ich und weiß eigentlich gar nicht, was ich da sage.

Als Pascal meinem erregten Flehen nachkommt, passiert das, was passieren muss, wenn ich darum bitte, dass er noch fester zustößt. Der schlanke, schöne Franzose ist zwar nicht Victor, aber er hat mehr als genug Kraft, um den Gegendruck, den ich mit den Armen aufbaue, zu brechen. Sein Körper drückt sich so schnell und abrupt gegen meinen, dass der Aufprall an der Wand dazu führt, dass mir die Luft wegbleibt.

Pascals Oberkörper presst sich an meinen Rücken, er stützt sich mit der einen Hand an der Wand ab, während die andere meine Hüfte umschlungen hält. Seine Stöße sind fester geworden, aber da ich den Körper aufrichten musste, nimmt er mich nicht mehr so tief wie vorhin. Ich versuche, den Rücken durchzudrücken, strecke mich ihm hungrig entgegen.

Die intensiven, aber nicht mehr so tiefen Stöße fühlen sich zuerst quälend lustdämpfend an, bis er mich ein Stück hochhebt und einen so scharfen Punkt in mir trifft, dass ich den Kopf in den Nacken werfe und mich beinahe am Wasser verschlucke. Pascal stöhnt gegen meine Schulter. Ich fühle, wie sich seine Muskeln immer mehr anspannen. Es ist anstrengend, mich hochzuheben und den festen Rhythmus beizubehalten. Er stoppt aber nicht, weil seine Armmuskeln nicht das Einzige sind, das immer härter wird. Die Stellung ist nicht nur für mich grenzenlos heiß.

»Warte noch …«, stöhne ich lustvoll verzweifelt, weil es sich so anfühlt, als würde er sich jeden Moment ergießen. Wenn er noch eine Minute durchhält, gibt es einen Höhepunkt für uns beide.

»Du warst die Letzte, die ich gefickt habe«, knurrt Pascal mir mit heiserer Stimme ins Ohr. »Ich warte auf gar nichts.«

Durch meinen Nebel aus Lust kämpft sich die erneute Erkenntnis, dass das hier ein Job ist und nicht mein Privatvergnügen. Pascal muss mich nicht zum Höhepunkt bringen, er darf kommen, wann er möchte. Außerdem war mir nicht klar, dass er seit unserer letzten Buchung keinen Sex mehr hatte, obwohl es naheliegt. Sein Misstrauen kann er nur Claire gegenüber ablegen – jetzt bin ich seine Claire. Keine One-Night-Stands, keine Sexfreundschaft, ich bin die Einzige, mit der er schläft.

Mein Bedürfnis, diesen schönen, komplizierten Mann kommen zu spüren, wird plötzlich viel größer als das Verlangen nach meinem eigenen Höhepunkt. Ich spanne den Körper an, lasse ihn mich intensiver fühlen und bekomme Gänsehaut, als sein Stöhnen so laut wird, als würde er in seiner Lust ertrinken. Er raunt mir noch zweimal ins Ohr, aber während er mich nimmt, kann ich kein Französisch übersetzen. Ich bin mir sicher, es war etwas Heißes, so heiß wie das Gefühl seiner pulsierenden Härte, während er knurrend in mir kommt.

Pascal beißt mir in den Nacken, als er den Höhepunkt erreicht. Seine Zähne werden keine Spuren hinterlassen, aber ich mag das Prickeln, das er auf meiner Haut erzeugt.

Auch wenn die erregenden Impulse für mich ohne Orgasmus vorüberziehen, hat es sich befriedigend angefühlt, ihn kommen zu spüren. Mir fällt noch mal auf, wie gut unsere Körper zueinanderpassen, bevor er sich aus mir zurückzieht und …

»Wiiii!«

»Wieso setzt du dich denn jetzt hin?«, höre ich Pascal verständnislos fragen.

Ich sehe zu ihm hoch und ziehe eine Augenbraue nach oben. »Ich habe mich nicht hingesetzt, ich bin gefallen. Wieso lässt du mich denn so plötzlich los?!«

Das erschrockene Piepsen, das ich von mir gegeben habe, müsste ihm eigentlich als Hinweis gereicht haben, dass ich den Hintern nicht freiwillig auf den Fliesen geparkt habe.

Denkst du, ich mache solche Geräusche, wenn ich mich spontan hinsetze?!

Er hat mich unerwartet schnell losgelassen. Meine Muskeln waren noch von der Anstrengung und der Lust weich.

»Hast du mir nicht versprochen, dass du aufhörst, dir selbst wehzutun?«

Seine Stimme klingt auffallend warm, sie ist nur etwas rau vom Stöhnen, genau wie meine.

»Du hast mich fallen gelassen!«, werfe ich Pascal vor und sehe ihn schief grinsen.

»Mir war nicht klar, dass ich jemandem die Fähigkeit, zu stehen, wegficken kann.«

»Haha«, entgegne ich tonlos und unterdrücke das Grinsen, weil der Spruch zugegebenermaßen lustig war.

Ich denke, er will mir seine Hand reichen, aber Pascal beugt sich plötzlich zu mir runter und hebt mich hoch. »Entschuldige«, sagt er, während er sich aufrichtet und ich die Hände um seinen Nacken schlinge. »Alles gut mit deinem Hintern?«

Ich nicke zu oft und blinzle verlegen, aber seine Stimme klingt einnehmend sanft und freundlich. Damals im Hotel hat Marcel auch so mit mir gesprochen, als ich Panik wegen des vielen Blutes geschoben habe. Mit Kevin spricht er ebenfalls in diesem Tonfall, als Herr Favre.

Klingt Pascal so, wenn sein Misstrauen gegenüber Frauen gerade schläft? Er vögelt zwar niemandem die Fähigkeit, zu stehen, weg, aber er kann seine Ängste ins Koma bumsen. Interessant. Der Orgasmus hat ihn sichtlich entspannt.

Als ich ihn anlächele, weil ich mich für ihn freue, funkelt das Unbehagen wieder in den stahlblauen Iriden auf.

Oje. Ich grinse zu begeistert! Abstellen! Sonst schlägt seine Stimmung um und ich kitzle das Angstmonster in ihm wach.

»Scheiße, ist das Wasser kalt!«, rufe ich, nicht nur, weil ich um Ablenkung bemüht bin, sondern weil plötzlich Eiswasser auf uns herabregnet. Die Tropfen beginnen von jetzt auf gleich, auf der Haut zu stechen.

Pascal dreht sich mit mir schwungvoll um, schafft es aber dank nasser, einfrierender Hände und fünfzig Kilo Ich im Arm nicht sofort, die Armatur zu drehen.

»Mach! Ich sterbe!«, japse ich und kann das Zittern nicht mehr unterdrücken, weil das Wasser nicht mehr aus dem Boiler, sondern aus der dämlichen Tundra kommt!

Als Pascal den Hahn endlich drehen kann, hüpft er mit mir aus der Dusche. Ich will mich noch dichter an ihn drücken, in der Hoffnung, etwas Körperwärme abzustauben, aber ich habe Angst, dass er das falsch interpretieren könnte.

Ich bin mir nie sicher, was er in seiner irrational wertenden Angst als zu intim und grenzüberschreitend empfindet und was nicht. Im

Moment hat er wohl ein dickeres Fell. Oder andere Probleme: Wir frieren hier gleich fest! Mann, hat die Eisdusche reingeknallt!

Er stellt mich vor dem Waschbecken ab und greift sich eines der großen Handtücher. Dass das Wasser immer kälter wurde, hat uns die Erregung irgendwie verheimlicht. Jetzt fühlt es sich so an, als hätten wir nackt Schnee-Engel gemacht. Versaute Schnee-Engel …

Pascal unterdrückt das Zittern vehementer als ich, aber seine Haut ist noch unterkühlter als meine, was mir auffällt, als er sich an mich drückt, bevor er das Handtuch um uns beide schlingt. Er legt einen Arm um meine Taille, presst mich an sich und kann den Schüttelfrost dann doch nicht mehr unterdrücken. Wir vibrieren beide.

Dass er so viel Körperkontakt sucht, kurbelt den Ofen in meinem Inneren wieder etwas an. Nicht aus Erregung, sondern aus überraschter Verlegenheit oder irgendetwas in dieser Art. Das Letzte, das ich von Pascal erwartet hätte, ist, dass er mich jemals in den Arm nimmt. Das Ganze hat natürlich nur mit unserem Kampf gegen die Kälte zu tun. Körperwärme hilft. Möchte man meinen. Pascals Körper ist aber so verdammt kalt, als würde mich die David-Statue umarmen. Als er mir die Hände zwischen die Beine schieben will, quieke ich vor lauter Schock auf.

»Alter! Lass das! Deine Finger sind Eiszapfen!«

Er knurrt, während ich ihn daran hindern will, das Ding, mit dem ich arbeite, schockzufrosten.

»Sprich nicht so vulgär! Ich bin nicht dein ›Alter‹!«, bibbert er und versucht weiter, sich an mir warm zu tatschen. Ich zucke jedes Mal quietschend zusammen, wenn er mich mit Elsas Zauber-Eishänden berührt.

»Hören Sie auf, mich zu betatschen, Sie französischer Yeti! Wie kann man nur so kalt sein? Bist du tot?!«

Ich will vor ihm fliehen, aber Pascal löst die Umarmung nicht, was dazu führt, dass wir uns eine Runde im Kreis drehen und das Handtuch auf den Boden fällt.

»Hey, bleib stehen! Ich bezahle dich, um dich anfassen zu dürfen!«

»Du darfst mich anfassen, wenn du Sex von mir willst! Du willst mir aber nur die Körperwärme wegfummeln!«

Was ich ihm unterstelle, stimmt. Er will nur nicht, dass ihm die Finger abfallen wie nach einer Mount-Everest-Besteigung, deshalb sucht er so inbrünstig nach der heißesten Stelle an mir.

»Pascal! Aus!«

»Sag mal, bin ich dein Hund?!«

»Nimm die Finger da raus!«

»Ich bin Klavierspieler! Ich brauche meine Finger noch! Sie fühlen sich taub an! Bleib so! Ich habe noch fünf Minuten!«

Ich denke gar nicht daran, so zu bleiben und mich weiter von dem frierenden Eisprinzen schocken zu lassen. Wir drehen uns wieder. Pascal hält mich fest. Na warte …

»Weißt du was? Ich denke, ich liebe dich doch! Sehr! Heirate mich! Ich will ein Kind von dir!«

Eigentlich wollte ich, dass er wegläuft, aber er murrt nur.

»So einen Knall habe ich nun auch wieder nicht! Ich kann bescheuerten Humor von Ernst unterscheiden!«

Ach, plötzlich kann er das.

»Pascal, du Voll…!«

Bevor ich ihn mit dem Schimpfwort bedenken kann, das mir gerade durch den Kopf geht, fällt mein Blick auf etwas, das unsere Zankerei um Körperwärme beenden kann.

Ich ziehe seine Hand aus seiner Schraubstockumarmung und greife mir den Föhn, der auf der Kommode vor mir liegt. Als ich ihn anmache und auf uns richte, wird das Badezimmer wieder mit Stöhnen beschallt. Kein erregtes, ein wohliges, weil die heiße Luft die Kälte umgehend vertreibt und unsere Muskeln entspannt.

Pascal lockert die Umarmung, seine verkrampften Hände entspannen sich.

»Ich bin ein Genie«, brumme ich genießerisch vor mich hin, während ich unsere Haut wieder warm werden lasse.

»Ja. Die Krönung intellektueller Scharfsinnigkeit. Den Föhn anmachen. In zehn Jahren Pädagogik nie etwas Schlaueres erlebt«, verarscht mich der Mann, dessen begnadete Hände ich gerade vor dem Abfallen gerettet habe.

»Spar dir den Sarkasmus! Dein genialer Einfall, um warm zu werden, war, mich mit den Eiszapfen, die du Finger nennst, zu vergewaltigen!«

Ich denke, ich ernte einen bescheuerten Spruch, weil wir gerade wieder in Fahrt sind, aber Pascal gibt plötzlich ein Geräusch von sich, das ich ihm niemals zuordnen würde, würde ich dabei nicht seinen Brustkorb vibrieren spüren. Das klang, als hätte ein französischer Kater einen Herzinfarkt bekommen. Er lässt mich los und springt zur Seite.

»Schon gut! Du bist ein Genie! Aber kannst du bitte nie wieder versuchen, meine Eier mit brennend heißer Luft zu blanchieren?!«

Ohhh … ich habe den Föhn wirklich etwas zu tief gehalten. Eigentlich wollte ich meine Oberschenkel aufwärmen, aber die heiße Luft ging wohl etwas zu weit nach unten und hinten.

Er fächelt seinen Juwelen Luft zu.

»'tschuldige …«, murmle ich und muss mir das Lachen verkneifen.

Pascal erinnert mich gerade an Jan. Ich weiß nicht, wieso. Sie sehen sich überhaupt nicht ähnlich. Aber er wirkt plötzlich nicht nur sexy und verschlossen, sondern auch herrlich bescheuert. Klar trage ich Schuld an der kleinen Showeinlage, weil ich sehr sensible Stellen an ihm rösten wollte. Eigentlich ist Pascal beherrschter, erwachsener, überlegter, aber er hat mir heute schon mal vorgeworfen, dass ich ihn dazu bringe, sich wie ein Idiot zu verhalten.

Jetzt ist es offiziell: Ich bin ansteckend. Und ich finde die Wirkung meiner Bazillen dämlicherweise auch noch süß an ihm.

ÜBERSTUNDEN

Pascals Gesicht entspannt sich allmählich, nimmt wieder diese überirdisch schönen Züge an, hinter denen er die Emotionen so gut verstecken kann. Ich schalte den Föhn ab, während sein Blick zu der kleinen Digitaluhr an der Kommode schweift.

»Brauchst du einen Pullover für die Heimfahrt? Es ist kühl draußen«, meint er und sieht prüfend zu mir rüber.

Auch in seine Stimme ist die Wärme zurückgekehrt, aber die blauen Augen funkeln mich ungewohnt kurz an, bevor er an mir vorbeiblickt und sich nach seinen Klamotten bückt.

Dass er mich so plötzlich loswerden will, fühlt sich seltsam an. Dann erinnere ich mich wieder, dass er für die Zeit mit mir bezahlt hat. Langsam glaube ich wirklich, ich bin bescheuert. Wer vergisst denn so oft, dass er eine Prostituierte ist? Vielleicht sollte ich mir doch noch eine Rose tätowieren lassen, als Gedächtnisstütze …

18:56 Uhr. In vier Minuten ist die Stunde um und unsere Buchung vorbei. Die Zeit ist wirklich schnell vergangen. Er könnte aber noch einen Quickie verlangen. Reichen zweihundertvierzig Sekunden dafür aus? Kann ein erwachsener Mann, der reichlich Erfahrung hat und gerade erst einen Orgasmus hatte, so schnell noch mal kommen?

Ich bin mir nicht sicher, ob er genug von mir hat oder ob er einfach sehr korrekt ist, was Abmachungen betrifft. Überziehen ist ein Agentur-No-Go. Ich muss zwar nicht umgehend meine Muschi zuklappen, sollten wir nach Ablauf der Zeit noch bei der Sache sein, aber mehr als zehn Minuten nachvögeln ist nicht drin – Jans Worte, nicht meine, und er hat sie sehr eindringlich gesprochen. Ich will mir keinen Ärger mit Vincent einhandeln. Das kann ich nicht riskieren.

»Du hattest keinen Sex mehr, seit wir im Hotel waren …«, setze ich an und lehne mich vorsichtig an die Kommode hinter mir.

Wolltest du dir nicht KEINEN Ärger mit dem verruchten Boss-Vampir anlachen? Was wird das jetzt?

Ganz ruhig, ich habe einen Plan!

Na jetzt bin ich mal gespannt …

»Reicht dir einmal kommen? Bist du zufrieden?«, will ich wissen, klinge aber nicht halb so kokett, wie ich gern klingen würde. Meine Stimme lässt mich größtenteils im Stich, mein Tonfall ähnelt dem einer unsicheren Jungfrau, die zwar gern vögeln würde, aber sich nicht direkt danach zu fragen traut.

Pascal stoppt in seiner Bewegung und mustert mich mit überraschtem, aber doch skeptischem Blick. Nach zwei Sekunden Innehalten greift er trotzdem nach seinem Shirt und richtet sich auf. Er streift sich das weiße Stück Stoff nicht über, behält es nur in der Hand, so nah an seinem perfekten Körper, dass es zwar seine Männlichkeit versteckt, aber seine nicht zu verachtenden Formen zeichnen sich trotzdem schemenhaft ab.

Egal, wie blumig du es beschreibst: Wenn du ihm noch intensiver auf sein Teil starrst, musst du ihm etwas bezahlen.

Was kann ich dafür?! Er ist wie dieses leicht arrogante, unnahbare letzte Einhorn, das man anstarren muss, weil es unwirklich ist und glüht!

»Müsst ihr jetzt jedes Mal nachfragen, ob der Kunde zufrieden ist? Verlangt Vincent das neuerdings von euch? Kundenbindung?«, fragt Pascal und neigt skeptisch den Kopf zur Seite.

Ich will mir eigentlich nicht auf den Lippen herumbeißen, weil das nervös und unsicher wirkt, aber ich bewege mich hier auf ziemlich dünnem Eis. Er soll nicht denken, dass ich unbedingt noch mal mit ihm schlafen will, aber er soll auch nicht glauben, dass ich nur frage, weil das so was wie unser neuer Spruch ist. ›Danke, dass Sie bei ›Evig Roses‹ gevögelt haben – besteigen Sie uns bald wieder!‹

»Ich muss nicht fragen, das hat nichts mit Vincent zu tun. Ich dachte nur, du willst vielleicht noch ...« Ich zucke mit den Schultern. Dann schnaube ich mürrisch, ohne den Satz zu beenden. Ich hoffe, das wirkt gleichgültig genug, damit er endlich aufhört, mich so forschend anzusehen, als müsste er einschätzen, ob ich gefährlich bin oder nicht. Wenn er nicht damit aufhört, winke ich auch noch ab, zeige ihm den Mittelfinger und stelle mich dann rauchend in die Ecke wie die abweisendste Irre der Welt. Mann, der Typ irritiert mich! Was wollte ich ihm noch gleich anbieten?!

»Ich habe dich nur für eine Stunde gebucht«, stellt Pascal klar und deutet wieder auf die Uhr wie der überkorrekte, ehrliche Pedant, der er anscheinend ist.

»Ich weiß. Aber die erste halbe Stunde haben wir nur geredet. Und geschrien. Und uns mit einer Kappe verhauen. Ich dachte … Ach, vergiss es! Who cares?!«

Habe ich echt gerade ›Who cares?!‹ gerufen und dabei die Arme in die Luft geschmissen? Was tue ich denn hier? Einen launischen Teenager mimen?

Er hebt die Brauen, ich kann mir die irritierten Blicke aber nicht weiter ansehen, weil ich mich nach meinen Klamotten bücke, um mich anzuziehen und hier zu verschwinden, bevor er denkt, ich bettle um mehr von seinem leicht frierenden Eisprinzenkörper, weil er so unwiderstehlich ist.

Bullshit! Ich wollte nur nett sein! Hör auf, so zu gucken! Ich spüre deine bohrenden Blicke noch!

Als ich mich aufrichte, blinzle ich gegen den weißen Stoff, der noch immer seine Mitte bedeckt. Pascal ist einen Schritt näher gekommen, neigt aber noch immer abschätzend den Kopf.

»Du darfst mir keine halbe Stunde gratis anbieten.«

Sein emotionsloser und doch fragender Tonfall lässt absolut keine Schlüsse darauf zu, was er gerade denkt oder fühlt. Ich weiß aber, was ich denke und fühle. Ich denke, dass er glaubt, ich stehe auf ihn, und ich fühle mich peinlich berührt, weil ich das Angebot gemacht habe. Achtung, gleich werde ich wütend, weil ich mir nicht anders zu helfen weiß.

»Vergiss es! Ich wollte nur nett sein! Und Rücksicht darauf nehmen, dass ich dich heute überrascht habe! Das hätte ich Vincent auch genau so gesagt! Ich tue das nicht privat oder heimlich. Er hätte verstanden, wenn ich ihm erklärt hätte, warum ich überziehe! Die Agentur will, dass du zufrieden bist und mich wieder buchst, solche Ausnahmen darf ich machen!«

Mein etwas zu lautstarker Vortrag wird abgenickt. »Also bleibt es geschäftlich?«

»Ja!«, versichere ich mit etwas kratziger Stimme.

Pascal macht noch einen Schritt auf mich zu und ich einen zurück, weil er sonst gegen mich laufen würde. Als ich die Kommode im Rücken spüre, stütze ich mich daran ab, genau wie er, als er das Shirt fallen lässt und sich über mich beugt.

»Wenn das so ist, ja …« Er haucht mir gegen die Lippen und schließt die blauen Augen ein Stück. »Ich bin noch heiß auf dich. Ich will dich ficken.«

Nach dem letzten schmutzigen Wort küsst er mich. Seine Zunge streift über meine und ich bekomme wieder Gänsehaut. Diesmal nicht vor Kälte. Zu wissen und zu fühlen, dass er mich noch mal haben will und nicht sofort loswerden möchte, bringt mich zum Grinsen und macht mich wieder mutiger.

»Noch mal unter die Dusche?«, flüstere ich und höre ihn brummen.

»Dein Körper ist schön, aber damit ich unter fünf Grad kaltem Wasser hart werde, müsstest du schon mehr als deine heißen Brüste und deine enge Muschi haben.«

Dass ich lache, hatte er wohl nicht beabsichtigt. Er wollte nur etwas Versautes sagen oder mir vielleicht sogar ein Kompliment machen, aber ich muss ihn unbedingt für den Spruch verarschen.

»Mehr als die gewöhnliche Ausstattung? Willst du eine Frau mit vier Brüsten und drei Muschis? Sag mal, kann es sein, dass du gern Alien-Pornos guckst? ›Heiße Frauen vom Jupiter‹? ›Herr Favre fliegt zum Poppen auf den Saturn‹? Oder doch eher ›Der Ur-Anus‹?«

Also ich finde mich zum Schießen. Pascal verzieht den Mund abschätzig und überdreht dann auch noch die eisblauen Augen.

»Herrlich. Jetzt habe ich auch beim Ficken eine Morelli-Tonspur laufen …«, tönt er einen Satz, den ich nicht verstehe, und macht dann eine auffordernde Kopfbewegung. »Ab in mein Schlafzimmer. Hinlegen und …« Er greift sich theatralisch an den Kopf, ob gespielt oder nicht, kann ich nicht einschätzen. »… lass das mit dem Reden, sonst denke ich noch, ich vögle Remo.«

»Du bezahlst, du kannst mich nennen, wie du willst«, entgegne ich schmunzelnd und lasse mich von Pascal an den Schultern aus dem Badezimmer schieben. Er will rechts abbiegen, wahrscheinlich Richtung Schlafzimmer, aber ich muss erst mal nach links. Er hält mich am Arm fest, als er merkt, dass ich zurück in den Wohnbereich verschwinden will.

»Falsche Richtung. Mein Bett steht dort drüben.«

»Ich komme gleich. Ich muss kurz zu meiner Tasche.«

Er nickt, ohne Fragen zu stellen. Schön, ich will ihm nicht erklären, was ich schnell noch erledigen muss, bevor er die halbe Stunde bekommt, die ich ihm versprochen habe.

Ich ziehe mein Handy aus der Tasche, öffne die Agentur-App und melde die Buchung als beendet. Während ich auf den grünen Punkt neben meinem Namen starre, frage ich mich, ob Vincent eine Push-Benachrichtigung bekommt, sobald ein Buchungsstatus geändert wird. Blödsinn, sein Handy würde viel zu oft vibrieren. Ich warte trotzdem dreißig Sekunden mit hämmerndem Herzen, aus Angst, dass er anrufen könnte. Das Display wird schwarz und mein Handy bleibt stumm. Zum Glück.

Von wegen, ich darf überziehen und Vincent würde das verstehen! Ich habe zwar nicht nachgefragt, aber ich bin mir trotzdem sicher, dass ich solche Entscheidungen nicht eigenmächtig treffen darf. Dass ich beschlossen habe, Pascal die Zeit zu schenken, die wir mit Reden, Streiten, Weintrinken und sonst was verbracht haben, steht so in keinem Vertrag. Escort beinhaltet auch Gesprächszeit, Essen, Ausgehen und alles, was man vor dem Sex noch so tun möchte. Eigentlich müsste ich jetzt gehen, aber ich halte das nicht für fair. Pascal hat beim letzten Mal für mehr bezahlt, als er bekommen hat, und dieses Mal lief auch ziemlich schräg. Ich will mich nur für seine Diskretion revanchieren. Und wiedergutmachen, dass ich ihn mit einer Kappe verdroschen habe.

Hast du noch eine Begründung mehr auf Lager, warum du für das hier Stress mit der Agentur riskierst? Dann glaube ich dir auch, versprochen.

Er war fünf Jahre lang Kevins Vorbild, Lieblingslehrer und Gratis-Klavierlehrer! Ich verkaufe Orgasmen beruflich – da kann man auch mal einen verschenken!

Okay, jetzt zweifle ich absolut nicht mehr an deiner platonischen Großzügigkeit.

Danke!

Ich lasse das Handy wieder in meiner Tasche verschwinden und bete zum Escort-Gott, dass Vincent mich nicht trackt und sieht, dass ich noch hier bin. Die Gebete stelle ich nach kurzem Überdenken wieder ein, weil der Escort-Gott wohl niemand anderes als der Mann ist, der nicht wissen darf, dass ich Gratiszugaben gebe. Dass ich vor Pascal behauptet habe, wir würden das in der Agentur so handhaben, lag nur daran, dass ich ihm unmöglich sagen konnte, dass ich selbst beschlossen habe, noch hierzubleiben. Obwohl ich wirklich gute, fundierte, überhaupt nicht romantische, sondern rein dankbarkeitsbedingte Gründe dafür habe –

Pfff …

Unterbrich mich nicht!

Obwohl ich so gute Gründe dafür habe, wäre er nur wieder misstrauisch geworden, wenn ich verraten hätte, dass die Zeit ab jetzt nicht mehr von seinem Agenturkonto abgeht. Man kann mit diesem paranoiden Mann nicht diskutieren, man muss ihm den geschenkten Orgasmus einfach unterjubeln.

Als ich wieder im Flur bin und den Blick schweifen lasse, weiß ich nicht, hinter welcher Tür der unwirklich schöne Franzose und seine Paranoia verschwunden sind. Geradeaus oder links abbiegen?

»Herr Favre? Wo muss ich nachsitzen?«

Ich weiß, er mag das nicht, aber in der Gratis-Extrarunde muss er nehmen, was er kriegt, und er wollte die penetrante Rothaarige noch mal vögeln, also …

»Legst du es auf Streit an?!«

Okay, geradeaus.

Ich bleibe im Türrahmen stehen und lasse meinen Blick durch Pascals Zimmer schweifen. Sehr clean eingerichtet, weißer Schrank, weißes Bettgestell, ein blasstürkiser Teppich. Hier riecht es abartig gut, so als hätte das beste Waschpulver der Welt eine duftende Liebelei mit einem teuren Parfum gehabt.

Während ich die berauschend gute Luft einatme, fällt mir die Wand hinter dem Bett ins Auge. Das Licht, das die stylishe Stehlampe in den Raum wirft, ist zu düster, um sie genau zu erkennen, aber er hat Fotos in schmalen silbernen Rahmen aufgehängt. Eigentlich will ich neugierig näher treten, aber Pascal funkelt so streng und irgendwie kampflustig zu mir hoch, dass ich vorsichtshalber erst mal stehen bleibe und abwarte, was jetzt kommt.

Er liegt auf seinem Bett. Nackter, perfekter Franzose auf silbern schimmernder Satinbettwäsche kommt gut. Würde er nicht diesen Raubtierblick zum Besten geben, während er von seinem Handy aufsieht.

»Kannst du mich ab jetzt bitte Kevin nennen und so tun, als wäre ich dein Bruder, während ich dich ficke?«

Nach einer Schocksekunde, in der ich darüber nachdenke, ob ich in einem Hardcore-Perversions-Universum gelandet bin, entgleiten mir die Gesichtszüge. »Was ist denn das jetzt für eine furchtbare Frage?! Abartig, Pascal!«,

»Ach echt?«, tönt er sarkastisch und zieht mit triumphierender Miene eine Braue nach oben, bevor er das Handy auf den Nachttisch legt. »Merk dir, wie sich das anfühlt. Genau so ist es für mich, wenn du mich ›Herr Favre‹ nennst und darauf anspielst, dass ich dich als Lehrer ficken soll. Widerlich. Ich sagte doch, ich hasse das.«

Ich überdrehe die Augen. Klar, Schüler-Lehrer-Rollenspiele sind ja auch genauso abartig wie Inzestkram. Das macht auch nur in seinem Kopf Sinn. Aber bitte. Ich lasse die Anspielungen sein, weil sie ihm übertrieben unangenehm zu sein scheinen.

Du bist schräg, Pascal. Spannende Menschen sind das immer, oder?

Ich setze mich in Bewegung und gehe auf das Bett zu. Mein Blick huscht zu den Fotos, auf denen ich langsam etwas erkennen kann. Das wären alles verdammt coole Instagram-Bilder – anscheinend reist Pascal viel. Oder er fährt einfach oft nach Hause. Ich entdecke den Eiffelturm und …

»Hey!«

Kaum knurrt er mich an, verliere ich das Gleichgewicht und lande schneller auf ihm, als ich beabsichtigt hatte. Er packt meine Oberarme, während ich mich auf ihn setze.

»Augen zu mir! Oder bin ich so unansehnlich, dass du dich ablenken musst?«

Was für eine bescheuerte Frage. Er weiß, dass er heiß ist, und ich weiß, dass er mich nur auffordert, ihn zu mustern, damit ich mir seine privaten Fotos nicht ansehe.

»Ich dachte, ich soll dich nicht anstarren«, entgegne ich und beuge den Kopf ein Stück zu ihm runter. Meine feuchten Haarsträhnen kitzeln seine Wangen.

»Jetzt schon. Sieh mich an …«

Eigentlich will ich den schalkhaften Glanz in meinem Blick beibehalten, weil es unheimlich viel Spaß macht, Pascal zu triezen, aber der erregt raue Unterton in seiner Stimme lässt meine kindische Kampflust verpuffen. Dass ich ihm plötzlich so tief in die Augen sehen darf, fühlt sich merkwürdig an, aber nur eine Sekunde, dann knallt der Anblick der blauen Iriden in diesem perfekten Gesicht so rein, dass ich mich beinahe ein wenig high fühle. Während mir auffällt, dass das Hochgefühl von Verlangen hervorgerufen wird, das noch nicht gestillt wurde, hebt Pascal meine Hüften an. Seine Hände sind nicht mehr kalt, trotzdem beschert mir der Druck seiner Fingerspitzen einen kleinen Schauer. Mein Körper fühlt sich elektrisiert an, was ein sicheres Zeichen dafür ist, dass ich ihn will. Vielleicht etwas zu sehr. Ich muss aufhören, mir auszumalen, wie es sich anfühlt, von Pascal zum Höhepunkt gebracht zu werden. Agenturzeit oder nicht, das hier dient noch immer seinem Vergnügen, meines steht an zweiter Stelle.

»Bleib so.«

Er hat mich hochgedrückt. Ich knie über ihm und behalte die Hände neben seinem Kopf. Obwohl mich Pascals Gesicht so fasziniert, folgt mein Blick seinen Händen. Er greift nach seiner Männlichkeit, macht sich selbst wieder härter, bevor er sich ein neues Kondom überstreift. Ich hätte ihm die Arbeit gern abgenommen. Die Haut über seiner Lust sieht so ebenmäßig und perfekt aus, wie sie sich anfühlt. Dass er mir mit dem Gummi nicht traut, liegt aber zu tief verankert.

Immerhin darf ich in seinen Augen versinken. Ob er sich dabei unwohl fühlt oder nicht, kann ich nicht sagen. Zu dem strengen Blick kann ihn auch seine Erregung bringen. So oder so, das Funkeln turnt mich an.

Keine Ahnung, seit wann ich komplizierten Männern so viel abgewinnen kann. Wahrscheinlich seit ich in der Agentur von Dunkel & Grummelig arbeite.

»Darf ich oben bleiben?«, frage ich und beiße mir maßregelnd auf die Lippen, weil mein Becken schon ungeduldig wird. Ich will ihn reiten, um ihn so tief und fest zu spüren, wie ich möchte. Egoistisch, da ich noch immer scharf auf einen Orgasmus bin und in dieser Stellung am schnellsten komme, aber ich kann mir kaum vorstellen, dass es einen Mann gibt, den es nicht anturnt, wenn sich eine Frau auf ihm austobt und er einfach nur zusehen kann.

»Wenn ich deinen Rhythmus mag, ja«, gestattet er, nicht ohne eine Bedingung zu nennen.

Ich verkneife mir die Musiklehrer-Anspielung, die mir durch den Kopf geht. Nicht schwer, mein Verstand wird in einen dichten Nebel aus Lust gehüllt, als ich mich langsam auf ihm niederlasse.

Pascals genießerisches Knurren im Ohr und das Gefühl seiner Härte, die mich wieder ausfüllt, reichen aus, um mich zum Stöhnen zu bringen. Mein Körper erinnert sich daran, wie sehr er diese innere Hitze und die erregte Anspannung genießt, auch wenn er vorhin durch den Kälteschock etwas aus dem Konzept gebracht wurde.

Ich lege eine Hand auf seine Brust und die andere seitlich an seinen Hals, während ich beginne, mich von ihm zu heben und wieder zu senken. Nur meine ersten Bewegungen bleiben genüsslich langsam. Ich erhöhe das Tempo, bevor Pascal sich darüber beschweren kann, dass langsame Rhythmen zu Balladen passen, aber nicht zu Sex. Mir ist klar, dass er auf ein härteres, festeres Feeling besteht, aber das kann er gern haben.

Je mehr ich mich anstrenge, umso besser fühlt sich seine Härte in mir an. Dass Pascal angefangen hat, meine Brustwarzen mit den geschickten Fingern zu reizen, verstärkt das scharfe Gefühl in meinem Inneren nur.

Kein Zeitdruck, kein Verbot, sich in diesen glänzenden Augen zu verlieren – ich würde ihn gern die ganze Nacht lang reiten. Oder zumindest bis zum Höhepunkt. Solange Pascal mich weitermachen lässt und sich nicht ergießt, bevor das Muskelzucken in mir rhythmisch wird, bekommt meine Libido, was sie will. Ein Blick in das perfekteste Männergesicht der Welt verrät mir aber, dass er die Stellung scharf findet. Außerdem ist Pascal grundsätzlich sehr standfest, also stelle ich mich schon mal auf den prickelnden Höhepunkt ein, der sich in mir immer mehr auftürmt, jedes Mal, wenn seine Härte diesen heißen Punkt in mir trifft.

Je lauter mein Stöhnen wird, desto tiefer wird auch das Knurren aus Pascals Kehle. Als er meine Hand packt, fällt mir auf, dass ich den erregten Klang nicht nur gehört, sondern auch gefühlt habe.

»Hör auf, mich zu würgen«, brummt er.

Die Vibration seiner Stimme kitzelt an meinen Fingerspitzen. Ich nehme die Hand von seinem Hals. Dass sie auf seine Kehle gerutscht ist, war keine Absicht – das ist im Eifer des Gefechts passiert.

»Die Domina steht dir nicht – das scharfe Ding, das kommen will, schon«, knurrt er, legt seine Hand unter mein Kinn und zieht meinen Kopf zu sich runter.

Pascal küsst grundsätzlich forsch, diesmal wirkt er aber so hungrig, dass ich befürchte, dass er gleich kommt. Ich gönne ihm den Höhepunkt, aber ich würde gern einstimmen.

Während wir uns gegenseitig schmecken und uns atemlos gegen die Münder stöhnen, werde ich verbissener. Ich erhöhe das Tempo, spanne den Körper an und zucke kurz zusammen, als Pascal mir ziemlich fest in die Lippen beißt.

»Was …? Machst du …?«

Er stellt die Frage so stöhnend, dass ich keinen Zweifel daran habe, dass der Biss keine Absicht war, sondern im Lustrausch passiert ist. Ich tobe mich auf ihm aus und versuche, uns beide zum Kommen zu bringen – das mache ich. Pascal meint aber etwas anderes. Er funkelt mich mit halb geschlossenen Augen an, legt eine Hand an meine Hüfte und drückt die Finger gegen meine Haut. Er will mein Tempo nicht durchbrechen, er packt nur zu, weil er seiner Erregung Luft machen muss. Das Knurren und Lippenbeißen reichen nicht mehr aus, um seine Lust zu bändigen.

»Du bist so … heiß … und eng«, stöhnt der Franzose, der gerade Feuer und Flamme für meinen Körper ist und sich vor lauter Begeisterung keinen Reim darauf machen kann, warum ich mich plötzlich so scharf für ihn anfühle.

Würde mich die Erregung nicht so beherrschen, würde ich schmunzeln. Von wegen, es ist ihm egal, ob ich einen Höhepunkt habe oder nicht – das sieht gerade nicht so aus. Steht der Ego-Vögler etwa doch darauf, zu spüren, wie eine Frau kommt, während er sich in sie stößt? Fühlt sich scharf an, oder?

»Ich kann noch enger werden …«, versichere ich atemlos und streife mit dem Zeigefinger über seine Lippen. »Wenn du mich kommen lässt … bitte.«

Mein flehender Tonfall und die zitternd helle Stimme befriedigen den Teil in Pascal, der auf devoten Sex steht. Obwohl ich ihn reite und es mir dabei selbst mit der Hand machen könnte, überlasse ich die Entscheidung ihm. Das fällt mir nicht schwer, da ich fühle, wie scharf er darauf ist, mich noch intensiver zu spüren. Er kann gar nicht Nein sagen. Er will es auch.

Als Pascals Hand tatsächlich nach meiner empfindlichen Stelle tastet, werfe ich stöhnend den Kopf in den Nacken. Dass er ein begnadeter Klavierspieler ist, ist mir nicht neu, dass er deshalb mit der Hand zaubern kann, schon.

Ich weiß nicht, ob mich ein Mann schon jemals so schnell so heiß gemacht hat, indem er nur kurz an mir herumspielt. Ich dachte, er würde sich schwer damit tun, die richtige Stelle und die richtige Intensität zu finden, weil er sonst keinen Wert darauf legt, seine Sexpartnerinnen zum Höhepunkt zu bringen, aber er ist so verdammt gut, dass ich gleich …

»Nicht kommen«, knurrt Pascal und verfinstert die vor Erregung angespannte Miene. Er greift mit der linken Hand unter mein Kinn, hört aber nicht auf, mich mit der anderen zu reizen. »Mach weiter. Ich will noch nicht aufhören. Du fühlst dich gerade so geil an …«

Seine Stimme klingt beherrschter als vorhin, weil er sich verdammt gut maßregeln kann, um dieses Feeling länger zu genießen. Ich würde das hier auch gern die ganze Nacht aufrechterhalten, aber mein Körper und mein Verstand drehen gleich im Kollektiv durch, wenn ich den Orgasmus nicht zulasse.

»Ich kann nicht … Ich komme … wenn du …«

Wenn er nicht aufhört, mich mit den Fingern zu stimulieren, gebe ich auf. Das will er aber nicht, weil die Muskeln in meinem Inneren mit jedem Gleiten und Reiben über meine Hitze zucken und ihn genau das anturnt. Ich höre auf, ihn zu reiten, um zumindest das scharfe Pochen, das seine Härte in mir erzeugt, kurz abzutöten, aber Pascal knurrt wieder.

»Beweg dich.«

Er drückt sein Becken hoch und bringt mich zum Weitermachen. Dass einen Höhepunkt zu unterdrücken so anstrengend sein kann, wusste ich nicht. Aber diese quälende Selbstbeherrschung hat auch etwas sehr, sehr Heißes. Genau wie der Mann, dessen Stöhnen so rau wird, als hätte er sich die Stimme aus dem Leib geschrien.

Ich halte den Reizen seiner Härte und seiner Finger noch ein wenig stand, aber als dieser erlösende Impuls durch meinen Körper gleitet, kann ich den Orgasmus nicht mehr unterdrücken. Pascal packt meine Hüften, hält mich fest und beginnt, sich hart und fest in mich zu stoßen. Das Pulsieren seiner Härte lässt die Erregungswelle in mir noch höher ausschlagen. Zu fühlen, wie er sich ergießt, vervollständigt die Palette an heißen Empfindungen, die man auf ein Mal haben kann.

Mein Höhepunkt hält länger an als seiner. Als mein Körper die Anspannung verliert, kommt Pascal schon wieder zu Atem. Seine Augen glänzen noch immer, als er mir beim Zusammensacken auf ihm zusieht.

LIVE AUF INSTAGRAM

Ich muss kurz durchschnaufen und warten, bis sich der Nebel aus Lust in meinen Gedanken lichtet.

Das war wirklich, wirklich heiß. Ich will noch mal. Nicht jetzt, aber bald. Wie oft hat Pascal Claire gebucht? Einmal die Woche? Das ist zu teuer, oder? Lehrer verdienen nicht viel. Aber Bonzen-Internats-Lehrer mit eigenem Bungalow vielleicht schon.

Ich mag, wie unsere Körper zusammenpassen. Nicht nur beim Sex, sondern auch, wenn ich auf ihm liege. Pascal ist ziemlich schlank, aber er fühlt sich stark an. Genau so habe ich mir diese leckeren, kompliziert unnahbaren Engel aus den Urban-Fantasy-Romanen immer vorgestellt.

»Wenn du mir aufs Schlüsselbein sabberst, fliegst du aus dem Bett.«

Ich werde aus meiner postkoitalen Bookboyfriend-Trance gerissen und hebe den Kopf, um ihn gebührend beleidigt anzufunkeln.

Wow, Pascal ist wirklich ein Engel. Einer mit einem magischen Schwanz. Er kann mich bei Gebrauch vergessen lassen, dass er ein Kotzbrocken sein kann.

»Ich sabbere nicht!«

»Gut. Behalt das bei.«

»Mach ich, Herr Favre«, entgegne ich provozierend, ziehe eine Braue hoch und sehe ihn dasselbe machen. »Wie benoten Sie denn jetzt meinen Körper?«

Er funkelt zuerst, schmunzelt dann aber schief, weil er nicht abstreiten kann, dass ich ihm ebenso gutgetan habe wie er mir.

Herr Favre brummt resignierend. Ich will sein Urteil hören, da ich mir sicher bin, dass ich diesmal mit Kevins glänzendem Notenschnitt mithalten kann.

In dem Moment, als mir auffällt, dass der Vergleich etwas widerlich war, zucke ich zusammen. Kurz glaube ich, ich hätte mir nur eingebildet, Schritte zu hören, aber in der nächsten Sekunde bin ich mir so sicher, dass gerade jemand den Gang entlanggeht, dass sämtliche Alarmglocken in meinem Inneren auf einmal schrillen.

Ich drehe mich nicht nach der offenen Zimmertür um, weil das nur Zeit kosten würde, die ich nicht habe. Während ich von Pascal runterspringe, versuche ich, ihm keinen Tiefschlaf zu verpassen, aber ich schätze mal, es wäre ihm lieber, mein Knie in die Eier zu bekommen, als von irgendjemandem mit mir im Bett erwischt zu werden.

Dass ich ninjamäßig schnell zur Seite rolle, ist gut – dass das Bett irgendwann aufhört, nicht. Ich habe so viel Schwung in meine panische Bewegung gelegt, dass ich selbst auf dem Teppich noch weiterrolle und erst ausgebremst werde, als ich gegen den Schrank donnere.

Mein Herz hämmert mir bis zum Hals. Die Panik in mir ist noch schlimmer als in Lias' Wochenendhaus. Wer auch immer in Pascals Haus geplatzt ist, kann nicht nur seinen Ruf, sondern auch mein Leben zerstören. Kevins Leben. Deutet irgendetwas hier darauf hin, dass ich eine Escort bin?! Ich weiß es nicht! Ich kann nicht denken!

»Ähm … Wow, warte mal, hier ist gerade etwas sehr Schräges passiert!«, höre ich eine tiefe, aber überraschte Stimme.

Ich rühre mich keinen Millimeter, versuche nur, mich klein zu machen, und schicke ein Stoßgebet in den Himmel, dass er mich nicht bemerkt hat und es nur ›schräg‹ findet, dass Herr Favre allein nackt in seinem Bett liegt. Eine lächerliche Hoffnung. Ich bin gerade mit meinem Körper am Boden aufgeschlagen und danach gegen einen Schrank gedonnert. Das macht Lärm. Und sieht nebenbei noch schwer bescheuert aus.

Mir wird vor Aufregung beinahe übel. Die Stimme klingt so nah, als würde er im Türrahmen stehen. Ich traue mich aber nicht, aufzusehen. Ich würde gern in den Schrank kriechen! Aber es ist zu spät.

»Pascal hat gerade ein Mädchen volles Karacho aus dem Bett geschubst … Ja, ich weiß auch nicht. Er war schon immer irgendwie ein Arsch, oder?«

Scheiße.

Natürlich wurden wir erwischt!

Ich drehe mich um, ziehe mich langsam am seitlichen Bettrand hoch und spähe mit vor Panik geweiteten Augen erst mal zu Pascal.

»Ich habe sie nicht geschubst. Das hat sie ganz von allein gemacht. Hat mich auch erschreckt«, stellt er klar und streckt die Hände unschuldig in die Luft. »Beim letzten Mal hat sie sich mit einer Tür beinahe die Nase gebrochen. Ich weiß auch nicht, was mit ihr los ist. Sie tut sich ständig selbst weh.«

Der letzte Satz klingt zuerst vorwurfsvoll, endet aber weich.

Pascal sieht zu mir rüber und mustert mich. »Hast du dir etwas getan? Kommt da später noch irgendwo Blut raus?«

Ich schüttle den Kopf sehr langsam und mechanisch, weil ich keine Ahnung habe, was hier gerade passiert. Wieso bleibt er so ruhig, obwohl das der beste Zeitpunkt wäre, um tatsächlich mal die Paranoia von den Ketten zu lassen und schreiend im Kreis zu laufen?!

Mein Blick schnellt zur Tür. Das helle Flurlicht blendet, aber ich sehe, dass der Mann, dem die dunkle Stimme gehört, im Türrahmen steht und eine Hand am Ohr hat. Offensichtlich telefoniert er und teilt seine Eindrücke auch noch irgendeinem anderen Menschen mit – herrlich! Stell uns doch gleich auf Instagram live!

»Pascal behauptet, sie würde sich selbst durch die Gegend werfen. Ich glaube, er hat mir gerade gesagt, dass er ihr beim letzten Mal auf die Nase gehauen hat. Soll ich die Polizei rufen?«

Mein Kopf ist so voll mit Schreckensszenarien und Verständnislosigkeit, dass mich der Fremde absolut verwirrt. Seine Stimme klingt so ernst und tief und dann doch wieder amüsiert. Was ist das?! Ein Witz? Ernst? Der Beginn einer Nacht, die ich im Verhörraum einer Polizeistelle verbringe, von der mich Vincent abholen muss?!

Pascal knurrt. »Hör auf, so einen Schwachsinn zu reden, Remo! Am Ende glaubt das noch jemand! Nicht jeder versteht deinen bescheuerten Humor!«

»Mel schon. Sie sagt gerade, ich soll dich nicht nerven und weggehen, weil dir das hier wahrscheinlich unangenehm ist. … Schätzchen, wie lange kennen wir uns? Ich muss ihn verarschen. Dringend. Er schreit beim Bumsen wie Michael Jackson beim Earth Song und dann schmeißen sich auch noch Mädchen von ihm runter, als wäre er eine Bombe. Hier geht echt witziges Zeug ab. Willst du mal sehen, wie Pascal guckt? Warte, ich ruf dich auf Facetime an.«

»Facetime das und ich donnere dir eine!«, zischt Pascal und steigt aus dem Bett. »Wie lange bist du überhaupt schon hier?!«

»Seit du ihr gesagt hast, dass du nicht auf Würgen stehst. Ihr habt mich nicht reinkommen gehört, weil ihr mit Schreien beschäftigt wart. Solltet ihr nicht schon vor einer halben Stunde fertig sein? Ich wollte in der Küche warten, aber ich musste das Handyladegerät aus meinem Zimmer holen und als ich wieder rausgekommen bin, wart ihr fertig und sie ist von dir runter gespidermant. Sehr cooler Move, übrigens – dafür, dass der Schrank im Weg war, konntest du nichts.«

Ich drücke meinen glühenden Kopf gegen die Matratze und würde gerade gern die Decke über mich ziehen, um zu verschwinden.

»Zieh dich an, du kannst dir eine Jacke oder einen Pullover aus meinem Schrank nehmen. Alles gut«, höre ich Pascal sagen, der selbst kurz in seinen Schrank greift und dann auch im Gegenlicht des Flurs verschwindet. Er schließt seine Zimmertür, aber nicht ganz. Ich kann die beiden noch hören, während sie weggehen.

»Mel sagt, ich soll mich entschuldigen, weil ich heute besonders ätzend bin. Kann sein. Mein Abendessen ist verschwunden. Ich hatte ein Sandwich in der Sporttasche und dann war es weg. Wer klaut seinem Lehrer denn Brot? Schnaps, ja! Aber Brot?«

»Hast du jemals Schnaps in deiner Sporttasche gehabt?! Das ist total unverantwortlich und … Ach, weißt du was? Halt einfach die Klappe. Ich bekomme Kopfschmerzen.«

»Ja, aber nicht von mir, sondern vom wilden Bumsen. Und Mädchenwerfen. Hast du …«

Ihre Stimmen werden zu leise, ich kann sie nicht mehr hören. Wahrscheinlich gehen sie in den Wohnbereich und …

Ich habe keine Ahnung, was hier passiert ist! Anscheinend gibt es noch jemanden außer Claire, der von Pascals Escort-Geheimnis weiß. Aber was macht ein anderer Lehrer in Pascals Bungalow?! Er wollte sein Ladegerät aus seinem Zimmer holen?

Als ich rasch durch den Flur schleiche, um im Badezimmer zu verschwinden und meine Klamotten anzuziehen, spähe ich in das nun offene Zimmer, hinter dem ich eigentlich einen Hobby- oder Arbeitsraum vermutet hätte. Es gehört aber nicht Pascal, sondern … seinem Mitbewohner. Hätte er das nicht erwähnen können?! Das Haus ist aber auch verdammt groß für nur eine Person.

Ich steige schnell in meine Klamotten und mache mir bewusst, dass es jetzt einen mir fremden Lehrer an Kevins Schule gibt, der weiß, dass ich mit Herrn Favre schlafe. Dass Pascal das so gechillt sieht, kann ich absolut nicht nachvollziehen. Entweder rastet er total grundlos aus oder er nickt die furchteinflößendsten Dinge einfach ab? Was ist das? Französische-Dauer-PMS?!

Ich beeile mich mit dem Anziehen, weil ich diese Situation nicht weiter in der Luft hängen lassen kann, ohne mich verrückt zu machen. Ich will den Mann kennenlernen, der mich und Pascal ab jetzt in der Hand hat, weil er überall herumerzählen könnte, dass das hier kein Date, sondern eine Buchung war.

Ich laufe in den Wohn-/Ess-Bereich, stoppe aber, kurz bevor ich die Küche erreiche, und lege erst mal starrend den Kopf schief. Dass mir seine etwas raue, aber kokett selbstbewusste Stimme schon im Schlafzimmer bekannt vorkam, lag daran, dass ich ihn als den Mann erkannt habe, der auch damals im Festsaal mit Pascal gesprochen hat. Aber der schwarzhaarige Typ in dem dunkelgrauen Sport-Shirt, der gerade am Tresen sitzt und an seinem Handy herumfummelt, ist mir schon mal begegnet – sogar bevor ich Pascal kannte.

Kein Zweifel. Diese einnehmende Ausstrahlung verwechselt man nicht und diesen hammer Körper schon gar nicht. Definitiv der Mann, dem ich im Badezimmer der Agentur begegnet bin, als ich das Vorstellungsgespräch hatte. Der, der mir Claire geschickt hat, weil er … mit ihr befreundet ist? Oder für Vincent arbeitet?! Ist er so was wie Sek?! Und nebenbei Lehrer?!

»Kann ich mir dein Ladegerät leihen? Meines spinnt.«

»Nein! Du nimmst mir nicht schon wieder mein Ladegerät weg und brennst es durch, weil du ständig am Telefon hängst wie ein verliebtes Teenagermädchen! Du hast ein zweites Ladegerät im Auto! Schmor das durch!«

»Mann, du bist aber ganz schön zickig für jemanden, der gerade den besten Orgasmus seines Lebens hatte. Ich hab dich noch nie so krass abgehen gehört. Sonst stöhnst du wie der hochnäsig beherrschte Franzose, der du bist – ah … ah … schattado, schattado … Danke, Cherie – gute Nacht.«

»Schattado ist nicht mal ein Wort. Wenn du mich schon verarschen willst, benutz echtes Französisch.«

»Ich benutze echtes Französisch, wenn du …«

Ich muss mich einfach räuspern. Ja, die beiden sind unterhaltsam, und ja, ich würde mir die Show gern weiter anhören, aber ich muss einfach wissen, wie er zu Vincent und ›Evig Roses‹ steht. Sein Name liegt mir auf der Zunge …

Die beiden blicken gleichzeitig in meine Richtung. Ich halte einem stark musternden Augenpaar stand, aber nicht zweien. Mein Blick schweift verlegen auf den Boden, bevor ich verstohlen zu Pascal sehe. »Du … hast mir nicht gesagt, dass du einen Mitbewohner hast.«

Eigentlich will ich andere Fragen stellen und den schwarzhaarigen Mann mit den dunklen Augen anstarren, aber ich bin mir gerade nicht sicher, ob Pascal wissen darf, dass ich ihm schon mal in der Agentur begegnet bin. Erinnert er sich überhaupt an mich? Wer weiß hier eigentlich was? Und noch viel wichtiger: Wer darf hier was nicht wissen?

»Remo ist mein Mitbewohner. Wir sind schon seit der Uni befreundet«, erklärt Pascal.

Remo! Genau. Den Namen haut Pascal nicht zum ersten Mal raus und auch Claire hat ihn benutzt. Einen Zusammenhang herzustellen, wäre mir aber nie in den Sinn gekommen. Auch weil ich wirklich schlecht darin bin, mir Namen zu merken. Ich denke, ich war drei, als ich mir gemerkt habe, dass ich Emma heiße.

»Wir unterrichten …«

»Hey! Ich kenne dich!«, tönt der Schwarzhaarige plötzlich, springt auf und ignoriert, dass Pascal beleidigt eine Braue hebt, weil er ihn unterbrochen hat.

Remo kommt auf mich zu und grinst schief. Er hat ein ziemlich spannendes Gesicht. Die hohen Wangenknochen und die dichten Wimpern sind mir bei unserem ersten Treffen gar nicht aufgefallen.

»Erinnerst du dich noch?«, will er von mir wissen.

Ich nicke.

Er schenkt mir ein kokettes Lächeln und dreht sich dann zu Pascal, der skeptisch guckt, seit er sich keinen Reim darauf machen kann, wo wir uns schon mal begegnet sind.

»Sie hat mir mal beim Pinkeln zugesehen!«

Dass Pascal die Gesichtszüge entgleiten, kann ich ihm nicht verübeln. Das war zwar eine wahre, aber ziemlich schräge und interpretationsoffene Zusammenfassung unseres Aufeinandertreffens.

»Remo! Du Pottsau!«, tönt er angewidert. »Was hast du denn mit ihr gemacht?! Und wann?! Weiß Melanie davon?!«

»Ja doch! Reg dich ab! Ich hab mit Mel telefoniert, während sie im Badezimmer neben mir stand.«

Öhm … ja. Das klingt jetzt noch schräger. Hört er das heraus? Verschaukelt er Pascal mit Absicht? Jap … er grinst.

»Eifersüchtig, weil wir eine Vorgeschichte haben?«, fragt Remo ihn zwinkernd und zeigt dann mit dem Finger auf ihn. »Darfst du nicht sein! Du hast auch eine Vorgeschichte mit meiner Freundin!

Eine richtig absurd dicke! Quasi ein ganzes Bums-Buch an Vorgeschichte!«

»Was hat das denn jetzt mit Melanie zu tun?! Zum einen war das damals deine Idee und zum anderen ist das zwischen mir und ihr überhaupt nichts Persönliches!«

Zwei Dinge: Ich weiß jetzt, wer die Freundin und der beste Freund waren, mit der Pascal seine Dreier-Abenteuer hatte. Und dieses abschätzige ›ihr‹, mit dem er mich gemeint hat, hat wehgetan. Ich weiß auch, dass wir kein Paar sind. Wir sind nicht mal befreundet. Das ist auch seinem Mitbewohner klar, Pascal hätte es nicht so eindringlich knurren müssen. Remo macht nur Faxen und zieht ihn auf. Bei Pascal triggert das aber wieder mal die Angst, ich könnte ihm zu nah auf die Pelle rücken.

»Du weißt, dass sie für Vincent arbeitet. Ich habe sie gebucht! Sie ist Claires Ersatz. Nichts weiter.«

Schön. Ich bin nicht nur ›Ersatz‹, sondern auch ein ›nichts weiter‹. Charmant wie eh und je, der gute Marcel.

Leck mich doch an meinem zerschundenen Arsch, Herr Favre! Ich will auch nicht mehr von dir als dein Geld, um meine Schulden abzubezahlen!

»Buchst du auch bei ›Evig Roses‹? Oder arbeitest du für Vincent?«, frage ich Remo und wende Pascal den Rücken zu. Es interessiert mich nicht, welches Gesicht er macht, weil er noch immer nicht ganz versteht, wie wir uns kennengelernt haben. Eigentlich geht es ihn überhaupt nichts an.

»Nein, ich bin weder ein Undercover-Zuhälter noch ein Kunde von Vinc. Ich unterrichte hier am Internat. Sport und Mathe. Vinc kenne ich aber schon lange. Durch Claire. Sie ist meine beste Freundin, seit ich fünfzehn war.«

»Weshalb warst du damals in der Agentur?«

Ich denke nicht, dass er mich anlügt. Remo wirkt wie der ehrlichste Freischnauze-Mensch der Welt, aber sicher bin ich mir nicht. Es macht gerade keinen Sinn für mich, dass er in einer Escort-Agentur abhängt, ohne dort zu arbeiten oder ein Mädchen zu buchen.

Klar, er hat eine Freundin, aber Lias hat auch eine Frau und das hat ihn nicht davon abgehalten, mit Rosen zu spielen, also …

»Ich war bei Vinc, weil ich ihm den Schlüssel zu seinem Ferienhaus zurückgegeben habe. Der viel zu reiche Sack hat eine Finca auf Ibiza, die ich ihm für ein Wochenende abgeschwatzt habe. Ich brauchte eine coole Location für eine Junggesellenfeier und der alte Sündenverkaufsautomat war mir noch etwas schuldig, also …« Er zuckt schmunzelnd mit den Schultern.

»Vincent und du seid also befreundet«, schlussfolgere ich und versuche, fröhlich über diese Info zu klingen, weil man so reagieren sollte, wenn man erfährt, dass sich zwei Menschen kennen, die man auch kennt. Es ist aber beschissen, wenn einer dieser Menschen dem anderen verraten könnte, dass ich viel länger hier war, als ich sollte. Falls das jemals zur Sprache kommt, bin ich geliefert.

Großartig! Jetzt kassiere ich die nächste Lektion von Vincent, nur weil ich diesem dämlichen Eisklotz hinter mir einen Gefallen tun wollte! Ich hasse mich …

Remo macht eine abschätzige Handbewegung und zieht eine Braue nach oben. »Freundschaft ist ein starkes Wort für jemanden, dem ich schon mal ein volles Whiskeyglas nachgeworfen habe.

Sagen wir, wir sind alte Bekannte. Und gäbe es einen Facebook-Status, der ein platonisches ›Es ist kompliziert‹ signalisiert, würde ich das auch anklicken.«

Meine Miene entspannt sich durch das einsetzende Grinsen. Ich mag Remos Art, gewöhnliche Infos auszuschmücken. Was ich aber noch mehr mag, ist die einsetzende Gewissheit, dass er wohl niemand ist, der Escorts bei Vincent verpfeift. Das hat er bei unserem ersten Zusammentreffen auch nicht getan.

»Hast du dir keine Jacke aus meinem Schrank genommen? Es ist kalt draußen. Gehst du so?«, meldet sich Pascal hinter mir zu Wort und lässt keinerlei Emotion durchklingen.

Ja doch! Ich haue ja schon ab!

»Brauch ich nicht. Aber danke«, entgegne ich kurz und knapp und greife mir meine Handtasche, ohne ihn anzusehen. Dass er mich raushetzt, nachdem er keinen Bock mehr auf Sex und klargestellt hat, dass ich ein ›nichts weiter‹ bin, fühlt sich scheiße an. Aber was habe ich auch erwartet? Eine Umarmung zum Abschied und ein ›Danke, dass du länger geblieben bist‹? Pascal umarmt nur, damit er nicht erfriert, und dass ich ihm die Zeit geschenkt und dafür Ärger mit Vincent riskiert habe, weiß er nicht. Also was soll's? Who cares?! Der Sex war klasse und ich schulde ihm nichts mehr. Mehr wollte ich gar nicht!

Bevor ich die Nummer des Taxidienstes wähle, drehe ich mich doch noch mal um. Ich sehe aber nicht zu Pascal auf, sondern zu dem anderen großen Mann, der seinen Mitbewohner forschend mustert. Als ich Remo anspreche, blickt er neugierig zu mir. Er sieht so aus, als würde er mein Unbehagen spüren.

»Ähm … ich weiß nicht, wie ich dich das fragen soll, aber … wegen dieser Sache hier …«

»Von mir erfährt niemand ein Wort. Ich habe Claire und Pascal damals bekannt gemacht. Mach dir keine Sorgen.«

Wow, Remo ist gut darin, stammelnde Mädchen zu verstehen. Genau darauf wollte ich hinaus. Sein Diskretionsversprechen klingt so ehrlich, dass auch das letzte Fünkchen Angst in mir erlischt.

»Danke«, sage ich zu Remo und werfe dann doch noch mal einen hoffentlich nichtssagenden Blick auf den am Tresen lehnenden Eisprinzen. Pascal hat die Arme vor der Brust verschränkt – wahrscheinlich aus Angst, ich könnte ihn tatsächlich umarmen wollen. Der Typ hat so viele Probleme! Lächerlich!

»Ich hoffe, wir sehen uns bald wieder«, töne ich bemüht freundlich, weil ich professionell sein will.

Mein erwartungsvoller Blick bleibt an Pascal kleben. Der Depp gibt tatsächlich nur ein sehr arrogant und französisch klingendes »Mähh« von sich und sieht dann hoheitsvoll zur Seite. Ich würde ihm gerade echt gern gegen das Schienbein treten! Während ich mir kurz in Gedanken ausmale, wie großartig es wäre, ihn mal mit Victors gesamter Peitschensammlung bekannt machen zu dürfen, mache ich auf dem Absatz kehrt und steuere auf den Schrank im Vorzimmer zu.

»Hey! Warte mal … Hermine.«

Ich lasse das Handy, das ich gerade zum Ohr führen wollte, wieder sinken und drehe mich nach der tiefen Stimme mit der amüsierten Note um. Ich schätze, ich bin Hermine. Für Remo.

»Sie heißt doch nicht Hermine. Wie kommst du denn darauf?!«, will Pascal wissen. Der Eisblock meldet sich doch noch mal zu Wort, aber nur, um zu stänkern.

»Ich weiß nicht, wie sie heißt. War nur geraten. Hab gestern ›Harry Potter‹ geguckt«, entgegnet Remo schulterzuckend und schmunzelt. Pascals vorwurfsvoll kühlen Blick ignoriert er so mühelos, als wäre er ein Vulkan, den es nicht juckt, wie viele Eiszapfen man hineinwirft.

Ich mag den heißen Mann, obwohl ich ihn kaum kenne.

»Wie kommst du nach Hause?«, will Remo wissen.

»Ich rufe ein Taxi«, entgegne ich und schiele aus dem Augenwinkel kurz finster zu Pascal. »Keine Angst, ich warte draußen.«

In deinem blöden Busch, damit du mich nicht zwanzig Minuten vorwurfsvoll anfunkeln musst, weil ich noch immer in deiner Küche stehe.

Remo schnappt sich die schwarze Sporttasche am Tresen und wirft sie über die Schulter. Er läuft an mir vorbei zur Garderobe und steigt in ein Paar schwarze Turnschuhe. Mann, der bewegt sich schnell und leichtfüßig.

»Komm, Hermine. Ich bring dich nach Hause. Ich will sowieso noch mal durch den McDrive fahren. Wenn ich nichts zu essen bekomme, wird mein Matheunterricht fies schwierig und das kann ich den Kindern nicht antun – ich mag die meisten.«

»Du fährst mich nach Hause? Echt? Aber es ist weit. Wir müssen über die Autobahn und …«

»Mein Auto stellt für gewöhnlich keine Ansprüche an die Straße. Autobahn läuft auch. Ich habe Claire auch immer gefahren. Kein Ding.«

»Danke!«, flöte ich begeistert.

Das ist unheimlich nett von Remo. Ich spare mir die Wartezeit auf das Taxi und bekomme die Gelegenheit auf ein Gespräch mit einem spannenden Mann, der nicht unmotiviert paranoid wird oder vor sich hin murrt.

Irgendein bescheuerter Teil in mir freut sich besonders über die nette Behandlung, weil es sich so anfühlt, als könnte ich Pascal unter die Nase reiben, dass es sehr wohl Männer gibt, die kein Problem damit haben, nett zu mir zu sein.

Friss das, Franzose: Dein bester Freund hält mich für liebenswert! Und für Hermine …

»Soll ich dir was zu essen mitbringen?«, will Remo wissen und linst noch mal in Richtung Küche. Ich klebe schon an seiner Seite und verstecke die halb nassen Haare unter dem Cappy. Pascal hat uns den Rücken zugewandt und steht vor dem Kühlschrank.

»Sicher! So ein fetttriefender Burger vor dem Schlafengehen ist genau das, was ich brauche, um mein Vorhaben, mit vierzig einen Herzinfarkt zu bekommen, zu starten! Danke!«

Ich fühle mich durch den angepissten Sarkasmus getriggert, Remo geht er am Arsch vorbei. Er grinst schief und winkt. »Okay. Aber warte nicht auf mich. Kann sein, dass ich im Auto einpenne, wenn ich telefoniere. Kannst du morgen früh mal nachsehen, damit ich nicht verschlafe?«

Ich weiß nicht, ob Pascal glaubt, dass wir ihn nicht hören, nur weil er den Kühlschrankinhalt anmurmelt, aber die Akustik hier drin ist zu gut, um ihn nicht zu verstehen und nicht herauszuhören, dass er sauer ist.

»Frisst sich mit Burgern ins Koma … telefoniert sein Handy ständig leer … kauft sich keinen Wecker … denkt, ich bin seine Mutter!«

Mir war nicht klar, dass Pascal so einen dunklen, grummeligen Tonfall auf Lager hat. Klingt, als würde Vic im Kühlschrank hocken und reden.

Remo sieht mich an und zieht eine Braue nach oben, bevor er die Türklinke greift und noch mal winkt. »Ich kauf mir morgen einen Wecker. Versprochen, Mama!«

HERMINE UND DER STRAßEN-KÖTER

Ich atme erleichtert durch, als ich die Tür des roten Alfas zuschlagen kann und hinter den getönten Scheiben verschwinde. Dass Remos Auto so weit weg steht und wir an etwas vorbeilaufen mussten, das verdächtig wie ein Wohnheim aussah, war unangenehm. Zum Glück ist es schon dunkel draußen und Remo läuft schnell, Seitenstechen erregend schnell sogar. Er macht das, da er vermutlich aus Gewohnheit einen raschen Schritt hat – ich, weil ich paranoid geworden bin, als ich die vielen brennenden Lichter in den Räumen des großen Gebäudes gesehen habe.

Remo schwingt sich auf den Fahrersitz, schlägt die Tür ebenfalls rasch zu und sieht mich dann verschwörerisch an. »So, dürfen wir jetzt wieder reden oder soll ich die Klappe halten und James-Bond-mäßig davonrauschen, weil *die* noch immer hinter uns her sind?«

Er legt die Hände auf das Lenkrad und zieht die Brauen nach oben.

»Wer sind denn *die*?«, frage ich irritiert und ein wenig verlegen, weil mir auffällt, dass ich kein Wort zu ihm gesagt habe, seit wir aus dem Bungalow gegangen sind. Ich war zu sehr damit beschäftigt, jeden Busch und jede Straßenlaterne in der Ferne mit meinem Bruder zu verwechseln. Dämlich, nichts davon war eine rothaarige Kröte, aber ich war so nervös, dass ich ein wenig durchgeknallt bin. Pascal ist ansteckend.

Remo zuckt mit den Schultern. »Keine Ahnung. Sag du mir, vor wem wir gerade davongelaufen sind. Pascal knurrt noch die Milch im Kühlschrank an, weil er emotional verwirrt ist. Der hat uns nicht verfolgt«

Ich seufze leise vor mich hin, während ich abzuschätzen versuche, wie ehrlich ich zu ihm sein will. Ich kenne ihn nicht wirklich, ich weiß nur, dass er mir damals in der Agentur geholfen und dichtgehalten hat und er trotz der Scharfzüngigkeit diese angenehmen Vibes hat, die einen dazu einladen, schnell Persönliches vor ihm preiszugeben.

»Na ja … ich … Das Schulgelände macht mich etwas nervös«, setze ich an und prüfe erst mal seine Reaktion.

Er startet den Wagen mit absolut entspannter Miene. »Kevins Wohnheim liegt hinter dem Hauptgebäude. Und um diese Zeit hängen die Jungs meistens an ihren Laptops in ihren Zimmern. Meide die Hauptstraße, wenn du am Wochenende hier bist, dann gehen die volljährigen Schüler aus und torkeln schon mal nachts hier herum.«

Ich starre den schwarzhaarigen Mann mit den markanten Wangenknochen an, als wäre er ein Hellseher. Ist er nicht, ich kann mir denken, woher er es weiß.

»Pascal hat dir erzählt, dass Kevin mein Bruder ist«, schlussfolgere ich und weiß nicht, ob ich sauer werden soll. Ich wollte es Remo selbst gerade sagen und in Anbetracht dessen, wie involviert er in die ganze Sache mit Claire und der Agentur ist und dass er nicht nur Pascals Mitbewohner, sondern auch sein bester Freund ist, macht es Sinn, ihn einzuweihen.

»Pascal hat mir nur erzählt, dass er seiner Escort am Elternsprechtag begegnet ist. Er wollte mir den Namen des dazugehörigen Schülers nicht verraten, aber ich wollte ihn auch gar nicht wissen. Dass du Kevins Schwester bist, habe ich vorhin selbst mit meinem ultrascharfsinnigen Blick und meinem unglaublichen Mathelehrer-Verstand festgestellt. Dass ihr beide rothaarig seid und beinahe das gleiche Gesicht mit diesen ungewöhnlich grasgrünen Augen habt, hat vielleicht auch ein bisschen geholfen. Das mit dem Cappy war übrigens eine gute Idee. So schreit dein Kopf es nicht mehr zum Himmel.«

Ich stöhne leidig, weil meine Ängste absolut berechtigt waren. Die Leute haben uns schon immer sofort als Geschwister erkannt, sobald sie uns irgendwie in Verbindung bringen konnten. Niemand hier darf mich jemals ohne Kopfbedeckung sehen! Oder mir zu lange in die Augen schauen! Ich brauche eine Skimaske! Oder eine Gesichts-OP.

»Pascal hat es mir übrigens nur erzählt, weil er unbedingt wollte, dass ich herausfinde, ob Vincent zu junge, unerfahrene Mädchen, die ihm Geld schulden, neuerdings zu Fetisch zwingt«, verrät Remo und zerstreut damit meine Gedanken.

Ich hänge an seinen Lippen.

»Er meinte, er hätte am Elternsprechtag ein seltsames Gespräch mit dir über einen Biss geführt. Das hat ihn beschäftigt, deshalb wollte er, dass ich mich umhöre. Vinc ist zwar ein raffiniert verschlagenes Arschloch, wenn er jemanden für die Agentur möchte, und leider verdammt talentiert darin, den Job schmackhaft zu machen, aber er passt eigentlich sehr gut auf seine Escorts auf. Besser als alle anderen schmierigen, geldgeilen Typen in der Branche. Ich habe mit Claire gesprochen und sie meinte, sie würde ihre Hand dafür ins Feuer legen, dass Vinc seine Kunden checkt und niemanden zur Fetischausbildung zwingt. Ich glaube ihr das, auch wenn sie normalerweise ziemlich befangen ist, wenn es um ihn geht. Aber sie hat ja endlich aufgehört, ihn durch den Herzchenfilter zu sehen und jede noch so kolossale Arschlochgeste von ihm schönzureden, also schätze ich, dass sie eine noch zuverlässigere Quelle ist als bisher. Das habe ich auch Pascal gesagt. Hatte ich recht?«

Remo blickt kurz zu mir rüber und sieht mich zu oft blinzeln. Er unterdrückt den naturgegebenen, etwas streng klingenden Tonfall in seiner Stimme.

»Sag mir, wenn ich falschliege. Ich komme in letzter Zeit zwar wieder gut mit Vinc klar, aber wenn bei euch intern irgendetwas schiefläuft, kannst du es mir sagen. Wenn er dich zu etwas zwingt, das du nicht machen willst. Oder Kunden dich verletzen und er das zulässt. Ich kann dich da rausboxen. Vincent macht mir keine Angst und Victor ist zwar stärker als ich, aber der muss so viel Muskelmasse bewegen, dass ich garantiert als Erster zuhaue. Und ich brauche auch nur einen Schlag.«

Remo schenkt mir ein so selbstbewusst warmes Grinsen, dass mir ganz seltsam zumute wird. Das Gefühl ist nicht unangenehm, nur irgendwie befremdlich, weil ich nicht wusste, wie gut es sich anfühlen würde, von jemandem zu hören, dass er mir beistehen würde, wenn ich in diesem Aspekt meines Lebens Hilfe brauche. Erst durch meine gefühlsmäßig heftige Reaktion auf sein Angebot wird mir klar, wie machtlos ich bisher unter der Hand der Agentur gestanden habe.

Ich rubble die Gänsehaut an meinen Armen weg und ermahne mich dazu, nicht irgendwelche gedanklichen Spinnereien anzustellen. Weder Vinc noch Vic haben mich jemals schlecht behandelt. Die Sache mit Finn war unangenehm, aber notwendig, sonst hätte man mir diese gefährliche Naivität wirklich nicht austreiben können. Ich fühle mich nicht unwohl, ich fühle mich nicht angekettet oder zu irgendetwas gezwungen. Ich mag die beiden. Vinc ist dieser mysteriöse, mächtige Mann, der mich davor bewahrt hat, in irgendwelche gefährlichen, zwielichtigen Ecken des Business abzurutschen, und seither als dunkle Stimme am Telefon auf mich aufpasst. Und Vic ist sogar irgendwie witzig. Furchteinflößend, aber witzig.

Ich bin noch nie jemandem begegnet, der für die Agentur arbeitet und etwas Schlechtes zu berichten hatte. Sek ist ein fürsorglicher, gewissenhafter und cooler Mensch, der ebenfalls auf uns aufpasst. Ivy hat jahrelang als Fetisch-Escort gearbeitet und trifft sich heute noch gern mit Vic. Und weder Claire noch Jan haben schlechte Erfahrungen mit der Chefetage gemacht. Claires unglückliche Liebe zu Vinc mal ausgenommen – das hat eigentlich nichts mit der Agentur zu tun.

Was Remo mir anbietet, fühlt sich trotzdem besonders und gut an. Ich lasse meinen Blick kurz über die Muskeln an seinen Oberarmen schweifen, die zwar nicht aufgeblasen, aber steinhart aussehen. Ich bin mir sicher, er hat einen krassen Wumps drauf und ist verdammt schnell. Ob er Vic tatsächlich mit nur einem Schlag ausknocken könnte, weiß ich nicht, aber ich weiß das Angebot zu schätzen. Er kennt mich nicht, aber er würde sich für mich prügeln und mich da rausboxen. Wie empathisch und beschützend kann man eigentlich sein?

Mit welcher Frau er auch immer ständig am Telefon hängt, sie hat einen Hauptgewinn gemacht.

»Das ist das Netteste, das mir jemals jemand angeboten hat – und du kennst mich nicht mal. Du würdest das für eine Fremde tun – danke, wirklich.«

Remo nickt. »Ja. Ich bin ein Heiliger, der fremden Mädchen anbietet, ihre Zuhälter zu verprügeln. Ich bin ein Getto-Engel. Aber verrat das bloß niemandem am Internat! Dort bin ich ausschließlich ein Lehrer mit einem riesigen Tafellineal und einer Trillerpfeife, den die Schüler streng, aber ganz witzig finden. Den Getto-Engel gibt es schon lange nicht mehr. Aber ich krame ihn hervor, wenn es notwendig ist. Dann drohe ich volltätowierten Typen Schläge an und fluche wie ein Eminem-Song. Nur bitte nicht donnerstags – da leite ich nach der Schule noch eine Kindersportgruppe. Die Kleinen laugen mich immer aus und ich bin abends total müde. Siebenjährige sind süß, aber anstrengend.«

Dass ich lache, stört ihn nicht. Seine Miene bleibt aber ernst, was ihn nur noch charismatischer macht. Wie kann man nur so cool sein? Remo ist ein Unikat und er weiß das auch. Ich mag dieses Selbstbewusstsein, auch weil es einen großen Teil zu seinen Vibes beisteuert. Es wirkt wie die beste Entscheidung, die man treffen kann, wenn man ihm vertraut, weil er den Anschein erweckt, er könnte einen vor so ziemlich jedem Chaos beschützen – ob nun böse Männer oder hyperaktive Siebenjährige, Remo hat das im Griff.

So sehr ich den Getto-Engel – ich liebe diese Beschreibung übrigens – an ihm bewundere, er muss ihn für mich nicht hervorkitzeln.

»Ich kann mich Claire nur anschließen. Ich kann dir nichts Schlechtes über Vincent erzählen. Auch nicht über Victor. Ich werde zu nichts gezwungen, ich tue das alles freiwillig und ich habe es mir ausgesucht. Ich bin froh, dass sie mich aufgenommen haben, überall sonst wären mir bestimmt schlimme Dinge passiert.

»Okay.«

Die knappe Reaktion überrascht mich. Er wirkt nicht skeptisch, desinteressiert oder unehrlich, er zuckt einfach nur mit den Schultern und sagt ›Okay‹. Okay …

»Ich bin … dankbar für den Job. Ich muss nicht rausgeboxt oder gerettet werden. Es geht mir gut«, lege ich nach, für den Fall, dass er mehr hören möchte. Will er aber nicht, er nickt abgeklärt.

»Ja. Alles klar. Ich glaube dir. Ich wollte nur noch mal nachfragen, ich wollte dir die Sache nicht ausreden. Das habe ich damals im Badezimmer der Agentur versucht und du warst dir sicher. Akzeptiert. Ich kämpfe nicht mehr gegen sture Mädchen an, die sich mit ihren Entscheidungen gut fühlen. Hab ich zehn Jahre lang gemacht, war sinnlos.«

»Bei Claire?«, will ich wissen und rutsche neugierig im Sitz herum. Mir wird jetzt erst vollends klar, wie viele spannende Dinge ich mit Remo bereden kann.

»Mhm«, summt er und deutet auf die Mittelkonsole. »Kannst du mal mein Handy an das Ladekabel anschließen? Und gib deine Adresse ins Navi ein, sonst fährst du mit mir zu McDonald's und wieder nach Hause.«

Ich tue, um was er mich bittet. Remos Handy ist mindestens schon genauso oft am Boden aufgeschlagen wie meines. Man sieht, dass er es viel herumträgt und viel telefoniert. Das Display bleibt erst mal schwarz, weil es keinen Saft mehr hat.

»Hast du damals versucht, Claire die Sache mit der Agentur auszureden?«, frage ich noch mal nach, da ich vorhin nur die Sparversion einer Antwort kassiert habe, wahrscheinlich weil er gedanklich bei seinem Telefon war. Jetzt, da es mit Strom versorgt wird, kann er sich konzentrieren.

»Sie war meine beste Freundin. Klar wollte ich es ihr ausreden. Sie hat mir am Anfang nur irgendetwas von einer Modelagentur erzählt, aber das kam mir seltsam vor, weil … na ja … versteh mich nicht falsch, ich liebe Claire, aber … Oh Gott, das klang erst recht falsch! Erzähl bloß niemals Mel, dass ich das gesagt habe! Oder Pascal, der ist eine verdammte Petze! Ich meinte nicht ›Liebe‹ im Sinne von ›Liebe‹.« Er spricht das letzte Wort ganz sanft aus und schüttelt den Kopf.

»Ich weiß, was du meinst. Sie ist dir wichtig, du hast sie lieb«, versuche ich, ihm bei seiner Formulierung zu helfen, weil ich jetzt einfach mal unterstelle, dass Claire für Remo das ist, was Jan für mich ist. Ich liebe ihn nicht auf eine romantische Weise, aber ich würde alles für ihn tun und will möglichst oft mit ihm zusammen sein. Der Unterschied ist manchmal echt kompliziert!

Remo grunzt amüsiert. »Okay. Ich hab sie lieb – das klingt zwar, als wären wir in einer Episode aus ›Full House‹ gefangen aber bitte.«

»Na ja, besser, du sagst deiner Freundin, dass du eine andere Frau lieb hast, als dass du eine liebst. Die Formulierung wäre schlimmer.«

Er zieht eine Braue nach oben und schüttelt dann energisch den Kopf. »Beides gleich scheiße. Ich werde gar nichts davon sagen, ich bin doch nicht bescheuert! Wenn dich jemand fragen sollte, wie ich dir Claires und meinen Freundschaftsstatus erklärt habe, lass alles von vorhin weg. Claire und ich kennen uns gut, lange, haben als Teenager und junge Erwachsene viel Zeit miteinander verbracht und waren uns sympathisch.«

»Habt ihr gevögelt?«

»Wie Karnickel auf Viagra!«

Ich lache.

Remo grinst. »Aber das ist wirklich lange her. Wir waren jung und hatten nichts außer einer Matratze und einander. Wir waren aber nie zusammen. Da war nie so was wie der Wunsch nach einer Beziehung. Wir waren einfach …«

»Beste Bumsfreunde.«

»Ja! Aber auch dieses Wort benutzen wir weder vor Mel noch vor der französischen Petze, okay?«

Ich nicke, obwohl ich seine Freundin nicht kenne und nie kennenlernen werde. Und dass Pascal mich noch mal bucht, würde ich jetzt auch nicht unterschreiben.

»Also, wo war ich vor dieser ganzen Misere mit meiner ›Ich liebe sie‹-Formulierung?«

»Claire hat dir erzählt, sie würde für eine Modelagentur arbeiten.«

»Ja. Genau. Ich hab ihr das nicht abgekauft.«

»Wieso nicht?«

»Weil sie nicht immer so ausgesehen hat, wie sie jetzt aussieht. Ich mochte ihr Gesicht und ihren Körper auch vorher, ich fand sie immer hübsch, aber sie war keine klassische Schönheit. Als sie plötzliche eine neue Nase und neue Brüste hatte und mir erzählt hat, ihre ›Agentur‹ hätte dafür bezahlt, bin ich stutzig geworden. Welche Modelagentur investiert erst mal Unsummen in ein junges Mädchen, bevor es irgendwelche Aufträge hatte?«

Ich wusste von Claires falscher Oberweite, sie macht kein Geheimnis daraus. Dass ihr Gesicht früher anders ausgesehen hat, ist mir aber neu. Ich verurteile niemanden für Schönheitsoperationen. Das muss jeder für sich selbst entscheiden.

»Hat Vincent ihr das Geld für die OPs vorgestreckt?«

»Nein. Er hat es ihr geschenkt. Er musste sie nicht mit Schulden an ihn ketten, sie war sowieso von Anfang an so besessen von ihm, dass sie alles getan hat, was er ihr vorgeschlagen hat. Die Nase, die Brüste – er hat aus ihr mit den scheiß OPs eine Puppe gebastelt. Gott, ich war so sauer auf ihn! Und sauer auf Claire, weil sie sich plötzlich wie die dümmste Kuh der Welt verhalten hat und nur noch Vincent im Kopf hatte. Als ich herausgefunden habe, dass sie für ihn anschafft, hab ich ihn auf dem Weg zur Arbeit abgepasst und wollte ihm einfach nur eine reinhauen.«

»Hast du?!«, frage ich mit etwas zu sensationslustig heller Stimme, weil ich mir bis jetzt keinen Menschen vorstellen konnte, der sich tatsächlich mit dem einschüchternden Mann der Schweiz anlegen würde. Es gibt aber einen, und donnerstags hat er keine Zeit, weil er da Kinderturnen betreut.

»Ob ich ihm eine geknallt habe? Nein. Ich wollte, ich war wirklich stinksauer, aber Vincent war damals schon ein erwachsener Mann, der seine Freizeit im Kraftraum eines Fitnesscenters verbracht hat, und ich war … na ja … sechzehn. Er hatte mich schneller am Kragen gepackt und gegen die nächste Wand gedrückt, als ich ihn ein blödes Arschloch nennen konnte.«

Obwohl ich diese spannende Geschichte mit actionreicher Visualisierung würdigen will, rattern mit einem Mal die Räder in meinem Kopf.

»Du warst sechzehn? Warte mal, bist du so viel jünger als Claire? Sie war doch um die zwanzig, als sie in der Agentur angefangen hat.«

Remo macht einen abschätzigen ›Pfff‹-Laut und schüttelt den Kopf. »Zwanzig. Bullshit. Claire ist nur ein Jahr älter als ich. Sie war siebzehn, aber sie musste Vincent anlügen, sonst hätte er sie nicht für sich arbeiten lassen. Zieht sie das noch immer durch? Klar, jetzt kommt sie da wohl nicht mehr raus. Egal, was sie behauptet, sie ist Anfang, nicht Mitte dreißig.«

»Sie macht das, seit sie siebzehn ist?! Aber …«

»Ja, ich weiß. Sie hat sich nicht abhalten lassen. Egal, was ich gesagt oder getan habe. Als ich diese erste Konfrontation mit Vincent hatte, habe ich ihm alles Mögliche an den Kopf geworfen und ihm mit den wildesten Dingen gedroht, wenn er sie nicht in Ruhe lässt. Hat ihn leider wenig beeindruckt. Er hat mich einen penetranten, naiven Köter genannt und mir den Kopf getätschelt. Claire hat eine Woche lang nicht mit mir geredet und am Ende musste ich erst recht zu Kreuze kriechen, weil … Ach, es war einfach beschissen.«

Remo schweigt kurz, was mir Zeit gibt, mein eigenes Chaos zu überdenken. Ich habe mir am Anfang auch Sorgen um Jan gemacht und hätte mir nie träumen lassen, auch mal so weit zu gehen, um Geld zu verdienen. Dann kam alles anders, ganz plötzlich. Ich bin dankbar, Vincent begegnet zu sein, weil ich Kevin nur so helfen konnte, auch wenn die meisten Menschen mich für die Entscheidung, meinen Körper zu verkaufen, verurteilen würden. Das ist wahrscheinlich auch ihr gutes Recht. Jeder empfindet anders, aber niemand lebt mein Leben, nur ich.

Remo seufzt. »Ich dachte, ich wäre moralisch absolut im Recht und wäre der Gute in dem ganzen Drama. Dass sich Menschen und Entscheidungen nicht so leicht in Falsch und Richtig kategorisieren lassen, musste ich erst lernen. Claire war über die Jahre glücklich mit dem Job und ihrem Leben, Vincent hat auf sie aufgepasst und auch wenn ich noch so oft der Meinung war, dass er sich wie das größte Arschloch verhalten hat, was ihre seltsame private Beziehung betrifft, sie sagt heute, sie hätte die Zeit nie bereut und Spaß gehabt. Wer weiß, was passiert wäre, wenn sie einen ›normalen‹ Job angenommen hätte, so wie ich es ihr hundertmal vorgeschlagen habe. Vielleicht wäre sie unglücklich geworden oder hätte einen übergriffigen Scheißboss gehabt. Das Leben ist so komplex und man kann nur für sich selbst entscheiden, was einen glücklich macht und was gut für einen ist. Reinreden sollte man jemandem nur, wenn er um Hilfe bittet oder sich selbst zerstört und verletzt, ohne es zu merken. Sonst halte ich meine Klappe. Also wenn du mir sagst, dass alles in Ordnung ist – gut. Ich versichere Pascal, dass er sich keine Sorgen machen muss, dass dich jemand zu Fetisch zwingt.«

Auch wenn ich seinen Vortrag über die Komplexität von persönlichen Entscheidungen toll fand und ich unheimlich froh bin, dass ich endlich mal mit jemandem zusammen bin, der mindestens genauso gern labert wie ich, muss ich jetzt mürrisch klingen.

»Mal ehrlich, es ist Pascal doch egal, ob ich mit anderen Fetisch mache oder nicht.«

Remo schüttelt den Kopf. »Nein. Das stimmt nicht. Er ist einfühlsamer, als er wirkt – oder einfühlsamer, als er wirken möchte. Damit, zu wissen, dass dich jemand verletzt, kommt er nicht klar. Fetisch ist nicht sein Fall. Er tut sich schwer damit, die Grenze zwischen Sexpraktik und Übergriffen zu ziehen, deshalb würde es ihn auch beschäftigen, wenn du deine Verletzungen von Fetischkunden hättest.«

Ich lehne mich in den Sitz und starre auf die Straße. »Claire hat doch auch Fetischkunden bedient, oder? Damit hatte er kein Problem.«

Remo schmunzelt. »Du bist nicht Claire. Die Sache mit ihr und Pascal war anders. Sie war erfahrener, älter, sie hat das devote, unsichere Mädchen nur gespielt – das hat keinen Beschützerinstinkt in Pascal geweckt. Es war nur Sex.«

»Es ist nur Sex«, stelle ich klar und zucke mit den Schultern.

Dass Remo grunzt, lässt mich eine Augenbraue nach oben ziehen. »Sicher …«, brummt er amüsiert.

»Was?! Hat das vorhin im Bungalow wirklich für dich den Anschein erweckt, dass zwischen mir und Pascal mehr läuft als bezahlter Sex, nachdem er mich möglichst schnell in einen Pullover wickeln und loswerden wollte? Dann hast du aber seltsame Vorstellungen von Flirts!«

»Oh, da hat ja jemand genauso schlechte Laune wie der verwirrte Franzose, der gerade nicht weiß, warum er den Kühlschrankinhalt angemotzt hat.«

»Drei Minuten nachdem ich in euren Bungalow gekommen bin, hat er mich mit einer Kappe gehauen und mir gesagt, dass ich gehen soll, weil ich schlecht im Bett bin! Er gibt sich doch nur mit mir ab, weil er keine andere Wahl hat, weil Claire aussteigt!«

Remo lacht. »Warte. Er hat dich mit einer Kappe gehauen? Pascal? Mister ›Alles, was kindisch ist, bringt mich zum Augenrollen‹? Er dreht ja wirklich komplett ab – mach Fotos, wenn du ihn das nächste Mal aus dem Konzept bringst. Ich bezahl dir zehn Franken, wenn du eines machst, auf dem er dir die Zunge rausstreckt oder den Mittelfinger zeigt!«

»Ich bin mir nicht mal sicher, ob er mich wieder bucht. Am Ende ist er immer so ätzend arrogant und distanziert! Zwischendurch auch! Eigentlich immer, außer er ist scharf. Oder ihm ist kalt!«

»Ja, er ist schwierig. Das weiß er aber auch selbst. Und du gehst verdammt gut damit um. Lass ihn nur auflaufen und beiß zurück, wenn er beißt. Aber das muss ich dir nicht raten, ihr steht sowieso drauf …«

Remo sieht süß aus, wenn er verschmitzt grinst, aber ich muss ihn trotzdem anfunkeln. »Noch mal: Ich flirte nicht mit ihm! Es ist nur Sex! Er geht mir auf die Nerven … Wie kann man denn so ein kolossal schwieriger Mensch sein?!«

»Er hat seine Gründe«, entgegnet Remo, sagt aber nichts weiter dazu. Dass Pascal mir von der Sache mit dem Stalken erzählt hat, weiß er wohl nicht.

Ich nicke einfach und zucke dann mit den Schultern. Es ist kurz still, was sich etwas unnatürlich anfühlt, weil wir beide gern reden und schweigen nicht unser Ding ist. Remo erlöst uns aber ziemlich rasch.

»Mel hatte am Anfang so viel Panik davor, zuzugeben, dass sie mich mag, dass sie mich die ersten paar Mal nur rangelassen hat, wenn ich so getan habe, als würde ich über sie herfallen.«

Ich blinzle irritiert, grinse aber. »Erzählst du mir gerade, dass du mit deiner Freundin ein Vergewaltigungsrollenspiel laufen hattest?«

Er lacht. »Ja. Anscheinend erzähle ich dir das. Die Sache mit dir und Pascal erinnert mich an Mel und mich. Du bist wie ich – die beiden anderen spinnen ein wenig.«

Auch wenn ich den Vergleich amüsant finde, weil es mir irgendwie schmeichelt, dass Remo denkt, ich wäre auch nur annähernd so charismatisch und selbstbewusst wie er, sehe ich die Parallelen nicht.

»Du hast deine Freundin aber nicht für Sex bezahlt, oder? Das zwischen euch war privat, nicht geschäftlich. Das ist doch etwas vollkommen anderes.«

»Ja und nein. Sie war keine Escort, aber es ging ihr auch nur um Sex – das hat sie zumindest ziemlich lange behauptet. Mel wollte keine Beziehung, weil sie panische Angst vor Zurückweisung hatte. Sie wollte sich ausleben und hatte eine miese Beziehung hinter sich. Die Sache mit uns hat ihr vom ersten Moment an Angst gemacht, deshalb haben wir uns auch ständig gezankt. Hat zwar Spaß gemacht, aber am Ende hätten wir uns beinahe getrennt, ohne wirklich zusammen gewesen zu sein. Es war kompliziert, hat verdammt wehgetan, aber ich würde das alles wöchentlich wiederholen, solange sie am Ende bei mir bleibt.«

Ich drücke meinen Kopf gegen die Lehne und schmachte den Mann an, der so tief zufrieden und glücklich wirkt, sobald er von seiner Freundin spricht, dass ich beinahe etwas wehmütig werde. Liebe kann eine großartige Sache sein. Ich bin mir nicht sicher, ob ich schon mal an dem Punkt war, an dem Remo gerade ist. Vielleicht damals mit Jan. Obwohl, als es schmerzhaft wurde, haben wir nicht gekämpft, sondern uns die Hände geschüttelt und uns getrennt. Da war nichts, um das wir kämpfen mussten, und als Freunde machen wir uns besser.

Remo schmunzelt auf die Straße, nicht schalkhaft oder so kokett wie sonst, nur warm. »Sie ist eigentlich viel zu gut für mich … Keine Ahnung, warum eine Siamkatze bei einem Straßenköter bleibt, aber ich bin froh.«

»Du bist doch kein Straßenköter. Du bist Lehrer an einem elitären Bonzen-Internat.«

Remo lacht und winkt ab. »Stimmt. Vergessen. Fühlt sich manchmal an wie damals … wenn ich mit jemandem so offen über früher reden kann. Aber kein Ding. Macht Spaß.«

Er zwinkert.

»Du hattest keine leichte Jugend, oder?«

»Nein. Aber es ist okay. Es geht mir jetzt besser, als ich es wahrscheinlich verdient habe.«

Ich kenne zwar nicht seine ganze Geschichte, aber ich bin mir sicher, dass Remo sich alles, was er jetzt hat und ihn glücklich macht, redlich verdient hat. Er ist genauso empathisch und nett wie Claire. Ich kann mir gut vorstellen, dass sie mal eng befreundet waren.

»Ach, wenn wir schon beim Thema sind: Erzähl Pascal bitte nicht, dass ich mal für Vincent gearbeitet habe, das würde ihn schockieren. Er denkt, ich habe mit Claire zusammen gekellnert.«

Ich verschlucke mich an meiner eigenen Spucke, weil ich zu erschrocken einatme. »Du hast für Vincent gearbeitet?! Das hattest du noch gar nicht erwähnt!«

»Ach nicht? Scheiße …«

Ich weiß nicht, ob ich lachen oder ultraneugierig werden will … Beides.

»Du warst ein Escort?!«

»Nein! Ich habe nicht angeschafft! Na ja, theoretisch einmal ein bisschen, aber das ist eine ziemlich bescheuerte, lange Geschichte. Steht dann mal in meinen Memoiren. Kannst du auf Amazon kaufen – eBook only. Drucken ist zu teuer.«

»Wenn du ein Cover brauchst, ich mach dir eines. Ich bin Grafikdesignerin.«

»Gut zu wissen. Jetzt brauch ich nur noch eine Ghostwriterin. Du kennst nicht zufällig eine Autorin, die auf dramatische Komödien spezialisiert ist? Vorzugsweise mit schrägem Humor und keiner Angst davor, viele merkwürdige Sexszenen zu schreiben?«

»Nein. Aber wenn mir eine begegnet, schicke ich sie zu dir.«

Wir lachen. Ich nicht so lange wie Remo, weil er meine Neugierde noch nicht gestillt hat.

»Erzählst du mir jetzt freiwillig, was du für Vincent gemacht hast, oder muss ich dich zwingen?«

»Wie willst du mich denn zwingen?«, fragt er amüsiert und scheint sich nur vor Augen zu führen, dass ich ein Streichholz bin, das einem Baum droht. Er vergisst etwas ganz Entscheidendes.

»Dir ist schon klar, dass du mir in den letzten zwanzig Minuten mindestens zehn Dinge verraten hast, die ich entweder Claire, Pascal oder deiner Freundin nicht erzählen darf, oder?« Ich ziehe eine Braue nach oben und grinse ihn schief an.

»Böses Mädchen«, knurrt er.

Wow, wie tief kann eine Stimme eigentlich klingen?

Ich hoffe, Remo weiß, dass ich nur Faxen mache und er mir gar nichts erzählen muss, wenn er nicht will. Ich halte auch so dicht, das ist selbstverständlich. Er ist aber sehr empfänglich für meine Art von Humor. Ich denke, wir sind uns dabei wirklich sehr ähnlich – so wie Pascal uns unterstellt hat.

»Ich habe nicht bei ›Evig Roses‹ gearbeitet, sondern im ›SORT‹.«

Der Blick, der folgt, unterstellt mir, dass ich wissen sollte, was ein ›SORT‹ ist. Klingt nach einer geheimen militärischen Sondereinheit.

»Ähm … du hast dort …?«

»Getanzt«, vervollständigt Remo mein Gestammel und erkennt, dass ich keine Ahnung habe. »Das ›SORT‹ ist Vincents Club. Ziemlich groß, stylish, düster, horrende Getränkepreise, aber die Leute rennen ihm die Bude ein. Er bezahlt dort ein paar auserwählte Vollidioten fürs Tanzen und Stimmungmachen. Ich war so ein Vollidiot.«

»Du warst ein Stripper?!«

Remo knurrt wieder. Dass er diesen Dobermann-Sound draufhat, ist beeindruckend – und irgendwie sexy. »Wieso glauben immer alle, ich wäre Magic Mike, wenn ich das erzähle?! Ich habe nicht gestrippt! Ich habe getanzt! Und ich hatte was an! Untenrum! Zumindest meistens Shorts. Und an manchen Tagen auch ein T-Shirt. Je nachdem, wie viel Umsatz wir gemacht haben. Okay, ich war auch mal nackt, aber das war eine interne Feier und so was wie eine Wette.«

Ich erinnere mich wieder daran, dass Vincent den Club bei unserem Vorstellungsgespräch kurz erwähnt hat. Damals, als er Victor versichert hat, dass er mich dort nicht tanzen lassen kann, weil ich mich bewege wie ein leerer Müllsack im Wind. Eine peinliche Erinnerung, die ich eigentlich verdrängen wollte, deshalb ist mir das mit dem Club wohl entfallen.

»Hast du dir mit dem Tanzen dein Studium finanziert?«, will ich von Remo wissen. Ich bin mir sicher, dass er das gemacht hat, weil er dringend Geld brauchte. Nachdem Vincents und sein erstes Aufeinandertreffen aus angedrohten Schlägen und Beschimpfungen bestanden hat, fiel es ihm bestimmt nicht leicht, ihn um einen Job zu bitten.

»Nein. Das Studium hat mein Onkel bezahlt. Ich war … ziemlich jung, als ich getanzt habe.«

»Wie hast du den Job denn vor deinen Eltern verheimlicht?«

Remo zuckt mit den Schultern. »Ich bin mit fünfzehn von zu Hause weg. Ich musste gar nichts erklären. Meinen Vater kenne ich nicht und meine Mutter war so überfordert mit ihrem eigenen Leben, dass sie kein Interesse an meinem hatte.«

»Das kommt mir bekannt vor …«, murmle ich und sehe, dass die Seitenscheiben des Wagens langsam beschlagen. Wir reden wohl zu viel. Das hier ist aber das beste Gespräch, das ich seit Langem geführt habe. Nicht nur, weil Remo ein unheimlich spannender Mann ist, sondern weil ich mich ein klein wenig in seinem Leben wiedererkenne. Auch wenn er es deutlich schwerer hatte und anscheinend schon mit fünfzehn komplett auf sich gestellt war. Jetzt verstehe ich, warum er sich vorhin einen Straßenköter genannt hat … das macht mich irgendwie traurig.

»Leute mit intakten Familien oder finanzieller Absicherung haben bessere Voraussetzungen. Aber das heißt nicht, dass man es nicht auch schaffen kann, wenn man auf nichts davon zurückgreifen kann. Mir war Hilfe eigentlich immer zuwider. Aber ich hatte sie. Zu erkennen, wann man sie wirklich braucht und annehmen sollte, kann aber schwer sein.«

Das Letzte klingt nicht nur wie eine Erinnerung aus Remos Vergangenheit, sondern wie ein Ratschlag. Ich nicke vorsichtig und nehme mir fest vor, zu erkennen, wann ich zu blöd bin, um Hilfe anzunehmen, und das dann zu ändern.

»Ist es schräg, wenn ich sage, dass es sich so anfühlt, als würden wir uns schon länger kennen?«, frage ich und schaffe es dabei, nicht rot zu werden, weil Remo bestimmt weiß, dass er diese großartige Ausstrahlung hat.

Er schüttelt den Kopf. »Nein, das ist nicht schräg. Das ist total peinlich. Sag mal, stehst du auf mich?«

Okay, jetzt werde ich rot! Und wie! Ich begradige die Haltung und beginne energisch den Kopf zu schütteln. »Nein! Nein. Nein. Ich meine … Nein!«

»Wow. Viermal ›Nein‹ und ich glaube dir noch immer nicht. Mann, bist du in mich verschossen, Hermine!«

»Was?! Ich … wollte nur … äh … Du hast mir so viel erzählt! Und warst so nett! Ich wollte nur sagen, dass ich dich … ich meine … Ich weiß, dass du eine Freundin hast! Die du ganz offensichtlich total liebst! Und ich würde nie …!«

»Schon gut«, unterbricht Remo mein aufgeregtes Gestammel und grinst die Straße an. »Mel stand zuerst auch auf Pascal, weil er netter zu ihr war. Für jemanden zu schwärmen, bei dem es niemals ernst werden könnte, ist viel einfacher, weil es keine Konsequenzen haben kann.«

Das macht erschreckend viel Sinn. Aber ich muss trotzdem ausrasten. »Ich schwöre, ich stehe nicht mal ein bisschen auf dich! Ich mag dich, aber du bist absolut nicht mein Typ!«

Okay. Das ›nicht mal ein bisschen‹ ist gelogen. Remo hat einen Körper, den ich gern mal ohne Klamotten sehen würde, und knurrt wie ein dominanter Sexgott. Ganz unspannend fände ich es nicht, herauszufinden, wie der Ex-Getto-Engel vögelt, aber ich bin nicht in ihn verliebt. Ich denke, wir sind uns zu ähnlich, um uns zu verknallen. Auch wenn er keine Freundin hätte. Hat er aber. Und das ist auch der Hauptgrund, warum ich gerade vehement abgestritten habe, dass er mich auch nur ein bisschen interessiert.

Ich würde nie absichtlich eine Beziehung zerstören oder gefährden. Die Sache mit Lias hängt mir noch immer nach. Keine Ahnung, was ich machen würde, wenn mir die Agentur aufträgt, mit Remo zu schlafen. Mich krank stellen, vermutlich. Das würde er aber nicht tun. Mich buchen. Remo ist tough, aber er wirkt nicht wie ein Arschloch. Dafür bekommt er zu glänzende Augen, wenn er ›Mel‹ sagt.

»Wie war das eigentlich damals mit dir, Pascal und deiner Freundin? Ihr hattet alle Sex miteinander, oder? Ist das jetzt nicht … seltsam zwischen dir und Pascal?«

Remo stutzt. »Hat Pascal dir davon erzählt?«

Ich nicke.

Er denkt kurz nach, schmunzelt den Gedanken dann weg und hebt den Zeigefinger. »Also erstens: ›Ihr hattet ALLE Sex MITEINANDER‹ klingt schwul. Nicht, dass ich was gegen homosexuelle Neigungen hätte, aber Pascal und ich sind nicht bi. Wir hatten Dreier, ja, aber wir haben dabei nur Mel gevögelt, nicht einander.«

Ist es schräg, dass ich mir gerade ausmale, dass Remo und Pascal heiß beim Sex miteinander aussehen würden? Ich war aber auch lange mit einem bisexuellen Typen zusammen.

»Mel und Pascal waren nie ineinander verliebt. Sie fanden sich heiß, ja, aber da war nie mehr. Mel wollte sich ausleben und ich wollte sie, also …« Er zuckt mit den Schultern. »Der Sex war heiß, aber ich bin Pascal ganz schön auf die Nerven gegangen, weil ich mit der Zeit passiv-aggressiv ihm gegenüber wurde. Er hat mich einen Spinner genannt, weil ich sowieso wusste, dass er nichts von ihr will, und mich trotzdem idiotisch aufgeführt habe, sobald wir über Mel gesprochen haben. Ich wusste aber nicht, dass man *so* dämlich wirkt, wenn man aus Eifersucht den Kühlschrank anknurrt. Witzig, das jetzt mal von der anderen Seite zu erleben. Hast du was dagegen, wenn wir Pascal erzählen, dass du während der Autofahrt in einer Kurve mit dem Kopf in meinen Schoß gefallen bist und wir einen versauten Witz darüber gemacht haben?«

»Damit er dir wieder erklären kann, dass ihm das nichts ausmacht, weil ich ein gekaufter Ersatz für Claire bin? Wenn du ihn ärgern willst, musst du wohl eine Frau finden, die er wirklich mag, nicht seine Prostituierte«, entgegne ich.

Remos amüsierte Miene wird neutral. Er seufzt leise. »Er klingt wie ein Arschloch, sobald er Angst vor sich selbst bekommt. Das tut er nicht mit Absicht. Ich kenne ihn so gut wie niemand sonst und ich weiß, dass es ihm gerade leidtut, dass er sich so arrogant und abweisend aufgeführt hat.«

»Muss es nicht. Er hat recht. Ich bin Claires Ersatz. Und es ist nicht dasselbe wie damals mit dir und Mel. Er kauft mich. Andere tun das auch. Er muss nicht nett zu mir sein.«

»Schwachsinn. Als ob du weniger wert wärst, nur weil du als Escort arbeitest. Pascal stellt den Arschloch-Modus an, weil er dich mag, aber Panik davor hat, eine Frau an sich ranzulassen, nicht weil er deinen Job verurteilt. Er will dich nur dort treffen, wo es wehtut, weil er einen Knall hat und dich abschrecken will, bevor du ihm zu nahe kommst. Darunter leidet er aber selbst am meisten. Er will niemandem wehtun. Er ist kein schlechter Mensch und eigentlich auch kein Arschloch. Dass er eines sein muss, weil er spinnt, setzt ihm selbst am meisten zu.«

Ich weiß nicht, wann diese ausgelassene Stimmung in mir gekippt ist, aber ich werde gerade müde und bekomme Kopfschmerzen. »Du hast uns einmal zusammen gesehen und du kennst mich kaum«, zicke ich den Mann an, der so nett zu mir ist und mich in so kurzer Zeit so oft zum Lachen gebracht hat, weil ich eine blöde Kuh bin.

Remo steckt meinen mauligen Tonfall aber ziemlich gut weg. Ich denke, er zwinkert mich sogar an, aber ich gucke nur noch aus den Augenwinkeln zu ihm rüber.

»Das stimmt. Wir beide kennen uns noch nicht lange. Aber ich kenne Pascal. Manchmal besser als er sich selbst. Und ich weiß, was Claire mir über dich erzählt hat.«

»Du hast mit Claire über mich gesprochen?«, frage ich überrascht und sehe doch zu ihm rüber. »Du wusstest doch nicht mal, dass ich das Mädchen bin, das dir in der Agentur beim Pinkeln … na ja, du weißt schon – schräge Geschichte.«

Remo lacht. »Nein, dass du dasselbe Mädchen bist, wusste ich nicht. Aber Claire hat mir von der neuen Escort erzählt, die sie zu Pascal schicken will. Und sie hat eine ziemlich gute Menschenkenntnis. Ich übrigens auch.«

Mich beschleicht das Gefühl, dass Remo mehr über mich weiß als ich über ihn – und das, obwohl er mir in den letzten zwanzig Minuten so viel über sich erzählt hat.

»Selbst wenn Pascal mich noch mal bucht, es bleibt ein Geschäft«, stelle ich in nüchternem Tonfall klar.

»Redest du mit mir oder mit dir selbst?«, will Remo wissen.

»Mit dir!«, fauche ich, weil es sich plötzlich so anfühlt, als würde der Mann, der so tief knurren kann, in meinem Kopf sitzen und dort fröhlich grinsend meine Gedanken lesen.

»Na dann: Bleibt es so geschäftlich wie heute? Pascal meinte, er hätte dich eine Stunde gebucht, du warst aber noch da, als ich nach Hause gekommen bin. Schon schräg. Seit wann spendiert Vinc denn Extrarunden?«

Oh mein Gott, kombiniert der Typ gut! Ich will aus diesem Auto raus! Fahr einfach langsamer, dann lasse ich mich auf den Pannenstreifen rollen!

»Das war ... Ich war Pascal noch Zeit schuldig! Aber sag ihm nichts davon, sonst rastet er aus, weil er denkt, ich wollte länger bei ihm bleiben, weil ich ihn heiraten oder stalken will! Das war nur ...«

»Schon gut. Ich sage gar niemandem etwas. Weder Pascal noch Vincent. Aber hör auf, dir einzureden, du hättest kein Recht darauf, jemanden gernzuhaben, nur weil du anschaffst. Egal, wo es letzten Endes hinführt. Niemand verbietet dir gern, mit jemandem zusammen zu sein. Und du bist nicht nur ein Fick-Blümchen, weil du Vincents Rose bist, du bist genauso viel wert wie jeder andere Mensch.«

Jetzt will ich nicht mehr bei voller Fahrt aus dem Auto rollen, nur das Fenster aufmachen, damit der Fahrtwind meine Wangen kühlt. »Danke«, murmle ich.

»Für was denn?«

Dafür, dass du mich daran erinnert hast, dass ich nicht nur eine Nutte bin.

»Für die Fahrt. Und das Reden.«

Remo biegt gleich in die Straße ein, in der ich wohne.

»Ich hoffe, wir sehen uns noch mal auf Kevins Abschlussfeier wieder«, sage ich und werde etwas wehmütig, weil mir bewusst wird, dass ich ihm auf dieser Veranstaltung nicht mal zuwinken kann, ohne zu riskieren, dass sich jemand fragt, woher wir uns kennen. Bescheuert. Ich lerne so großartige, spannende Menschen durch den Job kennen, aber Freundschaften schließen kann man dabei nicht wirklich. Irgendwo bin ich doch nur ein Fick-Blümchen.

»Ich denke, wir sehen uns schon vorher«, entgegnet Remo.

»Wenn Pascal zufrieden war, vielleicht.«

Er parkt und zieht die Handbremse so schwungvoll an, als wollte er mich mit Absicht schütteln. Ich hopse beinahe auf das Armaturenbrett.

»Denkst du, ich erzähle jedem x-beliebigen Menschen, dass ich mal gestrippt habe, wenn ich denke, dass wir nichts mehr miteinander zu tun haben werden?«

»Ach, jetzt warst du auf einmal doch Magic Mike?«

Er grinst. »Klappe, Hermine. Grüß Voldemort.«

»Mach ich. Auf Wiedersehen, Herr …«

»Morelli. Oder Mozzarella. Hat sich mittlerweile beides durchgesetzt. Frag nicht.«

MIT FREUNDLICHEN GRÜẞEN, EMMA REICHALT

Eine winzige Mücke dreht im Schein der gedimmten Stehlampe ihre Kreise und aus dem Fernsehen schallt die Stimme von Günther Jauch, der wissen möchte, was ein Verhütungsmittel ist.

A Kreis **B** Pyramide

C Linie **D** Spirale

Total einfach. Die Antwort steht zwar nicht auf dem Bildschirm, aber sie lautet: Pokémon. Nichts schützt besser vor unerwünschter Empfängnis als eine Boxershorts mit mindestens zwanzig japanischen Anime-Monstern drauf. Kein Typ, der mich darin sehen würde, würde eine Erektion bekommen. Ergo: beste Empfängnisverhütung der Welt.

In Verbindung mit dem Detektiv-Conan-Shirt, das Kevin seit Jahren bei mir versteckt, weil es ihm peinlich wäre, es im Internat zu tragen, ist meine Arbeitsuniform perfekt.

Wie sehr meine beiden Jobs im Kontrast stehen, fällt mir heute zum ersten Mal auf.

Das Kreativsein hat mir gefehlt. Es hat sich etwas Arbeit aufgestaut, was gut ist, weil ich meine Miete bezahlen muss und mein Kühlschrank leer ist. Ich habe mich in letzter Zeit so sehr auf die Agentur und das Nachdenken darüber konzentriert, dass ich kaum dazu kam, meinen eigentlichen Job zu machen. Und das, obwohl die Grafikdesigns meine einzige Einnahmequelle sind.

Das Geld, das ich als Escort verdiene, wandert direkt auf meine Schuldenkasse. Irgendwie bescheuert, wenn man viel verdient, aber nichts davon zu Gesicht bekommt. Ich war schon dabei, mir selbst total leidzutun, als ich heute Hunger bekommen habe, aber mein Instantnudeln-Vorrat leer gefuttert war. Dann habe ich eine halbe Packung Kekse unter dem Sofapolster gefunden und getanzt. Ja, ich bin leicht zufriedenzustellen. Zumindest kulinarisch.

So gut mir das kreative Arbeiten auch tut und mich ablenken sollte, mein Kopf spielt nicht wirklich mit. Eigentlich verliere ich mich leicht in Farben, Formen, Mustern und Schriften und schlafe dann irgendwann in den frühen Morgenstunden mit dem Laptop am Schoß ein. Meine Kreativblase platzt aber immer wieder. Anstatt mich endlich für einen Schriftzug mit oder ohne Serifen für das Werbebanner eines Online-Katzenspielzeug-Versands zu entscheiden, drücke ich auf meinem Handy herum.

Zugegeben, das Katzenspielzeug-Ding ist nicht die glamourösesste Arbeit, die man als Designer machen kann, aber normalerweise gebe ich auch für die kleinen Aufträge mein Bestes. Warum mir das im Moment so schwerfällt, will ich nicht analysieren. Sich zu verbieten, über etwas nachzudenken, ist aber genauso zielführend, wie sich zu verbieten, zu niesen, wenn die Nase juckt. Die Explosion kommt, egal wie sehr man sie wegdenken will.

Ich wische über mein Handydisplay, öffne WhatsApp und schließe die App dann wieder. Keine neuen Nachrichten. Nur eine ungelesene von Kevin, die sowieso nur ein kotzendes Emoji enthält, weil das Letzte, das ich ihm geschrieben habe, war, dass ich Pokémon-Boxershorts zum Arbeiten trage. Wenn er wüsste, welche Unterwäsche ich für den anderen Job anziehe, würde er sich selbst in das kotzende Emoji verwandeln. Oder in das, dem der Kopf explodiert.

Kevin hat sich fürs Wochenende angekündigt. Ich hoffe, mir kommt keine Buchung dazwischen, aber auch Tina hat sich nicht gemeldet, also gehe ich davon aus, dass mich in den nächsten Tagen niemand will. Ich sollte froh darüber sein, endlich Zeit für meine Grafikaufträge zu haben. Bin ich aber nicht. Ich will etwas von Tina hören. Eigentlich nicht von Tina, sondern von … Ach, ich hasse mich manchmal! Also: Serifen für die Online-Katzen, ja oder nein?!

Es ist bescheuert, dass ich darauf warte, dass er sich meldet. Noch bescheuerter ist es, darauf zu hoffen, dass er es nicht über Tina tut, sondern privat. Pascal hat meine Nummer nicht und ich weiß auch gar nicht, was er mir schreiben sollte.

Total gelogen. Klar weiß ich, was ich gern lesen würde.

Bonjour. Ich habe Remo gebeten, mir über Claire deine Nummer zu besorgen. Ich weiß, ich sollte dir nicht persönlich schreiben, aber ich muss. Ich will mich entschuldigen. Dafür, dass ich beim Verabschieden so scheiße zu dir war. Und dafür, dass ich manchmal ein Arschloch bin. Und arschkalte Finger habe, die ich an deiner Muschi wärmen wollte. Ich bin ein Idiot. Und so kompliziert wie Quantenphysik. Aber die Zeit mit dir hat mir Spaß gemacht. Ich finde dich spannend und interessiere mich für dich. Ich interessiere mich sonst nie für jemanden, aber du bist irgendwie anders. Sehen wir uns wieder?

So eine Nachricht hat noch kein Mann der Welt geschrieben.

Jaaaa und?! Es gibt sie auch nur in meinem Kopf! Und der findet das schön!

Ich bin dein Kopf und ich finde es lächerlich.

Du bist mein Kopf? Ich dachte immer, du wärst meine Muschi …

Hallo?!

Ich weiß, dass er mir nicht schreibt! Aber ich kann nicht aufhören, darüber nachzudenken! Stell das ab.

Kann ich nicht. Remo hat so sicher geklungen, dass wir den Eiffelturm wieder besteigen dürfen …

Dieser doofe, sexy schwarzhaarige Mann und seine bescheuert amüsanten, verwirrenden Vorträge! Seit der Autofahrt habe ich die lächerliche Hoffnung, dass Pascal ab und an über mich nachdenkt. Nicht nur wenn er scharf ist, einfach so.

Ich bin nicht wirklich in ihn verliebt – dafür haben wir zu wenig Zeit miteinander verbracht –, aber ich kann nicht abstreiten, dass ich mich freuen würde, ihn wiederzusehen. Und das, obwohl er so ein abweisendes Arschloch sein kann, das ausrastet, sobald es sich zu bewundert fühlt.

Wie kann man sich denn in so einen Typen verknallen? Nur weil er berauschend attraktiv ist? Und spannend? Und toll in seinem beeindruckenden Job? Und nett zu meinem Bruder? Und weil unsere Körper beim Sex so gut zusammenpassen wie Puzzleteile? Pfff … Ich bin so ein Idiot.

Keine Ahnung, was das mit Pascal ist. In einem Moment will ich mir erlauben, zuzugeben, dass ich mich ein bisschen zu ihm hingezogen fühle, im nächsten Moment wird mir klar, dass das lachhaft und verboten ist und sowieso nirgendwo hinführen würde. Was soll er mit mir? Sich in eine Nutte verlieben, obwohl er schon Probleme mit nicht verruchten normalen Frauen hat?

Dass Remo mir unterstellt hat, ich würde irgendetwas in ihm auslösen, das ihn am Rad drehen lässt, muss man nicht unbedingt positiv auslegen. Es kann schon sein, dass ich ihn verwirre, aber vielleicht einfach nur, weil ich penetranter und verpeilter bin als die Menschen, die er sonst kennt. Das geht manchen Leuten so mit mir …

Er wird nicht schreiben. Wenn er mich noch mal sehen will, bucht er mich. Mehr kann ich nicht verlangen. Darf ich auch gar nicht. Ich muss noch mit so vielen anderen Männern schlafen, dass ich unmöglich von ihm verlangen könnte, auf mich zu warten, selbst wenn er mich gernhätte. Hat er aber vermutlich nicht mal. Ich spinne hier herum und kann nicht arbeiten!

Was ist nun mit diesen bescheuerten Online-Katzen?! Keine Serifen! Scheiß auf Serifen! Niemand braucht Serifen! Man kann auch ohne total glücklich sein!

Ich will weiterarbeiten, aber das glockenähnliche Geräusch lässt mich seufzen. Eine Mail, und ich denke, ich weiß auch, von wem.

Ab und an passiert es, dass man als Grafikdesigner an einen Kunden gerät, der einem den letzten Nerv raubt. In diesem Fall ist es eine Frau mittleren Alters, die Kindergärtnerin ist, aber jetzt ihr erstes Buch veröffentlichen möchte.

Ich arbeite eigentlich am liebsten für Autoren und würde gern mehr Buchcover entwerfen und Fuß in der Branche fassen, aber unerfahrene Selbstverleger können anstrengend sein.

Die Frau schreibt einen Fantasyroman und möchte ein Einhorn auf dem Cover. Ich habe ihr fünf Vorschläge geschickt, die sie erst mal verworfen hat und für die sie auch nicht bezahlen wollte. Klar, ich arbeite ja auch gern kostenlos und kann problemlos einen weiteren Monat von der halben Packung Kekse leben …

Als wir nach langem Hin und Her dann doch das richtige Pferd gefunden hatten, hat sie darauf bestanden, dass nicht ich dem Tier ein Horn designe, sondern wir das nehmen, das sie selbst gezeichnet hat. Ich weigere mich aber, ihr Design zu verwenden. Nicht weil ich eine sture, selbstverliebte Künstlerin bin, sondern weil ich dem Pferd keinen Penis auf die Stirn photoshopen werde!

Die Frau schreibt einen Fantasyroman für Kinder, keinen abgedrehten Zauberporno. Sie sieht aber nicht, dass ihr Horn ein Schwanz ist. Welches Horn hat denn bitte Venen und eine Kerbe an der Spitze?!

Ich öffne meinen Mailserver und stelle mich schon mal auf eine weitere Diskussionsrunde ein, in der sie versucht, mir zu erklären, dass ihr Design essenziell für ihre Geschichte ist, weil das Horn später in ein spezielles Loch passen muss. Ich weiß manchmal echt nicht, ob ich in solchen Situationen lachen oder weinen soll …

Ich seufze prophylaktisch und überfliege dann die grau unterlegte Spalte in meinen eingegangenen Nachrichten. Kaum formt mein Verstand die Buchstaben in der Absenderzeile zu einem Wort, werfe ich beinahe den Laptop von meinem Schoß. Ich richte mich nervös auf, packe den Bildschirm und lese noch mal aufgeregt gründlich und langsam.

Sanctuary Verlag

Ich glaube, ich spinne! Kurz denke ich, ich bekomme eine Mail von einem der größten Verlagshäuser der Welt, weil ich erst vor Kurzem ein Buch dort bestellt habe, aber das mache ich nie über meine Geschäftsmail. Ich habe mich zwar schon tausendmal als Grafikerin bei ihnen beworben, aber sie haben nie geantwortet. Der Verlag ist einfach zu groß, um sich auf unbekannte Designer einzulassen.

Ich bin so nervös, dass ich mich erst mal verklicke und in meinem Spam-Ordner lande.

Nein, ich will keine geilen Singles in meiner Umgebung kennenlernen, ich bumse mich selbst beruflich durch meine geile Gegend! Zurück!

Als ich die Mail endlich öffne und zu lesen beginne, wechselt meine überschwänglich erwartungsvolle Stimmung.

Hallo.

Ich weiß, es ist wahrscheinlich seltsam, dass ich dir hier schreibe, aber …

Mein Blick schnellt zurück auf den Absender. Sanctuary Verlag, ja. Ich klicke in die Zeile und sehe mir die dazugehörige Mailadresse an.

l.luxenburg@sanctuary-verlag.com

Lias. Ich bin noch immer schwer überrascht. Aber auf eine andere Weise als vorhin. Die Mail geht nicht an mich als Grafikdesignerin, sondern an mich als Escort.

> *Hallo.*
> *Ich weiß, es ist wahrscheinlich seltsam, dass ich dir hier schreibe, aber ich wollte unbedingt mit dir reden. Ich habe versucht, dich über die Agentur zu erreichen, allerdings verbieten eure Statuten Kontakte außerhalb von Buchungen. Das kann ich verstehen und ich will auch nicht, dass du meinetwegen Ärger bekommst. Den hattest du schon zur Genüge, als du am Morgen so plötzlich verschwinden musstest.*
> *Schreib zurück, wenn du meine Entschuldigung hören willst. Ich würde sie wirklich gern loswerden. Aber ich verstehe auch, wenn du nicht mehr mit mir reden willst.*
>
> *Lias Luxenburg – Author*

Ich schnappe mir den Laptop und laufe zu meiner Küchenzeile, um mich beim Schreiben hinzusetzen. Dass Lias sich meldet, überrascht mich sehr. Dass ihm die Sache so zu schaffen macht, nicht.

Er hat absolut keine Erfahrung mit bezahltem Sex und er ist ein sensibler Mensch, der Dinge geradebiegen will. Er muss sich aber nicht entschuldigen, zumindest nicht bei mir.

> *Hey!*
> *Wow, ich bin überrascht, von dir zu hören. Darf ich fragen, wie du an diese Adresse gekommen bist?*

Nicht mal die Agentur hat meine Geschäftsmailadresse. Und ich bin mir sicher, dass sie Lias auch nicht meinen vollen Namen verraten haben. Er hat durchaus recht, wenn er schreibt, dass die Agentur private Kontakte nicht erlaubt. Deshalb schiele ich auch paranoid auf mein Handy, während ich tippe. Als ob Vincent in meinem Telefon wohnen und mich überwachen würde. Blödsinn, aber ich kann das ungute Gefühl nicht abstellen, dass das hier verboten ist. Obwohl ich mir eigentlich gewünscht habe, dass mir ein Kunde schreibt. Aber nicht der verheiratete … Dass er sich so um mich sorgt, ist aber nett.

> *Du musst dich nicht bei mir entschuldigen! Alles gut. Ich hatte keinen Ärger.*

Nur einen zerschundenen Hintern und ein Schockerlebnis im Bett meines SM-Oberzuhälters, der mir angedroht hat, mir einen Plug und ein Halsband auszusuchen. Halb so wild.

Nope, das schreibe ich nicht. Sonst fällt der sonst so anständige Mann noch vom Schreibtischstuhl.

Ich hoffe, DU hattest keine Probleme. Hätte ich gewusst, dass du verheiratet bist, wäre ich schon nachts abgehauen.

Als ich auf *Senden* drücke, fällt mir auf, dass ich meine automatische Grußzeile nicht abgestellt habe. In meiner Mail an meinen Freier steht jetzt am Ende:

Mit freundlichen Grüßen und bestem Dank für
Ihr Vertrauen in meine Kreativität,
Emma Reichalt

Super. Klingt, als ob ich mich dafür bedanke, dass er die schwer abgedrehten Sexpraktiken, die ich anbiete, gut fand. Deshalb sollte man seine Berufe auch trennen!

Dass Lias schnell tippt, war klar. Die Antwort kommt rascher, als ich googeln kann, ob es irgendwelche Schlagzeilen über ihn in Klatschblättern oder Foren gibt. ›Bestsellerautor von seiner Frau mit Golfschläger verprügelt‹ oder so was in der Art …

Es war nicht unbedingt leicht, Kontakt mit dir zu bekommen. Die Agentur schirmt dich hervorragend ab und das ist auch gut so. Eigentlich steht es mir wirklich nicht zu, dich privat anzuschreiben, aber nach all dem, was da am Morgen passiert ist …
Du hast dein Portmonee bei mir vergessen. Als ich es an die Agentur schicken wollte, ist mir dei-

ne Visitenkarte in die Hände gefallen. Ich war auf deiner Homepage. Du bist unglaublich talentiert, deine Arbeiten sind beeindruckend! Wieso hast du nicht erwähnt, dass du Cover gestaltest? Oder mir deine Karte gegeben? Ich hätte dir gern ein paar Kontakte vermittelt. Nicht als Gefälligkeit, einfach weil du wirklich begabt bist.
Und doch, ich muss mich entschuldigen. Aber ehrlich gesagt am liebsten persönlich, sonst schreibe ich dir hier einen Roman, der dich wahrscheinlich im Umfang erschlägt. Ich fasse mich beim Reden kürzer, versprochen. Nur ein Kaffee, eine halbe Stunde. Wann du möchtest.

Lias Luxenburg – Author

Ich schlucke. Klar würde ich mich gern mit Lias auf einen Kaffee treffen. Weil er unheimlich nett ist, ich das Gefühl habe, dass ihm seine Entschuldigung wirklich auf der Seele brennt, und weil er mir Kontakte vermitteln könnte, an die ich sonst niemals kommen würde. ABER: Wenn rauskommt, dass ich mich mit einem Kunden treffe, dann … na ja, eigentlich ist es nur Kaffee.

Ich bin mir sicher, Lias ist niemand, der hinterrücks plant, mich zu einer Gratisnummer zu überreden oder die Agentur zu übergehen, um Kohle zu sparen. Niemand kann mir verbieten, etwas mit jemandem zu trinken, nur um zu reden. Außerdem kommt es garantiert nicht raus. Ich kenne nämlich einen Kaffeeladen, in dem jeder vampirähnliche Mann zu Staub zerbröseln würde. Garantierte Agenturboss-freie Zone.

Wenn du wirklich möchtest, können wir uns mal unter der Woche treffen. Bei mir um die Ecke gibt es ein Café.

Mit freundlichen Grüßen und bestem Dank für Ihr Vertrauen in meine Kreativität,
Emma Reichalt

Scheiß Grußzeile. Klingt, als würde ich ihm was Selbstgebasteltes mitbringen.

Eigentlich ist das Café nicht in meiner Nähe, aber ich will ihm nicht erklären, warum ich darauf bestehe, dass wir uns dort treffen.

Als ich auf *Senden* drücke, gebe ich einen Zischlaut von mir und würde mir gern in die Hand beißen. Dass das ›bei mir um die Ecke‹ so klingen könnte, als würde ich ihm das Angebot machen, dass wir nachher noch in meine Wohnung gehen könnten, fällt mir erst jetzt auf. Mist.

Während Lias antwortet, laufe ich in meiner Küche im Kreis. Ich hoffe, er interpretiert das nicht als Angebot!

Danke! Ich will wirklich unbedingt mit dir reden, aber unter der Woche hat mich der Verlag absolut verplant. Hättest du auch am Wochenende Zeit? Egal wann und egal wo, ich kann überall hinkommen. Und ich will wirklich nur reden, keine Angst.

Lias Luxenburg – Author

Ich atme erleichtert durch, weil Lias so feinfühlig und freundlich ist. Dass er mir noch mal versichert, dass es nur Reden und nichts Verbotenes ist, erleichtert mich. Dass er nur am Wochenende Zeit hat, fühlt sich alles andere als erleichternd an. Ich gehe mal stark davon aus, dass seine Frau dann weg ist.

Sex oder nicht, ich treffe mich heimlich mit einem verheirateten Mann. Mein Sündiges-Flittchen-Konto war schon mal leerer. Ich hätte wohl doch eher Nein sagen sollen. Aber wie sagt man so einem unglaublich netten, beliebten Mann ab, den so gut wie jeder gern treffen würde? Ich kann schon zu Kevin nicht Nein sagen, wenn er mich freundlich um etwas bittet, und der ist eine nervige Kröte.

Dann vielleicht Sonntag? Es kann aber sein, dass ich spontan doch arbeiten muss, dann müssten wir es verschieben. Ich melde mich am Samstag noch wegen der Uhrzeit und dem Ort, falls es für dich okay ist.

Ich schaffe es, die Grußzeile diesmal vor dem Senden zu löschen. Ganz ohne Namen oder Gruß am Ende wirkt die Mail aber etwas harsch. Ich bin echt nicht gut darin, schriftlich zu kommunizieren. Schon gar nicht, wenn ich weiß, dass am anderen Ende ein Autor sitzt. Das ist, als müsste man einem Sänger etwas vorsingen, obwohl man sonst nur unter der Dusche trällert.

Das ist absolut okay. Melde dich einfach, ich warte. Danke, Emma.

Lii

Er hat die automatische Signatur auch gelöscht. Kein *Lias Luxenburg – Author* mehr, nur *Lii*.

Ich schmunzle die Mail kurz an, schließe den Laptop und stelle fest, dass ich ein unvorsichtiger Idiot bin.

Wenn das mal gut geht …

RATE DIE NUMMER

Ich stöckle vor meinem Sofa entlang, drehe mich beschwingt im Kreis und will die Hand an die Hüfte stemmen, verfehle aber meinen Körper und küsse beinahe den Teppich. Bei ›Germany's Next Topmodel‹ sieht das einfacher aus. Die sind aber höchstwahrscheinlich nicht betrunken. Heidi Klum lacht mich aus.

»Also am Posen musst du noch arbeiten! Aber das Kleid ist verdammt heiß!«

»Nicht zu kurz?«, will ich wissen, versuche erfolglos, den Saum länger zu ziehen, und lasse mich dann resigniert neben Jan aufs Sofa fallen.

Er grinst. »Ja, du hast recht. Viel zu kurz. Und mein T-Shirt ist viel zu eng. Oh mein Gott, die Leute werden uns für Nutten halten!«

Jan schafft es nur kurz, die gespielt geschockte Miene beizubehalten, dann lacht er und ich stimme ein.

Während ich die halsbrecherisch hohen, aber verdammt schicken Schuhe wieder ausziehe, um meine Füße zu schonen, füllt er unsere Gläser auf. »Was ist das eigentlich? Schmeckt, wie es in meiner Besteckschublade riecht.«

»Hast du mal Eierlikör in deiner Schublade verschüttet?«, stelle ich eine Gegenfrage.

Jan riecht prüfend an seinem Glas – wohlgemerkt nachdem er es zum vierten Mal gefüllt und geleert hat. Nachzufragen, was er da trinkt, kommt etwas spät. Wenn er privat so vögelt, wie er säuft, bekommt er bald Nachwuchs, weil er die Frau, mit der er einen Quickie hatte, erst nach einer Woche anruft, um nachzufragen, wie das jetzt mit dem Gummi war.

»Das ist Eierlikör? Echt?«

»Ja, sorry. Ich hatte nichts anderes hier. Ist noch vom letzten Winter.«

Dass wir uns vor dem Ausgehen bei mir treffen und nicht bei ihm, kommt eigentlich so gut wie nie vor. Diesmal hat er aber spontan darauf bestanden, weil der Teppich in meinem Badezimmer ihn fröhlich macht. Keine Ahnung, was das heißen sollte, er war schon betrunken, als er mich angerufen hat.

Jan hebt das Glas und prostet mir zu. »Frohe Weihnachten im August, Emmchen!«

»Ja, dir auch, du Spinner!«, entgegne ich und versuche, mein Sofa nicht vollzuschütten, weil ich beim Lachen vibriere.

Ich freue mich, dass Jan hier ist, und ich freue mich aufs Ausgehen. Sein Vorschlag kam spontan, da er heute eine Buchung hatte, die ausfiel. Wir kommen nicht mehr oft dazu, den Samstag mit Dingen zu füllen, die junge ledige Erwachsene tun. Damit meine ich trinken und tanzen, ohne dafür bezahlt zu werden. Früher sind wir uns öfter mal in einem Club begegnet, aber Jan kam meistens irgendwann nach Mitternacht an und war müde vom … na ja, für was auch immer er zuvor bezahlt wurde.

Ich dachte eigentlich, wir würden gar nicht mehr dazu kommen, auszugehen, jetzt, da ich auch in der Agentur arbeite. Dass es sich trotzdem ergeben hat, freut mich. Auch wenn ich mich irgendwie wie ein Ladenhüter fühle, weil ich keine Buchung fürs Wochenende reinbekommen habe.

»Hattest du schon mal eine Woche komplett ohne Buchung?«, will ich von Jan wissen, der die leere Flasche schüttelt, als könnte er sie wieder voll zaubern.

»Klar. Ich habe mir vor ein paar Monaten eine richtig fiese Bindehautentzündung in der Praxis eingefangen. Vincent hat mich eine Woche lang von der Liste genommen, weil er meinte, er hätte keine Kunden, die auf Zombie-Jungs abfahren. Dabei ist ›The Walking Dead‹ gerade total in Mode, oder? Hast du nichts mehr zu trinken hier? Keinen Wein? Nicht mal zum Kochen?«

Ich ziehe eine Augenbraue hoch. »Sehe ich so aus, als könnte ich mit Wein kochen? Oder kochen?«

Jan lacht und winkt ab. »Schon gut. Ich habe noch ein paar Jägermeister in meiner …« Er stockt und sieht mich kurz prüfend aus dem Augenwinkel an.

»Wolltest du ›Handtasche‹ sagen?«, unterstelle ich ihm und sehe ihn so betont männlich zu seiner Tasche neben der Tür laufen, als wären seine Eier geschwollen.

»Nein, ich wollte nicht ›Handtasche‹ sagen! Das ist eine Umhängetasche … aus Leder … für Männer. Studenten tragen so was. Und Lehrer.«

Das letzte Wort versetzt mir einen kleinen Stich. Das Schlimmste, das man beschwipst tun kann, ist, über jemanden nachzudenken, den man interessant findet. Oder nein. Das Schlimmste, das man beschwipst tun kann, ist, über seinen Ex-Freund nachzudenken, aber da mir der gerade ein Fläschchen Jägermeister aus seiner Handtasche zuwirft, stellt das kein Problem für mich dar. Die Sache mit dem anderen Typen schon. Deshalb will ich nicht mal seinen Namen durch meine Gedanken streifen lassen, sonst endet dieser Abend damit, dass ich Claire stockbesoffen am Telefon vorjaule, dass ich Herrn Mossarellus Nummer brauche, weil der Herrn Faffree dazu überreden muss, sich von mir am Telefon anschreien zu lassen. Gefährliche Sache. Am besten sofort verdrängen.

»Wieso fragst du, ob ich schon mal nicht arbeiten konnte?«, will Jan wissen, der mal wieder spät schaltet, aber dabei süß aussieht. Er war heute beim Friseur. Ich mag seinen neuen Haarschnitt, aber an das Blond muss ich mich erst gewöhnen. Der Sidecut steht ihm aber und lässt ihn noch mehr nach BRAVO-Titel-Typ aussehen.

Ich zucke mit den Schultern. »Ich wollte nur wissen, ob du schon mal länger keine Buchungen hattest.«

»Bist du krank, Emmchen!?«, reimt er sich zusammen und neigt besorgt den Kopf, um mich zu mustern.

»Nein! Alles gut. Ich hatte nur keine Buchungen.«

»Oh. Blutet deine Muschi?«

Ich verziehe das Gesicht. »Kannst du es bitte nicht beschreiben, sondern einfach Menstruation oder Periode nennen? Und nein, ich habe meine Tage nicht. Ich hatte einfach keine Buchungen. Der letzte war …« Ich beiße mir auf die Zunge. »… so ein Typ vor fünf Tagen.«

Jan winkt ab. »Ach, das ist doch nicht lange. Sei froh, dass du ein bisschen pausieren kannst.«

»Hast du denn schon mal so lange pausiert, als du gesund warst?«

Er überlegt kurz. »Nein. Eigentlich nicht. Aber ich bin ein Typ. Und es gibt verdammt viele verheiratete Männer, die zu Hause Hetero spielen und in Wahrheit gern junge Typen vögeln. Und es gibt viel weniger männliche Escorts, deshalb haben wir wahrscheinlich mehr zu tun.«

Ich glaube ihm zwar nicht, dass es mehr schwule als hetero Freier gibt, aber ich will auch nicht weiter darüber reden, sonst müssten wir beide die Vermutung anstellen, dass irgendetwas an meiner Optik abschreckt. Klar, nicht jeder steht auf Rothaarige, aber ich hatte ein gutes Gefühl wärmend des Fotoshootings für den Katalog – der Fotograf war so enthusiastisch. Gesehen habe ich die fertigen Ergebnisse aber nicht. Vielleicht sollte ich mir die Fotos mal ansehen. Wer weiß, wie ich darauf aussehe?!

»Hast du Angst, dass dich niemand mehr bucht?«, fragt Jan amüsiert und schüttelt den Kopf, während er auf mich zugeht. »Du bist so scharf, Emma, jeder, der dich nicht mindestens einmal vögeln will, ist schräg.«

»Oder steht einfach nicht auf Rothaarige mit etwas zu wenig Kurven«, ergänze ich.

Mal ehrlich, ich bin garantiert nicht jedermanns Geschmack. Niemand ist das. Aber es ist süß von Jan, mir zu widersprechen.

»Deine Haare sind der Wahnsinn und sehen schön aus, vor allem wenn man dich von hinten nimmt und sie dir über den Rücken fallen, während man deine schlanken Hüften festhält und dich so richtig schön …«

Jan beendet den Satz nicht, knurrt nur begeistert und zieht mich dann zu sich. Er trägt ein neues Parfum, aber sein Körper fühlt sich noch immer vertraut an meinem an.

»Na toll, jetzt habe ich mich selbst scharf geredet. Komm mal her, Emmchen …«

Ich kann nicht noch näher kommen, er presst mich schon an sich. Jans Hände legen sich auf meinen Hintern, er drückt sein Becken gegen meines.

»Mir fällt gerade ein, dass ich schon ewig keine Frau mehr hatte«, meint er verdorben grinsend.

Wenn Jan ›ewig‹ sagt, kann das auch ›seit gestern‹ heißen. Ich weiß, wie er tickt, trotzdem bringt er mich zum Grinsen und macht mich heiß. Das mit uns funktioniert nur so gut, weil ich keine Eifersucht verspüre, wenn ich darüber nachdenke, dass Jan ein kleines Problem mit Sexsucht hat.

»Wir sauen uns aber jetzt nicht die Klamotten ein, wir wollten darin heute noch tanzen«, erinnere ich ihn und schlinge die Arme um seinen Nacken.

Als ich Jans Härte an meinem Becken spüre, beiße ich mir auf die Lippen. Im Gegensatz zu dem blonden Teufels-Engel hatte ich wirklich schon länger keinen Orgasmus. Ich habe mir verboten, an mir selbst herumzuspielen, egal wie intensiv ich vor dem Schlafengehen oder während des Duschens idiotische Gedanken hatte. Da hat sich einiges aufgestaut.

»Vorschlag«, setzt Jan an und beginnt, sich noch schärfer an mir zu reiben. »Wir ziehen uns vorsichtig aus, legen die Klamotten total schön und sorgfältig zusammen und dann spielen wir ›Rate die Nummer‹!«

Ich muss lachen. Und nicken – die Idee gefällt mir!

Jan lässt mich los und wir beginnen wirklich, unsere Klamotten loszuwerden und sorgfältig wegzulegen.

Sex mit dem besten Freund hat so viele Vorteile. Einer davon ist, dass man problemlos auf das Vorspiel verzichten kann, wenn man einfach spontan Bock auf einen Orgasmus hat. Erst recht, wenn man etwas angetrunken ist.

Während Jan den dezent gebräunten Körper von den mittlerweile zu engen Shorts befreit, funkelt er mich mit glitzernden Augen an. Ich bin mein Kleid und meine Unterwäsche schneller losgeworden, stehe nackt vor ihm und warte darauf, dass er mich die ›Nummer erraten‹ lässt. Ich weiß schon, was kommt, aber das gehört zu unserem bescheuerten Spiel, das wir uns irgendwann ausgedacht haben, als wir noch beschwipster waren als gerade. Man hält eben gern an Traditionen fest.

»Wenn uns hundert total scharfe Freier vögeln wollen, aber neunundfünfzig spontan tot umfallen, wie viele müssen wir dann noch vögeln?«, stellt Jan eine Frage, die mich daran zweifeln lässt, ob sein Kopf gut genug durchblutet wird. Nö, steckt alles in seinem Schwanz …

Ich seufze, muss aber grinsen. »Jan, die Antwort soll 69 lauten. Bei deiner bumslastigen Textrechnung kommt aber 41 raus. Was soll das denn bitte für eine Stellung sein?«

Er lacht und knurrt. »Na ja, einer von uns setzt sich auf einen Stuhl und der andere … steht total gerade hinter ihm?«

Das Lachen dämpft die Stimmung nicht, weil wir daran gewöhnt sind, vor dem Vögeln Schwachsinn zu reden. Auch beim Vögeln. Und danach. Wir sind etwas bescheuert …

Jan zuckt seufzend mit den Schultern und macht dann eine ›Scheiß drauf‹-Geste. »Okay, ich hab mich möglicherweise etwas verrechnet. Aber ich schwöre, dumm leckt gut!« Er zwinkert.

Jan ist nicht dumm, er hat nur gerade keinen Kopf für Mathe – hat er übrigens nie, wenn wir ›Rate die Nummer‹ spielen. Deshalb finde ich das auch so unterhaltsam. Und weil er fabelhaft leckt.

Ich lasse mich mit dem Rücken aufs Sofa fallen und warte, bis er sich über mich beugt. Er liegt lieber oben, ich lieber unten, wir ergänzen uns hervorragend.

»Hallo, Kleines, alles gut bei dir?«, fragt Jan, redet aber nicht mit mir. Seine Finger kitzeln mich, das zuckreizerregende Gefühl wird aber schnell von heißer Erregung abgelöst.

Als er die Lippen gegen meine Mitte drückt und seine Zungenspitze über meine empfindlichste Stelle gleitet, ziehe ich sein Becken näher zu meinem Gesicht. Dass seine Haut immer so verdammt appetitlich riecht und seine Männlichkeit aussieht, als würde er Werbung für einen Erotikkatalog machen, sind zwei Tatsachen, die bestimmt dafür verantwortlich sind, dass er ständig so viel arbeitet.

Ich ahme seine langsamen Zungenbewegungen an seiner Härte nach, lasse ihn aber schnell in meinen Mund gleiten, als mir bewusst wird, dass mein Körper so sehr nach einem Höhepunkt schreit, dass er sich heute nicht lange bitten lassen wird. Ich will nicht kommen, bevor Jan überhaupt angefangen hat, zu stöhnen – das wäre mir selbst vor ihm peinlich.

Ich streife mit der Hand über seine Härte, lasse sie nach hinten wandern und ihn tiefer in mich gleiten, während ich die Lippen zusammenpresse.

»Hah … mach mal langsam, Mäuschen … ich will nicht so schnell abspritzen …«, keucht er, lässt dabei von mir ab und zieht sein Becken ein Stück hoch, damit ich ihn nicht mehr so tief in mich gleiten lassen kann. »Du schmeckst so heiß, lass mich noch etwas an dir herumspielen …«, haucht er gegen meine Mitte und gleitet kurz mit den Fingern über die Stelle, die er schon so feucht hat werden lassen.

Ich weiß, dass Jan sich ziemlich gut beherrschen kann, wenn er noch weitermachen möchte. Ich versuche, es ihm gleichzutun und die heißen Wellen zu genießen, ohne sie über mir zusammenbrechen zu lassen. Gar nicht mal leicht! So was von nicht leicht.

Ich höre Jan rau lachen. »Heute so heiß, Emmchen? Sag das doch, dann hätte ich dich schon geleckt, als ich zur Tür rein bin.«

Er erwartet keine Antwort, er drückt sich nämlich in meinen Mund und stimmt in mein Stöhnen ein.

Damit ich noch etwas durchhalte, versuche ich, mich ausschließlich auf Pascal und seine Härte zu konzentrieren. Ich meine Jan! Jans Schwanz! Jans Zunge! Pascals Zunge würde sich nicht so gut anfühlen. Oder doch, weil sie so geschickt ist wie seine Klavierspielerfinger. Und kühl …

Nein! Raus aus meinem Kopf. Pascal leckt mich nicht, würde er nicht machen, das tun nur nicht-egoistische, nette Typen. So wie Remo … Absolut unpassender Gedanke. Weg mit dem Bild des knurrenden schwarzhaarigen Mannes, der es mir macht. Ich stelle es mir wirklich nur fünf Sekunden lang vor – Sekunden, in denen er in meiner verqueren, viel zu sehr von Erregung bestimmten Fantasiewelt keine Freundin hat, an der er exklusiv nascht. Wenn ich schon in schmutzigen Vorstellungen zergehen muss, dann mit Single-Männern.

Als Jan sich noch tiefer in mich drückt und mir die Luft etwas knapp wird, muss ich zwangsläufig an Victor denken. Er leckt aber bestimmt harscher, fester und … würde dabei an meinem Halsband ziehen. Der Gedanke stimuliert mich trotzdem. Ich wusste gar nicht, dass ich so schräg bin.

Ich komme beim letzten Mann an, der regelmäßig in meinen Sexträumen auftaucht. Ich kann mir nicht wirklich vorstellen, wie Vincent leckt oder vögelt, obwohl ich mir absolut sicher bin, dass er verdammt gut ist, egal wie er es macht.

Der düster-dominante Mann mit der tiefsten Stimme der Welt lässt sich aber bestimmt nie dazu herab, irgendeine kleine, unbedeutende Rose ohne Buchungen mit der Zunge zum Stöhnen zu bringen. Er ist dieser schwarz glühende, weit entfernte Stern, den man bewundern, aber nicht erreichen kann, auch weil sein Terminkalender einfach zu voll ist. Heiß ist die Vorstellung trotzdem. Vom dunklen Obervampir persönlich geleckt zu werden, gehört eben auch zu den Fantasien, die so absurd sind, dass ich sie nur zulasse, wenn ich so scharf bin, dass mein Verstand vernebelt.

Jan macht mich wahnsinnig. Meine Gedanken werden so tabulos, dass ich mir ausmale, wie sich alle Männer aus meinem Kopfkino an mir abwechseln. Ein Raum voll mit diesen heißen, erfahrenen, spannenden Typen und ihre Zungen, die mich reizen, bevor sie mich … und Pascal, der wütend wird, weil …

Ich komme so heftig, dass es mir nichts ausmacht, als Jan sich so tief in mich drückt, dass mir der Atem stockt und er mein Stöhnen mit seiner Männlichkeit erstickt. Ich drücke ihm mein Becken auch entgegen, genieße die letzten festen Berührungen seiner Zunge, während ich den Höhepunkt seiner Erregung schlucke.

Jans Aufstöhnen im Ohr, seine vertraute Stimme, die ich schon hundertmal so heiß gehört habe, befördert mich wieder zurück in die Realität. Meine perverse Fantasiewelt löst sich in Rauch auf und ich blinzle verlegen über meine eigenen Gedanken an die Decke, als er sich umdreht und auf mich setzt.

»Seit wann gehst du denn beim Lecken so ab?«, fragt er grinsend und wischt sich über den feuchten Mund.

»Sorry … ich war … ähm …«

Als er merkt, dass ich ins Stammeln gerate, grinst er noch breiter. »Raus damit. Wen hast du dir vorgestellt?«, fragt Jan sensationslustig und legt die Hände auf meine Brüste, nicht um damit zu spielen, sondern weil er sich einfach gern daran festhält.

»Nur dich, Baby!«, entgegne ich in dem gleichen Tonfall, in dem er es tut, wenn er mich anflunkert.

Wir können darüber lachen, weil wir nicht zusammen sind. Sex unter Freunden hat auch postkoitale Vorteile. Man kann ohne schlechtes Gewissen darüber tratschen, wen man sonst so heiß findet.

»Klar denkst du nur an mich! Immer! Ich hab mir auch überhaupt nicht vorgestellt, dass ich Claire lecke. Würde ich nie tun«, entgegnet er und beginnt so übertrieben den Kopf zu schütteln, dass ihm wahrscheinlich etwas schwindelig wird.

Dass Jan scharf darauf ist, Claire zu vögeln, ist mir nicht neu. Er ist ziemlich fasziniert von ihr, was ich ihm nicht verübeln kann, weil sie diese Sexgöttin-Vibes ausstrahlt. Kombiniert mit ihrem freundlichen Wesen, dem glänzenden Selbstbewusstsein und dem unwirklich heißen Körper, wundert es mich eigentlich, dass sie nicht auch in meinem Kopfkino auftritt. Ich bin wohl so was von nicht bi.

»Hmm … Lass mich mal raten, wer ich gerade für dich war«, setzt Jan an und beginnt, meine Brüste mit Stresskissen zu verwechseln. »Unser unnahbarer, schwer beschäftigter Boss?«, fragt er und versucht, seine Stimme möglichst dunkel klingen zu lassen.

Seine Vincent-Imitation ist gar nicht mal schlecht. Ich wusste nicht, dass Jan dieses tiefe Brummen in seine Stimme legen kann. Ihm kratzt dabei aber ganz offensichtlich der Hals. Mein Escort-Engel räuspert sich und klingt dann wieder wie Justin Bieber.

»Oder doch der heiße Muskelberg mit der Peitsche? Macht dich Victor an, seit du mit ihm gevögelt hast? Ja, oder?«

Jans Grinsen ist ansteckend.

»Dreh dich um, ich versohl dir gern den Hintern! Hast du ein Seil hier? Bondage kann nicht so schwer sein!«

»Jan, ich weiß, wie du Geschenke einpackst. Das lasse ich dich garantiert niemals mit mir machen. Ich will nicht als eingerolltes, verschnürtes Bonbon enden, auf das du aus Verzweiflung am Ende Herzchen malst.«

»Hey, ich mache klasse Geschenke!«

»Ja, aber als Referenz, um dich bei Victor als Profi-Schnürer zu bewerben, solltest du sie nicht verwenden.«

Ich denke, er verzieht gespielt beleidigt das Gesicht, aber seine Mimik wird gefährlich amüsiert. Da funkelt etwas in seinen Augen, das mich ahnen lässt, dass er gerade gedanklich nicht mehr bei seiner Fetischbewerbung festhängt.

»Ohhhhh, ich weiß, wen ich für dich spielen soll! Und warum du vorhin so abgegangen bist!«

Oje. Ich ahne Schlimmes. Wieso ist Jan der einzige Mann auf der Welt, der einem zuhört und sich Dinge merkt, die einen beschäftigen?

»Halt bitte die Klappe!«

Er hebt den Zeigefinger und wackelt damit vor meiner Nase herum. »Na, na! Redet man so mit seinem Lehrer?«

Ich überdrehe die Augen und seufze.

»Wie hieß er noch gleich? Patrick Fanta? Googelst du ihn noch immer? Willst du mich ›Herr Fanta‹ nennen? Sehe ich ihm ähnlich?«

Okay, er hört zwar zu, aber er merkt sich Namen genauso wenig wie ich. Zum Glück. Mit seiner Patrick-Fanta-Imitation kann ich leben. Die ist witzig.

»Ich kauf dir eine Schulmädchenuniform und dann beuge ich dich über einen Schreibtisch und flüstere dir ins Ohr, dass du niemandem erzählen darfst, dass ich dich ficke.«

»Wir haben beide keinen Schreibtisch.«

»Stimmt. Na dann suchen wir uns einen. Obwohl, ich denke, ein Tisch tut's auch. Aber die Uniform ist wichtig! Vielleicht kaufe ich mir einen Zeigestock.«

»Ein Zeigestock? In welchem Jahrhundert warst du denn auf der Schule?«

»Und wie soll ich dich bitte mit einem Laserpointer versohlen?«

Ich lache und kann problemlos alles ausblenden, was mich wirklich beschäftigen würde. Das wäre Pascals Horrorvorstellung von einem Fick. Dieses Lehrer-Ding ist nicht sein Fall. Ebenso wenig, wie mich mit irgendetwas zu versohlen. Aber Jan sieht süß aus, wenn er sich darauf freut, Herrn Fanta zu spielen.

»Mann, wärst du ein schlechter Oberstufenlehrer. Du würdest doch in jedem … Holla! Da vibriert etwas!«

Jan blinzelt zuerst irritiert, rutscht dann aber von mir runter und fasst unter meinen Hintern. Als er sein Handy rauszieht, grinst er. »Wow, ich wusste nicht, dass mein Vibrationsalarm so stark ist. Fühl mal!«

Ich raffe mich auf, bevor mir der beduselte Perversions-Engel sein iPhone zwischen die Beine schieben kann. »Jan! So widerlich!«

»Stimmt. Am Ende bekommst du noch einen Stromschlag, weil das Ding nicht wasserdicht ist.«

Ich springe auf die Beine, um mir ein Glas Wasser zu holen, während Jan sich bäuchlings aufs Sofa legt und seine Nachrichten checkt. Sein Hintern ist so perfekt, dass ich ihn mit jemand anderem verwechseln könnte, wenn er in dieser Position auf meiner Couch liegt. Wieso musste er sich auch die Haare blond färben?

»Okay, Schluss mit deinen perversen Vögelvorschlägen, Emmchen!«, tönt er und bringt mich dazu, die Brauen hochzuziehen.

»Meinen Vorschlägen? Du willst mich mit einem Zeigestock aus dem achtzehnten Jahrhundert versohlen.«

»Tja, keine Zeit mehr! Zieh dich an! Daniel hat geschrieben, die anderen sind schon unterwegs. Wir brauchen ein Taxi!«

»Wer ist dieser Daniel noch gleich?«

Jan ist einer dieser Menschen, die so viele Freunde und Bekannte haben, dass man das Gefühl hat, man könnte mit ihm in die abgelegensten Winkel der Stadt fahren, ihn einmal im Kreis drehen und er würde beim Nach-links-Wanken trotzdem jemanden rammen, den er kennt. Ich verwechsle all die Namen, mit denen er um sich wirft, manchmal oder bin mir nicht sicher, ob er sie überhaupt schon mal erwähnt hat. Daniel könnte ein Kumpel aus dem Fitnessstudio sein oder ein anderer Arzthelfer oder Jans Friseur, Nachbar, Ex, Tinder-Date – er macht sich schnell und überall Freunde und kommt viel rum.

»Daniel ist etwas crazy. Und verdammt heiß. Du magst ihn sicher«, lautet die Zusammenfassung, bevor Jan in meinem Badezimmer verschwindet. Er streckt den Kopf aber doch noch mal aus der Tür und zwinkert mir zu. »Wird Spaß machen, Emmchen. Pack Kondome in die Tasche!«

»Ich denke nicht, dass ich heute noch mit irgendjemandem vögeln will.«

»Ich meinte auch meine Tasche.«

DER ENGEL UND DIE FICK-ANTENNE

Jan bringt den Taxifahrer dazu, Nicki Minaj in voller Lautstärke aufzudrehen. Er würde aber auch einen Priesteranwärter dazu bringen, den Geschmack seiner Gummis zu erraten. Im Überreden ist er gut, deshalb trinke ich auch noch einen Jägermeister, obwohl ich auch ohne in den hochhackigen Schuhen aus dem Taxi stolpern würde.

»Mann, ist das voll hier! Da kommen wir doch nie rein!«, stelle ich fest und lasse mich von Jan an der Hand in Richtung Menschenschlange ziehen. Sie endet vor einer doppelflügeligen Glastür, vor der vier Türsteher um den Preis für den finstersten Typen mit Headset konkurrieren.

»Ja, ziemlich viel los. Soll aber cool sein. Wir warten eben. Ist dir kalt?«

Er stellt sich hinter mich und nimmt mich in den Arm. Obwohl ich eigentlich keinen Bock habe, um halb elf Uhr nachts ewig lange irgendwo anzustehen, rauschen die Endorphine in mir. Jan macht selbst langweilige Dinge schön. Dass sich mindestens zehn Mädchen aus der Schlange vor uns nach ihm umdrehen und sehen, wie er mich im Arm hat, bringt mich zum Grinsen.

»Wieso mussten wir eigentlich ans andere Ende der Stadt fahren? In unserer Gegend gibt es mindestens fünf Clubs, vor denen wir nicht so lange anstehen müssten.«

»Die anderen wollten hierher. Grummel nicht, Emmchen, das wird witzig!«

»Ja. Du trägst auch keine Fünfzehn-Zentimeter-Absätze und stehst auf Pflastersteinen.«

»Glaub nicht, dass ich das nicht könnte!«, entgegnet er amüsiert und macht sich hinter mir groß.

Ich drehe den Kopf und sehe, dass er den Blick durch die Menschenmenge schweifen lässt. Die Leute hier sind alle ziemlich herausgeputzt, mein Kleid ist zum Glück nicht das kürzeste. Ich kenne natürlich kein Schwein, Jan schon.

»Oh, hey, vielleicht müssen wir doch nicht warten. Komm!«

Er setzt sich schwungvoll in Bewegung und zieht mich mit. Dass uns viele finstere Augenpaare mustern, weil wir uns an allen vorbeidrängen, macht ihm nichts aus. So was prallt an Jans Fröhlichkeitsfilter ab. Mir ist es etwas unangenehm, vor allem weil ich nicht weiß, was er vorhat. Kennt er den Türsteher? Oder will er ihn einfach nur bequatschen, damit wir schneller reinkommen?

Wir bleiben vor der schwarzen Absperrkordel unter dem Schein einer dunkelblauen Neonröhre stehen. Jan tippt auf einen Rücken in grauem Shirt und der dazugehörige Lockenkopf dreht sich nach ihm um.

»Hey! Da bist du ja!«, tönt der junge Mann, der offensichtlich Daniel ist. Er hält Jan die Hand zum Einschlagen hin und lässt ein Grinsen über sein niedliches Gesicht gleiten. Sein Blick streift mich nur kurz, als er die Kordel anhebt und eine auffordernde Geste macht. »Kommt! Wir müssen nicht anstehen!«

Oje, ich bin mir nicht sicher, ob wir das dürfen. Einer der Türsteher mustert uns so finster, als würden wir versuchen, hier einzubrechen.

Während die beiden Freundinnen, die der Lockenkopf im Schlepptau hat, sich darüber freuen, Jan zu sehen, und alle eine Runde Küsschen verteilen und einfach gut gelaunte junge Menschen sind, verglühe ich unter den angepissten Blicken der Leute hinter uns in der Reihe.

»Das ist Emma«, stellt Jan mich vor, schiebt mich vor Daniel, der mich aber nur kurz angrinst und dann irgendetwas mit dem Türsteher diskutiert.

Ja, ich bin Emma. Und ich bin die uncoolste Person unter dem blauen Neonlicht, weil alle anderen lachen und Faxen machen und ich nur hoffe, dass wir nicht verprügelt oder rausgeschmissen werden, bevor wir überhaupt drin waren.

Keine Ahnung, woher Jan und seine Freunde die Nerven haben, all die strengen Blicke zu ignorieren. Ich kann erst wieder atmen, als uns einer der Schränke im Anzug die Glastür aufhält und uns durchwinkt.

Jan nimmt wieder meine Hand, während wir über dunkelblauen Teppich an verspiegelten Wänden vorbeilaufen und schließlich in einem Raum landen, der schlichtweg der Hammer ist. Der Club ist riesig. Schwarzer Boden, schwarze Wände, schwarze Decke, überall tanzen Lichtpunkte zu den lauten Bässen. Die lange Bar an der Seite ist aus dunkel verspiegeltem Glas. Wir steuern darauf zu und ich weiß nicht, was appetitlicher aussieht: die Barkeeper oder die Cocktails, die über die Theke wandern.

Ich hätte jetzt wirklich Lust auf eine Piña Colada.

Jan ist zwar gut darin, Leute zu etwas zu überreden und schneller an Türstehern vorbeizukommen, dafür bin ich gut darin, Barkeeper auf mich aufmerksam zu machen, obwohl es voll ist. Ich beuge mich ein Stück über den Tresen und grinse den süßen Latino an, der so schnell mit den Flaschen hantiert, als wäre er hinter einer Bar zu Welt gekommen. Als mich sein Blick streift, kommt er zu mir rüber und nickt mir auffordernd zu.

»Eine Piña Colada und einen Gin Tonic«, rufe ich ihm zu und sehe ihn nicken.

Der Gin Tonic ist für Jan. Er hat schon das Taxi bezahlt und ich habe etwas Kohle von dem Online-Katzen-Banner und dem Einhornpenis bekommen, also will ich ihn einladen.

Als der Barkeeper die Getränke rüberschiebt, bin ich schwer beeindruckt von den hübschen Gläsern. Richtig stylish, wie eigentlich alles hier drin.

»Was macht das?«

»Vierzig.«

Hahaha. Ich dachte, er hätte vierzig gesagt.

Ich zeige auf meine Ohren, um ihm zu signalisieren, dass ich ihn durch den lauten Bass nicht verstehen kann. Er hebt beide Hände und streckt viermal alle Finger aus.

Mir entgleiten die Gesichtszüge. Wie bitte?! Vierzig Franken für zwei Drinks?! Darf ich die Gläser behalten?! Und den Barkeeper?!

Mein Schock steht mir anscheinend ins Gesicht geschrieben. Er beugt sich zu mir über den Tresen. »Süße, ich mache die Preise nicht. Willst du deine Drinks jetzt oder nicht?«

»Ich … ähm …«

Meine Bestellung jetzt noch gegen ein Wasser und ein Bier zu tauschen, wäre peinlich. Ich bezahle und habe im nächsten Moment Jans Hand an der Schulter.

»Was machst du denn da?!«

Ich drehe mich zu ihm um und strecke ihm den Gin Tonic hin. »Für dich.«

Jan schüttelt den Kopf. »Weißt du, wie teuer die Drinks hier sind? Du musst mich nicht einladen!«

»Ich will aber«, entgegne ich und ernte einen Kuss von Jan, der mindestens vierzig Franken wert ist.

»Danke, Emmchen. Aber die nächsten Runden gehen auf mich!«

Das ist furchtbar nett von ihm. Und leider notwendig, sonst kann ich mir die Taxifahrt nach Hause nicht mehr leisten.

Wir stellen uns an einen der Stehtische nahe der vollen Tanzfläche. Jans Freunde sind gut drauf. Die beiden Mädchen lassen die Hüften zu den Sean-Paul-Beats kreisen und Daniel kommt mit einem ganzen Tablett Tequila-Shots an. Dafür hat er mindestens hundert Franken auf den Tisch gelegt. Er verdient aber auch garantiert gut, schließlich ist er ein Fetisch-Escort.

Dass ich den braunhaarigen Lockenkopf kenne, ist mir schon draußen an der Tür aufgefallen. Er hat mich zwar noch nicht erkannt, aber ich bin mir sicher, dass er der Junge aus Victors Wochenendhaus ist, den Sek von den Handschellen befreien musste. Eines der beiden Mädchen war auch dort. Sie hat Sek damals aus Versehen angeschnauzt und danach fast einen Herzinfarkt bekommen.

»Greift zu! Aber jeder Shot kostet euch einen Zungenkuss«, ruft Daniel grinsend und stellt das Tablett am Tisch ab.

Dass Jan zugreift, war klar. Daniel fällt in sein Beuteschema: hübsches weiches Gesicht, tolle Haare, schlanker Körper – okay, er würde in sehr viele Beuteschemen fallen.

Der Lockenkopf sieht meinem Engel grinsend beim Exen des Shots zu und schüttelt dann den Kopf. »Du weißt, dass ich privat eigentlich nicht auf Typen stehe?«, meint er, lächelt aber so verschmitzt, dass ich ihm das ›Ich bin nicht bi‹ nicht wirklich abkaufe.

Jan auch nicht. Er geht auf ihn zu und lässt eine Augenbraue nach oben hüpfen. »Dann hattest du einfach noch nicht den richtigen Typen«, meint er und zieht Daniel am Hinterkopf zu sich. Seine Hand verschwindet in den braunen Locken, die andere bleibt aber artig an seiner Hüfte, wahrscheinlich weil er ihn nicht zu sehr schocken will. Keine Ahnung, ob man jemanden, der Fetischwünsche erfüllt, schocken kann – wahrscheinlich nicht.

Daniel macht einen kleinen Schritt zurück, lässt sich aber lachend von Jan festhalten und dann auch küssen.

Die beiden sehen wirklich verdammt süß zusammen aus. Justin Bieber knutscht mit Shawn Mendes – wo ist der Like-Button?

Mein Fangirlmoment wird harsch unterbrochen, als plötzlich ein Typ mit rotem Shirt und hässlichem Haarschnitt an den beiden vorbeigeht, sie anrempelt und irgendetwas von wegen ›Scheiß Schwuchteln‹ murmelt.

Mir platzt unmittelbar der Kragen. Ich bin zwar der letzte Mensch, der Streit sucht, aber diesen Typen will ich so unbedingt anschreien und beschimpfen, dass ich mich wie ein kleiner roter Chihuahua auf ihn stürzen würde, würde Jan mich nicht am Arm packen und festhalten. Er zieht mich zu sich und nimmt mich von hinten in den Arm. »Schon gut, Emmchen! Lohnt sich nicht. Solche Idioten gibt es überall. Macht mir nichts aus.«

Der Kampf-Chihuahua in mir knurrt dem Kerl noch nach, aber der gutherzige Engel hinter mir beruhigt mich.

»Wir sind zum Spaßhaben hier. Das lassen wir uns sicher nicht von irgendeinem ignoranten Vollpfosten vermiesen, der wahrscheinlich verdammt viele Probleme mit seinem eigenen Leben hat.«

Dass Jan dermaßen cool bleibt, ist bewundernswert. Obwohl wir in so modernen, aufgeklärten Zeiten leben, ist es bestimmt trotzdem nicht immer einfach, offen homo- oder bisexuell zu sein. Ich mache mir das selten bewusst, aber Jan muss viele ähnliche Erfahrungen gemacht haben, um auf so eine Situation nicht mit genauso viel Wut wie ich zu reagieren.

»Alles okay?«, höre ich ihn fragen, er sieht aber an mir vorbei zu Daniel. Da er vorhin behauptet hat, er würde privat eigentlich nicht mit Jungs rummachen, hat er bestimmt kein ähnlich dickes Fell wie Jan.

»Alles cool. Ich bin ein ehemaliges Heimkind, das anschafft. Man hat mich schon schlimmer genannt. Da ist ›Schwuchtel‹ ja ein Kosename.«

Oder er hat ein noch viel dickeres Fell als Jan …

Daniel winkt zwar ab und kippt einen Tequila, aber ich würde ihn gern in den Arm nehmen. Mich beschleicht das Gefühl, dass ich trotz egozentrischem Arschloch-Vater und überforderter Sensibelchen-Mutter noch eine der schöneren Vorgeschichten unter den Rosen habe.

Ich habe mir nie wirklich Gedanken darüber gemacht, was die anderen in Vincents Büro getrieben hat. Dass sie alle Geld brauchten, ist klar, aber diejenigen unter ihnen, deren Vergangenheit in tristen, düsteren Farben gemalt wurde, können das sehr gut verstecken. Daniel wirkt so unbeschwert, als wäre sein Leben immer bunt gewesen.

Als mich sein Blick trifft, versuche ich, die mitleidige Miene schnell loszuwerden. Es sieht zuerst so aus, als hätte er sie trotzdem bemerkt, aber sein streng prüfender Blick wird plötzlich weich.

»Hey! Du bist Seks Hündchen!«, tönt er amüsiert und macht einen Schritt auf mich zu. Jan rückt auch nach, weil er unter Neugieritis leidet.

»Nein, ich bin nicht Diva.«

»Aber du bist ganz brav bei ihm bei Fuß gelaufen!«, entgegnet Daniel amüsiert. Ich weiß, worauf er anspielt. Ich habe damals wirklich an Sek geklebt, weil mich das SM-Haus überfordert hat und er so was wie mein tätowierter Bodyguard war – Diva denkt bestimmt dasselbe.

»Hey, ich habe an dem Morgen kein Hundehalsband getragen«, erinnere ich ihn und sehe ihn grinsen. Dass es ihm nichts ausmacht, wenn ich ihn darauf anspreche, war mir klar. Er hat mich damals nackt und gefesselt darum gebeten, ihn mal an der Nase zu kratzen.

»Ich wusste nicht, dass ihr euch vom SM-Unterricht kennt. Das hat Emma ausgelassen«, wirft Jan mir vor.

Ich habe ihm von dem Wochenende erzählt, allerdings wusste ich damals noch nicht, dass Daniel Daniel ist.

»Er darf dich als Bondage-Geschenk verpacken und ich nicht? Das kränkt mich! Ich sollte dich als dein Ex als Erster fesseln dürfen.«

Jans Kränkung ist gespielt. Er weiß, dass ich nur in dem Haus war, weil Sek mich nach Hause gefahren hat. Über Eventualitäten reden und aus Unterhaltung so tun, als wären sie wahr, macht ihm trotzdem Spaß. Typisch Jan.

»Ihr wart mal zusammen?«, fragt Daniel überrascht.

Mein Ex-Engel nickt. »Ja. Emma hat mich mal ein paar Monate ausgehalten. Meine Qualitäten als fester Freund sind aber ähnlich mies wie die eines Junkies, der versucht, Apotheker zu sein. Ich bin ein Vollidiot, aber sie hat mich trotzdem lieb.«

Oh ja, und wie. Ohne ihn wäre mein Leben viel blasser und farbloser.

»Wow, schräg. Ein Ex-Pärchen, das gemeinsam anschafft. Ich mag euch«, stellt Daniel grinsend fest, der wohl ein Faible für seltsame Menschen hat. Schön. Einer von uns.

Jan legt einen Arm um mich. »Ja, Emma und ich sehen das ziemlich cool. Wir machen uns als Freunde besser. Obwohl ich die Finger noch immer nicht von ihr lassen kann.«

»Verstehe ich. Du bist niedlich«, sagt der Lockenkopf und zwinkert mir zu.

Ich werde rot, nicht nur weil es hier drin ziemlich warm ist.

»Emma steht übrigens auf Tequila«, tönt mein Engel und schiebt mich zu Daniel.

Tut Emma das? Echt? Ich drehe mich nach Jan um, um ihn mit gehobener Augenbraue zu mustern.

»Oh, klar. Willst du einen? Hier!« Der Braunhaarige reicht mir einen seiner Shots und prostet mir zu.

Die klare Flüssigkeit brennt in der Kehle nach – deshalb mag ich eigentlich keinen Tequila. Aber ich finde es sehr süß, dass er uns welche spendiert, also will ich nicht Nein sagen.

»Wow, das Zeug ist ...« Das nächste Wort sollte ›stark‹ lauten, aber ich murmle es nur mehr in Daniels Mund.

Die Sache mit dem Kuss für den Shot hatte ich vergessen. Er nicht. Seine noch etwas feuchten Lippen sind samtweich und seine Zunge hat ganz schön viel Kraft.

»Du schmeckst lecker«, stellt er fest, nachdem er wieder einen Schritt zurück gemacht hat.

Das liegt wohl an dem Cocktail, an dem ich vor dem Tequila genippt habe.

»Tut sie überall«, erklärt Jan zwinkernd.

Ähm, nein, ich schmecke nicht überall nach Piña Colada. Aber mein blonder Engel wird gerade zum Teufelchen.

Die beiden Mädchen ziehen Daniel mit auf die Tanzfläche und ich nutze die Gelegenheit, um auf den hohen Absätzen herumzuwirbeln und Jan meinen Zeigefinger auf die Brust zu drücken. »Lass das!«, brumme ich.

Er sieht mich an, als hätte er absolut keine Ahnung, was ich meine. Der Glanz in seinen Augen, den er mir gerade als Unschuld verkauft, rührt aber eigentlich von ziemlich unanständigen Gedanken her. Ich kenne Jan so gut!

»Ich weiß, was du da machst!«, versichere ich und setze den besonders strengen Blick auf.

»Was mache ich denn? Ich will nur etwas Party mit dir und ein paar anderen Escorts machen. Du kennst doch noch niemanden in der Agentur, jetzt kannst du dich mit ihnen anfreunden.«

Oh, er kann so entzückend selbstlos klingen. Ist er in diesem Moment aber nicht.

»Jan, die Party, die du machen willst, findet nicht hier, sondern in deinem Bett statt und deine Gästeliste besteht aus Daniel und mir!«

»Ach Emmchen, Blödsinn.« Er winkt ab und schmunzelt schief. »Es muss nicht unbedingt mein Bett sein, wir können auch zu ihm nach Hause gehen, dann ist er derjenige, der am nächsten Tag neue Bettwäsche aufziehen muss. Betten überziehen ist total scheiße.«

»Ha, wusste ich's doch! Du versuchst, uns Daniel als Pärchen für einen Dreier anzupreisen!«

»Sag das nicht so schockiert. Ich wette, dass Daniel auch privat schon Dreier hatte. Vielleicht nicht mit einem anderen Typen, aber hey, ich bin mir sicher, ich kann ihm Spaß machen. Dir auch, keine Angst. Ich mach's dir immer einmal mehr als ihm. Beste Freunde!«

Jan streckt mir die Faust zum Einschlagen hin und ich kann die strenge Miene nicht beibehalten. Ich muss lachen, wahrscheinlich weil ich ziemlich betrunken bin oder weil ich Jan einfach witzig finde, selbst wenn er die Fickantennen ausgefahren hat.

»Kannst du nicht einmal ausgehen, ohne jemanden zu vögeln?«, will ich wissen und sehe ihn den Kopf schief legen.

»Ich verstehe die Frage nicht«, entgegnet er gespielt dämlich und nimmt mich an der Hand. »Komm, Emmchen. Deine männliche Lieblingsschlampe will mit dir tanzen!«

Ich stemme mich gegen ihn und halte mich am Tisch fest. »Warte, lass mich noch etwas trinken! Du weißt, ich tanze total scheiße!«

»Oh, ich weiß! Aber glaub mir, Alkohol hilft dir dabei nicht – ich hab dich auch schon hackedicht wackeln sehen. Macht absolut keinen Unterschied. Halt dich einfach an mir fest und scheiß drauf, was die anderen denken! Solange wir beide Spaß haben, können uns alle anderen an unseren sündhaft teuren Hintern lecken!«

Ich lasse den Tisch los und mich von Jan weiterziehen. Er hat recht. Solange wir einander haben, können uns alle anderen den Buckel hinunterrutschen. Schön, wenn man jemanden hat, mit dem man auf den Rest der Welt scheißen kann.

VPP - VERY POTENT PEOPLE

Die Musik hier ist wahnsinnig klasse, aber nach einigen Stunden wird man taub. Wir sitzen im hinteren Bereich des Clubs auf einem Ledersofa, direkt unter einer Box. Keine Ahnung, ob das, was ich in der Brust spüre, mein Herzschlag oder der Bass ist.

Ich sehe, dass sich Jans Lippen bewegen, aber ich habe keinen blassen Schimmer, was er sagt. Und das, obwohl ich direkt rechts neben ihm sitze. Er redet mit Daniel, der zu meiner Linken sitzt und ihn anscheinend problemlos versteht. Die beiden haben magische Ohren. Ich höre nur den Text von ›Milkshake‹ von Kelis.

Egal ob man schlecht tanzt oder nicht, die Füße schmerzen hinterher. Ich würde die hohen Hacken verdammt gern loswerden, aber barfuß auf Discoboden zu laufen, ist total ekelhaft.

Ein Blick auf mein Handy verrät mir, dass es kurz nach zwei ist. Als ich wieder aufsehe, sieht Jan mich an und redet mit mir. Ich kann nur eine komplett falsche Synchronspur unter sein Geplapper legen.

Ich gehe mal davon aus, er sagt irgendetwas von wegen: cooler Club, wir müssen öfter herkommen, er will vögeln, liebt seinen BMW, seine Haare sitzen noch immer total gut – Jan-Zeug eben. Süß, wie er sich freut. Ich nicke wie ein Wackeldackel, zumindest bis mein Kopf auf die andere Seite gezogen wird. Daniel schreit mir ins Ohr.

»Du verstehst doch kein Wort, das Jan sagt, oder?!«, unterstellt er mir amüsiert.

»Sicher! Er mag sein Auto!«, brülle ich zurück, weil ich nicht zugeben will, dass ich schwerhörig bin.

Daniel lacht und hält meinen Kopf fest, damit er mir weiter ins Ohr schreien kann. Sein Atem fühlt sich selbst auf meiner überhitzten Haut heiß an.

»Er hat dich gefragt, ob du auch mit zu mir kommst! Meine Wohnung ist nicht weit weg, ihr könnt bei mir schlafen!«

Oh … ich verstehe. Ich habe nicht Jans Liebe zu seinem Auto und seinen Haaren abgenickt, sondern den Dreier, den er sich wünscht.

War klar, dass er es schafft, Daniel dazu zu überreden, uns einzuladen. Jan könnte auch Sextoy-Weihnachtskalender an Klosterschwestern verkaufen. In diesem Fall hatte er es aber nicht wirklich schwer. Ich habe herausgefunden, dass Daniel und er ziemlich ähnlich ticken, wenngleich er noch nicht so viel Erfahrung mit Jungs hat wie Jan. Die beiden werden definitiv Spaß haben, aber ich spiele nicht den Salat in diesem Escort-Sandwich. So lieb ich Jan auch habe, ich bin müde, betrunken und bei meinem allerersten Dreier meinem bisexuellen Ex dabei zuzusehen, wie er einen anderen Typen von hinten nimmt, klingt nach Stoff für den Psychologen, den ich mir nie werde leisten können.

»Danke! Aber ich muss morgen früh raus! Arbeit!«, antworte ich Daniel auf seine Einladung, der den Mund von meinem Ohr nimmt, nur um mich gekränkt zu mustern und dann wieder näher zu kommen.

»Findest du mich so unscharf?!«, brüllt er beleidigt.

Ich schüttle energisch den Kopf. »Nein! Du bist superheiß! Aber ich kann nicht, weil …«

»Ausrede!«, ruft er und ich bekomme ein schlechtes Gewissen, weil ich ihn nicht kränken will. Klar ist das eine Ausrede, aber ich brauche wohl eine bessere.

»Okay, das mit der Arbeit stimmt nicht! Aber ich kann nicht mit euch mitkommen!«

»Wieso nicht?!«

»Ich hab meine Tage!«

»Was für 'ne Plage?!«

»Meine Periode!«

»Hä??!«

»Meine Muschi blutet!!«

»Ach soooo!!«

Daniel macht große Augen und nickt. Er wird sich hervorragend mit Jan verstehen!

»Dann ein andermal?«, will er wissen.

Ich nicke und drücke ihm ein Küsschen auf die Wange. Er ist wirklich verdammt süß. Und ganz ehrlich: Irgendwie tut er mir leid, seit ich weiß, dass er ein Heimkind war und schon länger auf den Strich geht, als er sollte. Vor ›Evig Roses‹ hat er in irgendeinem miesen Bordell gearbeitet. So ein süßer Junge, so eine beschissene Vergangenheit. Ich hoffe, er verdient Unmengen an Geld und kommt dann von dem Job los.

Als ich mich zu Jan umdrehe, grinst er gerade die beiden Mädchen an, die im Gegensatz zu mir verdammt gut tanzen können und sich lachend im Rhythmus der Musik vor dem Sofa aneinander reiben. Ich beuge mich zu ihm rüber. Als ich ihm genauso ins Ohr brülle wie Daniel mir vorhin, zuckt er zusammen.

»Ich fahre nicht mit euch mit!«

»Schrei doch nicht so, ich bin doch nicht taub!«

»Sorry! Ich wollte nur sagen, ich fahre nach Hause!«

»Was?! Wieso denn?!« Jan packt mich am Arm und zieht mich auf seinen Schoß. »Komm mit, Emma! Das wird heiß!«

Ich schüttle den Kopf und lege ihm meine Hände auf die Wangen. Jans Gesicht glüht. Vom Tanzen und zu vielen Shots. »Du hast auch ohne mich Spaß!«

»Aber mit dir mehr!«

»Ich will nicht! Frag Christin, die hat ein Auge auf dich geworfen und steht sowieso auf Daniel!«

»Wen soll ich fragen?!«

Ich deute auf die tanzende Blondine, die auch eine Fetisch-Ausbildung macht und vor einer Stunde von einer Gruppensexerfahrung an ihrer Uni geschwärmt hat, als wir auf der Toilette waren.

Jan zuckt mit den Schultern. »Ich hab mir nicht mal ihren Namen gemerkt!«, gibt er zu.

»Sie heißt Christin!«

»Jacqueline?!«

Von wegen, ich brauche nicht so zu schreien, er ist nicht taub …

»Christin!!«

»Okay, Nadine!«

Ich überdrehe seufzend die Augen und tätschle ihm die Wange. Er kriegt das schon hin. »Viel Spaß!«

Jan packt mich am Nacken und küsst mich. Dass ihn der Alkohol scharf und ungeduldig gemacht hat, spüre ich ganz deutlich, als seine Hand unter mein Kleid rutschen will.

»Nicht! Ich fahre jetzt!«

»Brauchst du Geld fürs Taxi?«, will er wissen.

Dass Jan sich selbst mit Halbständer und Alkoholgefühlsschleier Sorgen darüber macht, ob ich gut nach Hause komme, ist typisch für ihn. Und einer der Gründe, warum mein Herz so an ihm hängt. Er ist der netteste Typ der Welt. Und wahrscheinlich der sexsüchtigste …

»Danke! Aber nein, ich habe noch genug!«

Er nickt und haucht mir einen letzten Kuss zu. Ich winke, mache ein paar Schritte, werde aber ausgebremst, als ich die Mädchen erreiche. Sie wollen mich in ihre sexy Tanzperformance involvieren. Mein Kopf beginnt zu glühen, als ich versuche, mich nervös grinsend von ihnen zu verabschieden, und dabei unbeholfen mit den Hüften wackle, weil sie es auch tun. Ich höre Jans Lachen selbst durch den dröhnenden Bass. Er findet es natürlich zum Schießen, weil er weiß, wie unbeholfen ich gerade versuche, zu verstecken, dass ich ohne ihn nicht tanzen kann. Ich nutze die erstbeste Gelegenheit, um schnurstracks wegzulaufen, egal wie sehr meine Füße schmerzen.

Wie groß der Club ist, fällt mir erst auf, als ich mich verlaufe, während ich den Ausgang suche. Ich dachte, ich müsste einfach nur den verspiegelten Wänden folgen, aber die führen mich nur bis vor eine Glaswand, hinter der ein separater Bereich liegt. Hier gibt es mehr Sofas, mehr Tische und es ist bei Weitem nicht so voll. Wieso haben wir nicht hier gesessen? Dann wäre ich jetzt bestimmt nicht halb taub.

Der Türsteher, der den Eingang bewacht, mustert mich streng. Mein Blick schweift nach oben, dorthin, wo das VIP-Schild leuchtet. Ah, schon verstanden. Very important people. Deshalb waren wir nicht hier. Wir sind keine VIPs, sonders VPPs – very potent people –, das gilt wohl nicht.

Ich mache auf den Absätzen kehrt, laufe den Weg ein Stück zurück und grinse über meinen dämlichen Wortwitz, den ich leider niemandem zubrüllen konnte. Jan hätte das mit den potenten people lustig gefunden, ich …

»Hey!«

Meinem empörten Piepsen folgt ein dumpfes Stöhnen, weil ich mit dem Rücken an die Glaswand donnere. Dass mich irgendein Vollidiot gerammt hat, realisiere ich sofort – dass der Typ, der die Hand gerade gegen meine Schulter drückt, mir heute schon mal begegnet ist, wird mir erst bewusst, als ich ihm ins Gesicht fauche.

»Finger weg, du dämlicher, widerlicher Sack!«

Ja, das ist ziemlich unhöflich, aber er hat ebenso wenig das Recht, mich anzufassen, wie meine Freunde ›scheiß Schwuchteln‹ zu nennen.

»Reg dich ab, Püppchen. Sei froh, wenn dich mal ein richtiger Mann anfasst. Sind deine Schwuchteln nach Hause gegangen?«

»Du nimmst jetzt sofort deine Hände weg! Und dann verpiss dich und tu was gegen deine Komplexe, die dich anscheinend zu einem ignoranten, saudummen Menschen machen!«

Er lässt mich los, macht mir aber keinen Platz. Ich will ihn an den Schultern wegstoßen, aber das beeindruckt ihn leider herzlich wenig. Ich schwöre, ich trete diesem aufdringlichen Kotzbrocken von Typen gleich in die Eier!

Bevor ich wirklich handgreiflich werde, versuche ich, mich zur Seite zu drehen und wegzugehen. Er hält mich aber am Handgelenk fest.

»Bleib doch hier, du kleine Zicke. Ich spendier dir auch einen Cocktail, wenn ich dich hinterher ficken darf.«

Ich will mich zu ihm umdrehen und ihm eine klatschen, aber ich zucke zusammen, weil die schwarze Glaswand neben mir plötzlich so laut donnert, als hätte ein Blitz eingeschlagen. Der Typ lässt mich sofort los, weil er sich auch erschreckt. Ich drehe mich um, dorthin, wo die Hand mit den Lederarmbändern auf die Scheibe aufgeschlagen ist, direkt neben dem Kopf des Vollidioten.

»Sie ficken läuft über mich. Kann mich aber nicht erinnern, dass du gefragt hast.«

Ich starre den großen, finster aussehenden schwarzhaarigen Mann mit den halblangen Haaren mit genauso großen Augen an wie der Typ, der gerade einen Schritt zurück macht, um aus dem Schatten zu treten, den Victors Körper wirft, weil er sich ein Stück über ihn gebeugt hat.

Ich habe keine Ahnung, wie der Wikinger hierherkommt, aber ich könnte mich gerade noch beschwipster grinsen, weil ich es total feiere, wie der großmäulige, aufdringliche Vollidiot plötzlich ganz, ganz klein wird.

»Reg dich ab. War nur Spaß«, entgegnet er, zuckt mit den Schultern und versucht, annähernd dominant zu klingen, weil er nicht zeigen will, dass er Schiss vor dem eins neunzig großen Muskelberg hat.

»Spaß? Findest du ihn witzig?«, fragt Victor und dreht den Kopf zu mir. Er stützt sich noch immer an der Glaswand ab, lehnt dort irgendwie lässig, aber doch so drohend wie ein Löwe, der nur mal kurz Pause macht, um zu überlegen, ob er Bock hat, den Kojoten zu fressen oder nicht.

»Also mich hat er nicht zum Lachen gebracht«, entgegne ich schulterzuckend und beobachte die Reaktion des Idioten. Ja, ich will ihn Angst haben sehen, weil er ein frauenverachtender Schwulenhasser ist, dem ich selbst nicht annähernd so fest in die Eier treten könnte wie Victor.

Ich sehe die Räder in seinem Kopf regelrecht hinter den unsicher huschenden Augen rattern. Er überlegt, ob er den Schwanz einziehen oder saudämlich sein und den großen Macker markieren will. Es gibt eigentlich nur eine richtige Entscheidung.

»Wer bist du denn?! Der schlechtbezahlte Rausschmeißer?!«, faucht er Victor an.

Ohhh, das war nicht die richtige Entscheidung. Ich weiß das ebenso wie die Leute, die vorbeigehen und Abstand halten.

Als Victor plötzlich grinst, schwillt das Selbstbewusstsein des Vollidioten vor uns wieder an. Wie dämlich ist der denn?! Lauf weg, wenn der gespenstisch ruhige und grummelige Wikinger plötzlich fröhlich wirkt! Das kann gar nicht gut für dich enden!

Victor dreht sich noch mal zu mir und sieht richtig begeistert aus. Oh Mann, ist das gruselig! Lauf, du homophober Vollidiot! Lauf!

»Ich habe echt gehofft, dass er so blöd wie Holz ist«, brummt Victor mir schmunzelnd zu und drückt mir im nächsten Moment eine schwarze Flasche in die Hand. Dass er eine gehalten hat, ist mir gar nicht aufgefallen.

»Was?! Willst du dich für deine Schlampe prügeln, du aufgeblasener langhaariger Freak?! Komm her, wenn du dich tr…«

Wow. Er ist wirklich dämlich wie Holz. Da bettelt er quasi darum und sieht Victors Linke trotzdem nicht kommen. Na ja, vielleicht hat er sie auch gesehen, aber den Zug nur wahrzunehmen hält ihn nicht davon ab, vorbeizurauschen.

Victor will sich übrigens nicht prügeln – Prügeln würde voraussetzen, dass sich zwei Menschen schlagen.

Während der Vollidiot am Boden vor sich hin stöhnt und Victor genauso irritiert den Kopf neigt wie ich, weil er sich auch nicht erklären kann, wie der Depp beim Fallen einen Schuh verlieren konnte, der jetzt zwei Meter weiter am Boden liegt, rauschen von hinten zwei Türsteher heran.

Ich drehe mich nervös nach den beiden Typen in den Anzügen um und bekomme ein unheimlich schlechtes Gewissen, weil Victor garantiert gleich rausfliegt. So gut wie alle Clubs vertreten eine Null-Toleranz-Politik, wenn es um Schlägereien geht. Auch wenn das hier nicht wirklich eine war. Vic war involviert und ist dafür verantwortlich, dass der Typ und sein Schuh jetzt voneinander getrennt sind.

Als er sich auch nach den Türstehern umdreht, verfinstert er den Blick. Er macht eine richtungsweisende Kopfbewegung. »Raus. Und nie wieder rein«, tönt er so schlecht gelaunt wie immer, weshalb das Ganze wahrscheinlich auch eine gelangweilte Note hat.

Die Türsteher nicken. Während der eine den Typen am Boden packt, bleibt der andere neben Victor stehen und mustert ihn prüfend. »Alles in Ordnung bei dir?«

Vic stößt auf und hält sich die Faust vor den Mund. »Nein. Sodbrennen. Schon den ganzen Tag. Denkst du, das kann von Laktose kommen?«

»Ich denke, das kommt vom Whiskey. Und vom Gin …«

Der Wikinger murrt und nimmt mir die Flasche, die ich gehalten habe, aus der Hand, behält den Blick aber beim Türsteher. »Schwachsinn, da ist keine Milch drin.«

Der Typ lacht, schüttelt den Kopf und hilft seinem Kollegen dann, den Typen rauszuschmeißen. Als ich mich wieder zu Victor drehen will, ist er schon fünf Meter entfernt und stößt die Glastür zum abgetrennten Bereich auf.

»Hey! Warte! Ich will …!«

Was will ich? Mich bedanken! Definitiv! Und vielleicht kurz Small Talk führen und fragen, ob er oft hier ist. Ist er offensichtlich, sonst würden die Türsteher ihn nicht kennen. Er kann doch nicht einfach aus dem Nichts auftauchen, Deadpool spielen, Bösewichte aus den Schuhen boxen und wortlos verschwinden.

Na ja, ich meine, er kann. Sehr gut sogar, aber ich fühle mich gerade ziemlich stehen gelassen.

Ich blicke ihm seufzend nach und sehe noch, wie Victor eine Schachtel Zigaretten aus der Jeanstasche zieht, bevor er hinter der

Tür verschwindet. Während ich darüber nachdenke, dass dieser muskulöse Körper selbst im schlichten schwarzen Shirt einschüchternd beeindruckend aussieht, bemerkte ich, dass etwas am Boden funkelt. Ich laufe ein Stück näher und entdecke einen Schlüsselbund. Auf dem Autoschlüssel ist ein Mercedesstern. Die sind garantiert Vic aus der Tasche gefallen, als er nach seinen Zigaretten gegriffen hat.

Mein Blick schweift verstohlen hoch auf den ›VIP only‹-Schriftzug. Ich hadere eine Weile. Eigentlich bin ich niemand, der sich irgendwo reinschleicht, wo er nicht hingehört, aber die Türsteher sind noch weg und ich will nicht, dass Victor heute vor seiner verschlossenen SM-Wohnung steht und nicht reinkommt, also … scheiß drauf.

Die Luft hier drin ist irgendwie sauberer und frischer als im Rest des Clubs. Vom Style her sieht alles genauso aus wie draußen. Viel Schwarz, Glas, Leder, tanzende Lichtpunkte und verdammt gute Musik – wenn auch nicht ganz so laut.

Ich laufe an einer kleinen Bar vorbei und lasse den Blick schweifen. Wie schwer kann es sein, jemand so Auffälligen wie Victor in einem gar nicht mal so vollen, überschaubaren Raum zu finden? Die Antwort lautet: schwer, wenn alles so schwarz, düster und cool ist, dass er hier drin wie ein Chamäleon den Tarnmodus anwerfen könnte.

Mein Blick verfängt sich an der silbern glänzenden Poledance-Stange, an der sich ein wunderhübsches Mädchen rekelt, das das mit dem Tanzen definitiv besser draufhat als ich. Sie ist nicht nackt, trägt ein kurzes Kleid, aber ihre Haut schimmert, als hätte sie überall silbernen Highlighter aufgetragen. Das hier ist kein Strip-Schuppen, trotzdem gibt es Schokolade für die Augen. Ihre Bewegungen sind wirklich hypnotisch.

»Suchst du jemanden oder willst du auch mal an die Stange?«, tönt eine freundliche männliche Stimme.

Ich drehe mich um und werde vom Barkeeper gemustert, der gerade den Tresen abwischt. Er sieht haargenau so aus wie Dean aus ›Supernatural‹. Ich weiß jetzt, warum die Getränkepreise hier so irre sind: Man bezahlt wohl das Superscharf-Sein der Mitarbeiter mit.

»Ähm … ich suche … Victor«, sage ich und versuche mein Glück einfach. Vielleicht kennt er ihn, so wie der Türsteher.

Dean, der sich am Wochenende als Barkeeper etwas dazuverdient, weil das Gehalt für Dämonenjäger anscheinend in den Keller gefallen ist, zeigt auf die Tür neben der Bar. »Er steht draußen. Raucht wahrscheinlich.«

Ich nicke und versuche zu ignorieren, dass über der Tür ein Notausgang-Schild hängt und da in ziemlich fetten Buchstaben ›DO NOT OPEN‹ steht. Mister Winchester hält mich auch nicht auf. Er ruft mir nur etwas nach.

»Ach, wenn du es schaffst, ihm die Flasche wegzunehmen, wäre das, denke ich, gut für ihn. Ist nicht die erste.« Er zuckt mit den Schultern und grinst mitfühlend.

Ich nicke, obwohl ich nicht vorhabe, Victor gleich über die Folgen von übermäßigem Alkoholkonsum aufzuklären. Das soll Dean mal schön allein machen – falls er sich traut.

Die kalte Nachtluft, die mir entgegenschlägt, knallt voll rein. Ich fühle, wie beschwipst ich selbst bin, und erinnere mich wieder daran, wie sehr meine Füße schmerzen.

Ich stehe in einer ziemlich dunklen Seitengasse und folge dem Zigarettengeruch. Der Wikinger lehnt an der Hausfassade neben leeren Getränkekisten, das Handy in der einen, eine rote Flasche in der anderen Hand. Das ist nicht mehr dieselbe wie vorhin. Er muss sich bei Dean etwas Neues bestellt haben. Als er mich näher kommen hört und zu mir aufsieht, brummt er genervt.

»Stalker-Alarm. Das rote Gummibärchen verfolgt mich wieder …«

Ich bleibe vor ihm stehen und strecke ihm den Schlüsselbund hin. »Der ist dir runtergefallen. Ich wollte ihn dir nur geben. Und Danke sagen.«

Victor reißt den Blick wieder von seinem Handy los und beäugt dann skeptisch den Schlüssel. Wie sehr seine braunen Augen glänzen, fällt mir erst jetzt auf. Er hat wohl wirklich schon ganz schön getankt.

»Wolltest du in meine Wohnung einbrechen und dich wie im Wochenendhaus auf mein Klo setzen? Du bist ein schräges Ding! Wusste ich schon immer …«

»Gott, ich war nicht auf deinem Klo!«, versichere ich eindringlich piepsend, weil er mir den Schwachsinn noch immer unterstellt und mir das auch irgendwie peinlich ist.

»Gott weiß, dass du lügst. Und er schnorrt dir keine Zigarette, das ist seine letzte«, erklärt er, hebt die Hand mit dem Glimmstängel, zieht aber nicht daran, sondern trinkt einen Schluck, weil er auch die Flasche damit festhält.

»Ich will keine Zigarette, ich rauche nicht mal. Ich bin nur hier, um dir deinen Schlüssel zurückzugeben. Und um Danke zu sagen. Der Typ war echt ein Vollidiot. Total frauenverachtend und schwulenfeindlich. Er hat Jan eine Schwuchtel genannt. Ich war mit ein paar anderen Escorts hier. Hast du sie gesehen? Bist du oft hier?«

Victor zieht die linke Augenbraue immer höher. »Du rauchst nicht, aber du hast meine Schlüssel, einen Jan und willst wissen, ob ich schwule Escorts hier sehe? Alter, Mädchen, du laberst wie ein Hörbuch!«, brummt Victor und hebt wieder die Hand mit der Zigarette und der Flasche.

Er trinkt öfter, als er zieht. Außerdem wackelt er etwas, obwohl er an der Mauer lehnt. Dass er so betrunken ist, ist mir vorhin im Adrenalinrausch, den die Situation in mir ausgelöst hat, gar nicht aufgefallen. Oder es war vor zehn Minuten noch nicht so schlimm. Er gibt wirklich Gas damit, sich abzufüllen.

»Bist du allein hier?«, versuche ich es mit einer einzelnen, kurzen Frage. Klar bin ich neugierig, aber ich will auch wissen, ob jemand bei ihm ist, weil er sich gerade so heftig die Kante gibt.

Victor sieht von seinem Handy auf. »Allein? Nein, meine Frau ist auch hier.«

»Deine Frau? Echt? Wo?«, will ich wissen und versuche, nicht so schockiert zu klingen, wie ich bin. Victor ist verheiratet?! Mit wem?!

Er seufzt, weil er anscheinend mal wieder genervt von mir ist, grinst dann aber und hebt die Hand. »Da ist sie doch. Hübsches Ding, oder?«

Ich rolle mit den Augen. Ich bin mir nicht sicher, ob er mir gerade die Flasche mit dem Hochprozentigen oder seinen Mittelfinger als Ehepartner vorstellen will, aber er zeigt mir beides.

»Frauen …«, brummt er und donnert mit dem Daumen auf sein Handy ein. »Verschwinden ohne ein Wort, sind scheißeschwer wiederzufinden und stellen dann Fragen, auf die sie die Antwort nicht wissen wollen!«

Obwohl das ›Frauen‹ am Anfang seiner Schimpftirade so allgemein klang, war der Rest sehr spezifisch.

»Du willst es doch gar nicht wissen!«, brüllt Victor sein Telefon an und hämmert weiter darauf herum.

»Was machst du? Schreibst du der Frau, von der du gerade redest?!«, will ich wissen und greife nervös nach seinem Handy, weil ich es für keine gute Idee halte, dass er in diesem Zustand mit jemandem schreibt, der ihm wichtig ist. Betrunken um zwei Uhr morgens ist niemand ein Dichter.

Dass er sich das Handy tatsächlich wegschnappen lässt, ist ein sicheres Indiz dafür, dass er nach Hause gehen sollte. Wie kann man sich denn in so kurzer Zeit so wegknallen?

Victor murrt, trinkt aber, bevor er mich anblafft. Ich habe Zeit, meinen Blick über sein Display schweifen zu lassen. Klar hat er WhatsApp offen! Und sein wütender Daumen hat nur Scheiß getippt!

Dunkle kommst nicht damit klar was ich tue!!!?! Duschgel mich!!

Ach du Scheiße! Löschen! Zum Glück hat er den Schwachsinn noch nicht gesendet.

»Hey! Finger weg von meinem Telefon! Das gehört … Ach, scheiß auf den Mist. Behalt es! Ich leg mir 'ne neue Nummer zu!«

Ich schnappe seinen Unterarm, bevor er die Flasche wieder zum Mund führen kann. »Schluss jetzt! Du bist schon betrunken genug!«

Dass Victor die Hand trotzdem zum Mund führen kann, war klar. Fünfzig Kilo am Arm können ihn nicht abhalten. Aber eine kaputte Flasche schon. Ich schnappe sie mir und werfe sie auf den Boden. Keine Ahnung, woher ich den Mut für diese Aktion hatte.

Er blinzelt ihr nach und mustert mich dann so finster, dass in mir der Drang wächst, über den Maschendrahtzaun zu klettern und zu laufen, bis ich die Landesgrenze erreiche. Ich warte darauf, dass er mich anbrüllt.

»Ich hab Sodbrennen …«, brummt er einen angepissten, aber schräg klingenden Satz, den ich nicht erwartet habe. Er macht mir aber klar, dass Victor gerade nicht Victor ist. Und dass ich ihn auf gar keinen Fall allein lassen will.

Irgendwie sieht er in diesem Licht sogar süß aus. Finster, aber süß. Die müde Miene lässt das sonst so strenge Gesicht weich erscheinen, obwohl es so markant ist. Eigentlich will ich grinsen, aber mir steigt plötzlich ein scharfer Geruch in die Nase. Die Flüssigkeit am Boden lässt meine Augen beinahe tränen.

»Meine Güte, das riecht wie Desinfektionsmittel! Was hast du da getrunken?«

»Absinth«, entgegnet er schulterzuckend und liebäugelt noch mal der grünlichen Flüssigkeit nach, die gerade in den Pflastersteinen verschwindet.

»Absinth?! Ich dachte, du trinkst Bier! Oder Wein! Wie kann man denn Absinth wie Wasser runterschütten?!«

Victor zuckt unbeeindruckt mit den Schultern. »Ich kann das ab. Macht mir nichts aus. Kein Problem. Gummibärchen. Weißt du, wo mein Handy ist?«

Ja. Und ich weiß auch, dass dein ›Ich bin immun gegen Alkohol‹-Gelaber Schwachsinn ist. Victor ist zwar gut darin, nicht zu lallen und ganze Sätze zu bilden, aber das war es dann auch schon mit seinen Fähigkeiten, dem Rausch zu trotzen. So schnell, wie er das Zeug gerade getrunken hat, befürchte ich, dass das hier nicht mal der Höhepunkt seines Zustands ist.

»Wir suchen dir ein Taxi! Und dann fährst du nach Hause, kotzt dich aus und legst dich schlafen. So sechzehn, siebzehn Stunden, bis du wieder nüchtern bist.«

Dass ich jemals diesen Befehlston vor ihm anschlage, hätte ich nie gedacht. Aber ich kann gerade nicht anders, nur so hört er mir zu, auch wenn er mich dabei anfunkelt.

»Okay, wir sind jetzt zusammen?«, fragt er und schafft es selbst mit drei Promille noch, sarkastisch zu klingen. Das ist eine Leistung. Victor presst sich den Zeigefinger auf die Lippen und macht einen verschwörerischen Zischlaut. »Sag bloß meiner Frau nicht, dass wir was laufen haben. Extrem eifersüchtige Schlampe.«

»Victor, hör auf, mir den Mittelfinger zu zeigen und ihn als deine Frau zu bezeichnen«, brumme ich und mache eine auffordernde Kopfbewegung. »Komm, vor dem Eingang stehen Taxis. Wir können uns eines teilen.«

Dass er mir tatsächlich folgt, kann ich gar nicht glauben. Der Agentur-Ober-DOM trottet mir hinterher, natürlich nicht ohne zu murren, aber immerhin.

Die Straße vor dem Club ist nicht mehr so überfüllt. Nur ein paar heulende Mädchen, wankende Jungs und viele Taxis. Bevor ich Victor in eines verfrachte, drehe ich mich noch mal nach ihm um. Mir fällt auf, dass wir uns quasi durch den Hinterausgang rausgeschlichen haben.

»Warte, musst du noch mal rein und irgendetwas bezahlen?«, frage ich für den Fall, dass er seine bestimmt horrend hohe Getränkerechnung noch nicht beglichen hat.

Er verzieht das Gesicht. »Pfff. Bezahlen. Der kriegt mein Geld nicht. Ich bezahle nie.«

»Du bezahlst nie? Und sie lassen dich trotzdem noch rein?«

»Wenn er mich nicht mehr reinlässt, pisse ich ihm bei der Arbeit auf den Schreibtisch«, kündigt er erschreckend ernst gemeint an.

Ich bin kurz verwirrt, dann schweift mein Blick über die Eingangstür, auf die blaue Neonschrift, die ich bei meiner Ankunft nicht wirklich beachtet habe. Als ich den Clubnamen lese, macht plötzlich vieles Sinn. Dass wir rein durften und nicht anstehen mussten, dass Victor hier abhängt und gratis trinkt.

›SORT‹ – das ist Vincents Club. Der, in dem Remo getanzt hat und in dem man so spannenden Leuten begegnen kann wie Victor, Claire, Sek – gibt sich der Boss auch selbst manchmal die Ehre? Ich will unbedingt wiederkommen, aber jetzt muss ich erst mal den Wikinger dazu überreden, in ein Taxi zu steigen.

Als ich mich nach Victor umdrehen will, ist er verschwunden. Ich entdecke ihn vor einem schwarzen Wagen. Er schafft es wohl allein, sich mit einem Taxi nach Hause befördern zu lassen. Ich habe kurz vergessen, dass er ein erwachsener Mann ist, der nicht auf Hilfe angewiesen ist. Hinterherlaufen muss ich ihm trotzdem.

»Warte! Ich habe noch dein Handy!«, rufe ich und halte die Hintertür offen.

Victor hat sich schon in den Sitz gelegt und blinzelt müde vor sich hin. Ich will ihm sein Telefon reichen, aber er reagiert nicht. Ist wohl doch besser, ich fahre mit und gehe sicher, dass er in seiner Wohnung ankommt und nicht schon wieder den Schlüssel verliert.

»Wohin?«, will der Fahrer wissen und startet den Wagen.

Ich hoffe, er lebt nicht allzu weit von mir entfernt, sonst wird das hier verdammt teuer.

»Wo wohnst du?«, frage ich und pikse gegen die steinharten Muskeln an seinem Oberarm, weil er die Augen geschlossen hat.

Er murrt.

»Deine Adresse, Victor!«, brülle ich ihm ins Ohr und sehe ihn die Augen aufreißen und mich anfunkeln.

»Geht dich gar nichts an! Stalkt mich noch immer … rotes Gummibärchen.«

Sehr schön. Stockbesoffen ist er noch sturer als nüchtern.

»Victor, du willst doch nach Hause! Wohin sollen wir denn fahren?!«

Er verzieht die schönen Lippen und funkelt mich mit verschleiertem, aber skeptischem Blick an, so als wollte ich ihn ausrauben. »Ich verrat dir nicht, wo mein Klo steht!«

Großartig. Und jetzt?

ÜBERNACHTUNGSGAST

Hätte mich vor einer Stunde jemand gefragt, ob ich mir ein Szenario vorstellen kann, in dem ich herausfinde, dass es verdammt anstrengend ist, meinen neunzig Kilo schweren Boss eine Treppe hochzuschieben, hätte ich ihn ausgelacht.

Das Drehbuch zu meinem Leben wird wohl gerade von jemandem geschrieben, der auch stockbesoffen ist und einen sehr schrägen Humor hat, anders kann ich mir nicht erklären, wie es dazu gekommen ist, dass Victor gerade durch meine Haustür wankt.

»Warte! Pass auf, es ist hier ziemlich …!«

Jap, er donnert an meiner Kommode vorbei und stößt sich den Kopf an der Hängelampe im Flur. Ich wollte ›eng‹ sagen, aber es ist wohl überflüssig, auszusprechen, dass meine Wohnung ein Hobbitloch für den Wikinger ist.

Er bleibt in der Mitte meines Wohnraums stehen und sieht sich brummend um. Sein Gesichtsausdruck ist eine Mischung aus skeptisch, hackedicht und verwirrt. »Was ist das?«, knurrt er fragend.

Keine Ahnung, was er meint. Er zeigt auf nichts, sieht mich nur an, als hätte ich ihn entführt und würde dafür gleich aus meinem eigenen Fenster geworfen.

»Das ist meine Wohnung. Wir sind hier, weil du weder mir noch dem Taxifahrer verraten wolltest, wo du wohnst!«

Wie man so hoheitsvoll angepisst aussehen kann, obwohl man voll bis obenhin ist, ist mir ein Rätsel. Victor hebt das Kinn nur, um mich von möglichst weit oben anzufunkeln.

»Du musst nicht hier schlafen. Ich kann dir ein Taxi rufen und du fährst nach Hause. Dann erfahre ich niemals, wo dein Klo wohnt!«

Mein Angebot stößt auf taube Ohren. Ich bin mir nicht sicher, ob er mir überhaupt zugehört hat, er geht nämlich zu meiner Küchenzeile und beginnt, Schränke zu öffnen und wieder zuzuknallen.

»Das ist die leerste, kleinste Küche der Welt. Hast du nichts zu essen hier? Winzige Lebensmittel? Winzige Wohnung … winziges Mädchen. Vinc steht drauf … zu jung … Midlife-Crisis … gibt Pillen dagegen.«

Victor will eigentlich vor sich hin schimpfen, aber er bringt sich selbst zum Lachen, als er dahinterkommt, dass ›Vinc‹ und ›winzig‹ ähnlich klingen.

Obwohl er meine Schränke durchwühlt und Chaos veranstaltet, muss ich mitlachen. Auch wenn es schwer zu glauben ist, aber der große, eigentlich so reife und strenge Mann sieht süß aus, wenn er sich amüsiert. Das Lachen steht ihm ebenso gut wie die fröhliche Mimik. Das lässt ihn viel jünger wirken. Und zugänglicher.

Es ist mir etwas unangenehm, dass ich nichts zu essen hier habe. Eigentlich hätte ich auch Hunger – wie immer nach dem Ausgehen –, aber selbst wenn ich einkaufen gewesen wäre, die Menge Lebensmittel, um Victor satt zu bekommen, hat mein Kühlschrank noch nie gesehen.

»Ich habe leider nichts zu …«

Ich stocke mitten im Satz, weil mir einfällt, dass ich doch etwas hier habe. Jan bringt mir meistens etwas zu naschen mit. Und ich vermute sogar, dass die Schoko-Bons ganz nach Victors Geschmack sind, schließlich ist sein Auto voller leerer Packungen.

Als ich die Schokolade aus der Schublade im Vorzimmer hole, macht der Wikinger große Augen. Ich werfe ihm die Packung zu. Dass er in seinem Zustand noch fangen kann, ist beeindruckend. Dafür stößt er meinen Beistelltisch um, während er aufs Sofa zu stapft und sich darauf fallen lässt. Feinmotorik läuft schrägerweise noch, Grobmotorik nicht. Er fischt die kleinen Schokokugeln so geschickt und schnell aus dem Plastik, als wäre er nüchtern.

Ich setze mich neben ihn und ziehe die schmerzenden Beine an den Körper. Eigentlich bin ich todmüde, aber diese Situation ist so ungewöhnlich, dass ich den Drang nach Schlaf ignorieren kann.

»Sag mal, die Frau, der du vorhin schreiben wolltest … arbeitet sie in der Agentur?«

Ja, ich bin neugierig, und ja, ich weiß, normalerweise würde Victor mich anknurren und mir nie so private Fragen beantworten, aber ich hege die Hoffnung, dass er betrunken redseliger ist. Oder mich zumindest nicht für meine Neugier übers Knie legt.

Als er den Kopf zu mir dreht und nicht grenzenlos angepisst aussieht, beginnen meine Augen sensationslustig zu glänzen. Bis er mich plötzlich so fest mit einer Schokokugel bewirft, dass mein Arm davon wehtut.

»Aua …«, murmle ich beleidigt.

Er legt zwar betrunken nicht übers Knie, aber er schießt mit Schokolade!

»Cupcakes«, murmelt Victor und beginnt wieder, ein paar Bonbons aus dem Papier zu rollen. Er stopft sie sich in Fünfergruppen in den Mund.

Ich denke, er haut wahllos Wörter raus, aber es geht noch weiter.

»Keine Frau aus der Agentur. Mach ich nicht mehr. Drei Jahre eine Escort als Freundin haben gereicht. Scheiß Zeit. Scheiß Beziehung. Sie ist anders.«

Oh, okay! Er will doch reden!

»Wie heißt sie?«

Ich war vorhin, als ich sein Telefon in der Hand hatte, zu gestresst, weil ich nur ein kurzes Zeitfenster hatte, seine bescheuerte Nachricht zu löschen. Ich habe mir den Namen nicht angesehen oder irgendetwas anderes als Victors besoffene Dichtkunst gelesen.

»Sabrina …«, murmelt er und stopft sich Schokolade in den Mund.

»Wo habt ihr euch kennengelernt?«

»Cupcakes!«, knurrt er und donnert wieder mit einer Schokokugel auf mich ein.

Ja doch! Ich halte ja schon meine Klappe. Ich denke, ›Cupcakes!‹ heißt so was wie ›Fresse!‹.

»Sie weiß es nicht. Denkt, ich schweige sie an, weil ich genug von ihr habe. Jetzt redet sie überhaupt nicht mehr mit mir. Seit heute. Scheiß Sodbrennen …«

Kannst du dich bitte mal entscheiden, ob wir hier reden wollen oder nicht?! Die Neugier frisst mich auf, aber ich traue mich nicht, weiter nachzufragen, sonst schießt er wieder mit Schokolade!

Er dreht den Kopf zu mir und sieht mich so sauer an, als müsste er schon viel zu lange auf meine Antwort warten.

»Ähm ... Sie weiß nicht, dass du ein ... was du beruflich machst? Würdest du denn... Aua! Victor! Hör auf, mich so fest zu bewerfen! Soll ich jetzt meine Klappe halten oder nicht?!«

Er schnaubt. »Du sollst die Schokolade essen! Nicht sammeln!«, brummt er und zeigt auf die Bonbons, die er geworfen hat und die ich in meiner Hand halte.

Ach so! Er will mir etwas abgeben und mich nicht damit schlagen. Was wirft er aber auch so aggressiv! Woher soll ich denn wissen, dass das keine Bestrafung, sondern so was wie füttern ist?

»Würdest du denn aufhören? Für eine Frau? Ich meine, du schläfst mit so vielen ...« Nein, ich werde mich selbst jetzt nicht Nutte nennen. »... Escorts. Würde sie das akzeptieren? Steigst du aus?«

»Aufhören?«, murrt er und lässt den Kopf resigniert auf die Sofalehne fallen. Die Packung ist leer. Er knirscht damit. »Ich bin zu alt für den Scheiß ...«

»Zu alt für die Sache mit der Agentur?«, frage ich und kann verstehen, wenn er aussteigen und zur Ruhe kommen möchte. Er macht das schon so lange – Kurt Cobain hat in den Neunzigern das Zeitliche gesegnet, ich hab's gegoogelt.

Er brummt mit geschlossenen Augen. »Nein. Für den Scheiß mit der Familie. Dafür bin ich zu alt.«

Dass er das denkt, macht mich irgendwie traurig. Wann ist man denn zu alt, um eine Familie zu gründen und das verruchte Leben hinter sich zu lassen? Nie. Außerdem ist er doch … Ich habe keine Ahnung, wie alt er ist! Aber ich wittere eine Chance, es endlich herauszufinden.

»Schwachsinn. Du kannst locker noch heiraten und sieben Kinder machen. Wie alt bist du denn?« Die letzte Frage stelle ich möglichst leise, aber eindringlich. Komm, hau eine Zahl raus, du betrunkenes Plappermaul!

Victor schlägt die Augen wieder auf, nur einen Spalt. Die dunklen Brauen rücken näher zusammen und legen dabei Zornfalten auf seine Stirn. »Ich mach *dir* gleich ein Kind, wenn du noch mal fragst, wie alt ich bin!«

Oje, das klang wie eine Drohung! War es wahrscheinlich auch.

»Heiraten«, stöhnt er genervt vor sich hin. »Ich brauche keine Frau. Bin glücklich. Reich. Ein Fetischist. Das würde sie nicht verstehen. Cupcakes.«

Ich habe noch nie jemanden so oft das Wort ›Cupcakes‹ absolut unzusammenhängend in einem Gespräch sagen hören. Ich würde mich ja darüber wundern, aber mal ehrlich: Der Mann hat eine halbe Flasche Absinth intus, dafür halluziniert er erfolgreich wenig.

Victor hat die Augen nicht mehr zugemacht, seit er wieder sauer ist. Er blinzelt aber auffallend langsam und schwer.

»Du solltest dich hinlegen. Du kannst mein Bett haben«, biete ich an und sehe, wie er sich hochrafft. »Brauchst du noch was?«, frage ich, als er vor mir stehen bleibt und mit müden Augen zu mir runterblickt.

Ich kann ihm leider keine frischen Klamotten anbieten. Selbst die Shirts, die ich noch von Jan hier habe, würde er sprengen. Er würde auch Jan sprengen, hätten sie Sex. Gut, dass er nicht bi ist, ich denke nämlich nicht, dass Victor jemanden von hinten nehmen kann, der viel kleiner und schmächtiger ist als er selbst. Er ist so groß. Pornodarsteller würden vor Neid erblassen. Für solche Filmchen bekäme er garantiert eine Stange Geld. Wikinger-Pornos …

»Einmal nicht auf meinen Schwanz starren. Schaffst du nicht, oder?«, tönt er dunkel.

Ich schrecke aus meinen dämlichen Gedanken hoch. Ich habe Victor wirklich auf den Schritt gestarrt. Keine Ahnung, warum ich das immer tue! Ist wie einen riesigen schwarzen Hengst vor sich zu haben und nicht … Ach, ich bin auch betrunken.

»Sorry. Ich wollte nicht … Warte! Warte! Du lässt mich fallen! Nein … Ich … Oh Gott, mir wird schlecht!«

Mein Magen rebelliert gegen das plötzliche Kopfüber-gehoben-Werden genauso wie mein Gleichgewichtssinn. Mir wird schwindelig, als Victor mich hochhebt und über seine Schulter legt.

»Kotzen?«, fragt er, als er sich in Bewegung setzt.

»Glaub nicht.«

Mein Magen beruhigt sich wieder. Ich versuche trotzdem, mich irgendwie an ihm festzuklammern. Unter normalen Umständen wäre ich mir absolut sicher, dass er mehr als genug Kraft hat, um mich zu tragen, aber mal ehrlich, das ›normal‹ hat er sich im Club weggeballert.

Ich fühle meinen nervositätsbedingt schnellen Herzschlag in meinen Ohren. Das Blut schießt mir in den Kopf, während Victor mich in mein Schlafzimmer trägt und dort beinahe über meine

Schmutzwäsche stolpert. Da liegt mein Pokémon-Höschen – guck nicht hin! Total peinlich …

Dass er mich aufs Bett werfen will, hatte ich kommen sehen, dass er danebenwirft, nicht. Jetzt bin ich froh, dass da Wäsche liegt, ich lande nämlich weich.

»Nicht getroffen«, kommentiert Victor sein Malheur. »'tschuldige.«

Ich kann nicht sauer werden, weil er dieses ›Böser Junge, dem es leidtut‹-Lächeln zum Besten gibt, das ich sonst nur von Jan kenne. Mir war nicht klar, dass Victors strenges Gesicht diese Züge annehmen kann.

Als er mir die Hand reicht, um mich hochzuziehen, legt er so viel Schwung in seine Bewegung, dass ich gegen seine steinharte Brust falle. Er stößt mich sofort nach hinten, diesmal auf die Matratze.

Victor zieht sich das schwarze Shirt über den Kopf und entblößt einen Körper, von dem ich vergessen hatte, wie sehr er mich einschüchtert. Daran ändert sich auch nichts, als er sich weiter auszieht und ich den trügerischen Gedanken fassen will, dass er gar nicht sooo groß ist, wie ich ihn in Erinnerung habe. Er ist auch noch nicht sooo hart, wie er werden kann. Da geht noch was. Oder auch nicht. Kann er in diesem Zustand überhaupt noch vögeln?!

»Willst du …? Soll ich …?«

Ich weiß nicht, was ich sagen oder ihm anbieten soll, meine Gedanken wirbeln durcheinander, als er sich über mich beugt und sein Gesicht dicht über meinem verharrt. Victors Lider wirken schwer, seine Augen sind glasig, trotzdem funkelt etwas in den braunen Iriden.

»Fetischunterricht«, brummt er dunkel.

»Jetzt?!«

Vic seufzt genervt. »Nein. In meinem Haus. Meinem Bett.«

Seine Hand greift unter mein Kinn, neigt meinen Kopf kurz ins Profil und dann wieder zurück.

»Ich kann das nicht«, piepse ich unsicher.

»Lern es. Von mir. Ich will dich …« Er spricht nicht weiter, mustert mich nur.

Wahrscheinlich sehe ich ihn gerade wie ein Reh im Scheinwerferlicht an. Aber nur weil ich seinen Satz in Gedanken vervollständige. Er will mich auspeitschen. Und fesseln. Und knebeln. Ich weiß nicht, ob das meine Welt ist.

»Scheiß Fetischismus, oder?«, brummt Victor plötzlich, klingt aber nicht mehr so dunkel wie vorhin. »Sie kommt nicht damit klar. Würde sie nicht.«

Was gerade in seinem vernebelten Kopf vor sich geht, kann ich nur raten. Ich schätze mal, er spricht nicht von mir, sondern von der Frau, die nicht weiß, dass sein Wochenendhaus einen BDSM-Raum hat. Der Frau, wegen der er so viel getrunken hat, um sie zu vergessen. Sein Angebot, mich mit Fetisch vertraut zu machen, ging vermutlich auch nicht wirklich an mich. Er will sich erklären. Nicht mir, ihr. Klar hat er Sodbrennen. Das ist sein innerer Zwiespalt.

Ich lege ihm die Hand vorsichtig auf die Wange, weil er geschafft aussieht. Eine Sekunde lang streichle ich über seine Haut, dann sieht er mich plötzlich an, als wollte er mich auffressen.

»Tätschelst du mich?!«

»Ähm …. nein!!«

»Du hast mich getätschelt!«

»Nein! Du hattest da … Krümel!«

Er packt meine Hände und drückt sie so fest neben meinem Kopf auf die Matratze, dass meine Handgelenke kribbeln. »Tu das nie wieder! Ich bin nicht dein … Ahhh, ich hasse das!«

»Okay!«

Niemals küssen, niemals streicheln – notiert!

»Schieb den String zur Seite«, knurrt er mir dunkel zu und lässt meine Hände los. Dass er mich jetzt mit Dominanz überschüttet, hätte man kommen sehen können. Vic ist kein Schmusetiger. Keine Ahnung, was mich geritten hat.

Er hebt den muskulösen Körper ein Stück nach oben und ich schiebe mein Kleid hoch und den String weg. Warum ich so feucht bin, will ich gar nicht analysieren. Anscheinend machen mich knurrende, emotional verwirrte Fetisch-Wikinger an. Ich bin noch schräger, als ich dachte.

Victor beißt mir in den Hals und bringt mich mit den Zähnen zum Aufstöhnen. »Lass mich dich durchficken«, knurrt er mir langsam ins Ohr und lässt sich zur Gänze auf mir nieder. Ich keuche unter seinem Gewicht auf.

»In meiner Nachttischschublade liegen Kondome«, flüstere ich ihm atemlos zu, weil ich die Schublade selbst nicht mehr erreiche.

Sein Kopf liegt in meiner Halsbeuge. Ich lasse die Hände kurz über seine steinharten Rückenmuskeln wandern – fest, nicht locker, damit er nicht denkt, ich würde ihn streicheln. Ich will nur diese einschüchternden Muskeln fühlen. Sein Körper ist warm und schwer. Verdammt schwer.

»Kannst du …«, setze ich an, stutze aber, weil plötzlich etwas an mein Ohr dringt, das sich verdammt nach einem Grunzen anhört.

So seltsam stöhnt doch kein Mensch. Schon gar kein Wikinger-Vampir.

Nein, oder?!

»Victor?!«

Keine Reaktion. Ich versuche ihn zu schütteln, aber neunzig Kilo Muskelmasse zu bewegen, die anscheinend gerade ins Suff-Koma gefallen sind, ist nicht einfach!

»Vic! Echt jetzt?!«

Jap. Er schnarcht.

Ich beginne, mich unter dem Muskelberg von Mann herauszuwinden. Dass ich ihm dabei zwei oder drei Schläge mit dem Ellbogen verpasse, könnte ein Versehen sein, muss es aber nicht.

Von wegen ›Ich will dich durchficken‹! Pennt einfach auf mir ein! Er hat wohl von einer Sekunde auf die andere vergessen, dass er mich vögeln wollte. Wie demütigend ist das denn?! Wäre ich selbst nicht todmüde und ausgelaugt von der Rettungsaktion meines Körpers, würde ich sauer werden. Aber scheiß drauf.

Gute Nacht, mein besoffener Meister.

ZU VIEL INPUT!

Mein Mund ist so trocken, als hätte ich eine Wüstenwanderung hinter mir. Ich bin nachts dreimal aufgestanden, um Wasser zu trinken, trotzdem fühle ich mich ausgebrannt.

Dass da ein riesengroßer Mann in meinem Bett liegt, hat mich nach dem Aufwachen jedes Mal zusammenzucken lassen. Beim ersten Mal habe ich ihn vor Schreck mit meinem Kissen beworfen – ich war noch betrunken.

Victor schläft aber so tief und fest, dass ihn ein aufschlagendes Kissen nicht mal zum Naserümpfen bringt. Er muss allerdings auch mal wach geworden sein. Die Flasche Wasser, die ich ihm auf den Nachttisch gestellt habe, ist leer.

Victor bewegt sich beim Schlafen zwar kaum, aber wenn er es tut, bebt die Erde. Dass er mich einmal beinahe wieder unter sich begraben hätte, war sicher keine Absicht. Er ist niemand, der Nähe oder Körperkontakt zum Kuscheln sucht. Dafür schafft er es irgendwie, mir ständig die Hand zwischen die Oberschenkel zu schieben. Ich habe aufgehört, sie wegzudrücken. Zum einen, weil es anstrengend war, den sehnigen Unterarm zu bewegen, und zum anderen, weil mich die Lederbänder an seinem Handgelenk eine Minute später sowieso wieder gekitzelt haben.

Ich blinzle das blasse Gesicht an, das nach dieser harten Nacht wieder grobporiger und älter aussieht. Er ist trotzdem attraktiv. Auf eine sehr markante Art. Ein paar schwarze Haarsträhnen sind ihm aus dem Zopfgummi gerutscht und liegen jetzt über seinem Gesicht. Ich puste sie weg und sehe kurz, wie sich Zornfalten auf seine Nase legen. Er sieht aber nur zwei Sekunden so aus, als würde er beißen, dann entspannt sich sein Gesicht wieder.

Dass ich wieder eingeschlafen bin, wird mir klar, als mich die Vibration des Kissens hochschrecken lässt. Ich habe mein Handy darunter geschoben, weil es gepiepst hat und das nervig war. Den Nachrichtenton konnte ich zwar ignorieren, aber der Anruf schüttelt meinen Kopf durch. Wer auch immer versucht, mich in aller Herrgottsfrühe zu erreichen, ich hasse ihn. Ich will noch schlafen. Emma müde.

»Jaaaa …«, brumme ich ins Telefon und unterdrücke ein Gähnen.

»Emma?«, tönt eine weibliche Stimme.

»Jaaaa …«

»Mäuschen, du klingst wie ein schlecht gelaunter Teenagerjunge!«, stellt sie lachend fest. »Hart gefeiert?«

»Hmm … ein bisschen«, verrate ich und warte, bis die Stimme wieder mit mir redet.

»Ich wollte dich um einen Gefallen bitten. Aber keine Angst, ist nichts Schlimmes, eigentlich nur eine Kleinigkeit. Hast du am späten Nachmittag etwas vor?«

»Nö …«

»Gut. Könntest du für mich etwas aus der Agentur abholen? Und Vincent bringen? Es geht nur um die Abrechnungen der letzten Woche, die die Buchhalterin zusammengestellt hat. Er kontrolliert sie und unterschreibt sie dann. Eigentlich bringe ich sie ihm immer vorbei, aber … Phillip will nicht, dass ich zu ihm fahre. Was ich irgendwie verstehen kann. Ich hätte Tina geschickt, aber sie ist übers Wochenende weg. Ich glaube, sie hat was mit ihrem Psycho-Doc. Total schräg. Der war auch mal mit ihrer Mutter zusammen.«

Hä? Wochenbilanzen für Vincent unterschreiben? Wer ist denn bitte Phillip und was zur Hölle geht denn bei Tina ab?

»Tust du mir den Gefallen, Emma?«

Ich schiele auf das Display, lese ›Claire‹ und weiß sofort, dass ich ihr jeden Gefallen tun würde. »Sicher. Jederzeit. Was soll ich noch gleich unterschreiben?«

Sie lacht. »Du sollst gar nichts unterschreiben, Süße. Geh einfach irgendwann am Nachmittag in die Agentur. Auf Tinas Schreibtisch liegt eine schwarze Mappe, die nimmst du und bringst sie zu Vincent. Das war's.«

»Okay.«

»Danke! Wirklich! Du tust mir damit einen riesigen Gefallen. Jetzt kann ich Phillip sagen, dass er Vincents Foto von der Dartscheibe nehmen kann.«

Langsam fängt mein Verstand an, die Arbeit wieder aufzunehmen. Phillip ist Claires Freund – mag Vincent nicht, schon klar.

»Ich schick dir die Kombination für das elektronische Schloss an der Agenturtür. Und Vincents Adresse. Verrat sie aber niemandem, er will das nicht.«

»Nichts verraten, okay.«

»Schlaf dich aus, Mäuschen, ich schreib dir noch mal alles«, kündigt Claire amüsiert an. »Hast du einen heißen Typen bei dir im Bett?«

Ich drehe meinen Kopf ein Stück nach links und ziehe eine Braue hoch, weil es mich selbst mal wieder überrascht, dass Victor neben mir liegt. »Ähm … irgendwie ja …«

»Klasse! Genieß es! Ruf mich an, wenn irgendetwas nicht klappen sollte. Ich bin erreichbar.«

»Mach ich.«

»Ciao, Mäuschen.«

Ich nehme das Handy vom Ohr und will anfangen, dieses Gespräch und die Infos in meinem Kopf ankommen zu lassen, lande aber in meinen Mails, weil mir jemand gerade eine geschickt hat. So viele Worte, so viele Menschen, die etwas von mir wollen. Ich bin doch noch gar nicht richtig wach.

Eigentlich will ich die Zeilen nur überfliegen, um sie dann unter ›Arbeit für später‹ abzuhaken, aber irgendwie wird mir beim Lesen komisch zumute.

Hallo.
Du hast dich bisher nicht gemeldet. Ist dir die Arbeit dazwischengekommen oder hast du es dir anders überlegt? Ich würde wirklich gern mit dir reden. Klappt das mit heute Nachmittag? Melde

dich, auch wenn du dich nicht mehr mit mir treffen möchtest, dann kann ich mit der Sache abschließen.
Lii

Ich kneife stöhnend die Augen zusammen. Scheiße. Ich habe das mit Lias vergessen. Eigentlich wollte ich ihm gestern Abend schreiben und mich für heute verabreden, aber dann kam Jan dazwischen, der unbedingt ausgehen wollte, und heute Nachmittag hätte ich sowieso keine Zeit, weil … Muss ich echt zu Vincent nach Hause? Habe ich Claire das gerade versprochen? Was ist das denn für ein furchtbarer seltsamer Morgen?!

»Oh mein Gott, Emma! So widerlich!«

Mir fällt das Handy aus der Hand. Ich starre zur offenen Schlafzimmertür. Kevin steht im Rahmen, rümpft die Nase und macht dann auf dem Absatz kehrt.

Mein Herz bleibt gleich stehen. Oder es springt mir aus der Brust.

Ich hüpfe aus dem Bett, ignoriere Victors Brummen, dessen Hand ins Leere tastet, weil sie keine warme, intime Stelle mehr zum Parken findet, und laufe aus dem Schlafzimmer. Kevins Rucksack liegt auf dem Sofa. Er steht in der Küche und hantiert an der Kaffeemaschine herum.

Meine Beine wollen plötzlich nicht mehr laufen. Ich erstarre mitten im Raum. Mein Verstand ist ebenso gelähmt. Mir gehen so viele Dinge auf einmal durch den Kopf, dass ich keine Entscheidung fällen kann, wie ich mit dieser Situation umgehen will. Ich sehe Kevins Gesicht nicht, kann seine Miene nicht lesen, weil er mir den Rücken zugewandt hat. Ist er sauer? Wütend? Weiß er es?! Ahnt er es?!

Als er sich kurz zu mir umdreht, wirkt er genervt. »Sag mal, hast du überhaupt nichts zu essen hier? Kekse oder so? Ich verhungere gleich.«

»Ähm … ich war noch nicht einkaufen«, entgegne ich monoton klingend. Keine Ahnung, was ich da sage, ich versuche nur, abzuschätzen, ob hier jetzt alles gleich eskaliert oder nicht.

Kevin dreht sich nach mir um, lehnt sich an den Tresen und mustert mich mit hochgezogener Braue. »Gott, kannst du dir nicht zumindest Hosen anziehen? Jedes Mal, wenn ich komme, ist ein Typ hier und du bist untenrum nackt. Total schräg. Das ist nicht Jan, oder?«

Ich schüttle den Kopf. Und traue mich wieder, zu atmen. Kevin weiß nur, dass ein Mann hier ist. Er kennt Victor nicht. Er weiß nicht, was er tut und woher wir uns kennen.

»Ich … war gestern in einem Club«, erzähle ich und versuche, meinen Bruder nicht mehr anzustarren, als würde ich wissen, dass das Haus brennt, aber er nicht. Die kleine Kröte ist so feinfühlig, wenn seltsame Vibes in der Luft liegen. Und er lässt dann auch nicht mehr locker. Ich muss mich zusammenreißen und normal verhalten, dann kommt auch nichts raus.

»Ich habe übrigens untenrum sehr wohl was an!«, töne ich und versuche, so genervt zu klingen, wie eine große Schwester klingt, wenn ihr kleiner Bruder ihr Blödsinn unterstellt.

Ich trage wirklich ein Höschen. Ich habe mir zwar nachts das Kleid und den BH ausgezogen, aber ich habe es gegen ein schwarzes Oversize-Shirt getauscht.

»Ruf doch an, bevor du hier reinplatzt, dann siehst du so was auch nicht«, werfe ich Kevin vor und hoffe, dass er das nächste Mal wirklich anruft. Auch wenn sich dieser verrückte Morgen sicher niemals wiederholen wird.

Was ist heute nur los?! Victor, Vincent, Lias, Kevin – so viele männliche Wesen, die aus den verschiedensten Gründen Panikattacken bei mir auslösen können, und sie spuken mir gerade alle gleichzeitig im Kopf herum. Anstrengend!

»Ich hab dir doch geschrieben, dass ich am Wochenende komme. Wieso soll ich da noch mal anrufen? Ich wusste ja nicht, dass du gleich irgendeinen Kerl abschleppst und mit nach Hause nimmst, wenn du mal feiern gehst.«

Kevin zuckt mit den Schultern, klingt aber vorwurfsvoll. Klar, kein Bruder will mit dem Sexleben seiner Schwester konfrontiert werden. Aber es versetzt mir einen Stich ins Herz, als ich mir wieder mal vollends bewusst mache, dass es ihn zerstören würde, wenn er wüsste, dass ich mich verkaufe.

»Hast du zumindest Kaffee hier?«, will er wissen und dreht sich zur Maschine um.

»Ja. In der Schublade da oben.«

Ich gehe zu ihm und helfe beim Kaffeekochen. So wie ich es auch tun würde, würde da kein Escort-Agentur-Fetisch-Boss in meinem Bett liegen. Ich muss diese greifbare Nervosität loswerden. Mir schwirrt aber so viel im Kopf herum, das mich hibbelig macht, dass ich nur versuchen kann, sie zu überspielen.

»Hey, wenn du schnell zum Laden runterläufst, könntest du uns ein paar Kekse oder ein Frühstück organisieren«, schlage ich vor und sehe Kevin eine Braue hochziehen. Ich will ihn kurz loswerden, um Victor wach und aus meiner Wohnung zu bekommen, aber mein Plan scheint nicht aufzugehen.

»Also erstens ist die Zeit für Frühstück schon lange vorbei. Es ist ein Uhr nachmittags, du Saufziege!«

Oh ... Scheiße. Wann sollte ich noch gleich für Claire zu Vincent? Und Lias wollte sich heute Nachmittag mit mir treffen? Mein Kopf explodiert gleich. Da geht gerade viel zu viel auf einmal ab!

Lächeln, Emma. Nicht ausrasten! Lächeln!

Ja doch!

»Und zweitens ... Mann, wieso grinst du denn plötzlich so gruselig? Ich wollte sagen, ich hab keinen Bock, einkaufen zu gehen. Aber jetzt denke ich, du brauchst dringend Medikamente von der Apotheke. Sag mal, hast du einen Schlaganfall, Emma?«

»Nein! Hör auf, mich zu beleidigen! Alles gut! Darf ich meinen bescheuerten Bruder nicht mal anlächeln?!«

Ja, ich weiß! Zu emotionsgeladen, aber es ist auch verdammt schwierig, ruhig zu bleiben.

»Boah, Zickenalarm. Komm mal runter. Ich kann doch nichts dafür, dass du verkatert bist«, entgegnet Kevin und rollt mit den Augen.

Ich murre vor mich hin und klammere mich dann an die dampfende Tasse Kaffee, die mich etwas beruhigt.

Kevin trinkt viel zu schnell, verbrüht sich und muss dann erst mal seine Zunge kühlen, indem er sie mir rausstreckt. Dass er dabei grinst wie ein bescheuertes Kind, macht mich glücklich. Er weiß es nicht. Er wird es nie wissen. Er hält mich nur für ein Flittchen, das One-Night-Stands hat. Das ist vertretbar.

»Ich habe heute Vormittag mit Herrn Favre gesprochen …«, setzt Kevin an, als er die Zunge wieder einrollt.

Jawohl! Schönes Thema! Das fehlt mir gerade noch! Lass uns über Pascal reden! Dann platzt das Aneurysma, das sich gerade in meinem Gehirn bildet, garantiert!

»Aha …«, murmle ich desinteressiert klingend und meide Augenkontakt mit ihm.

»Er hat ein paar E-Pianos für mich rausgesucht. Er meinte, da gibt es gravierende Qualitätsunterschiede. Er hat da wirklich Ahnung. Ich bin echt froh, dass er sich Zeit dafür nimmt. Das ist supernett.«

»Mhm. Total nett«, wiederhole ich und verbiete mir, über Dinge nachzudenken, bei denen Herr Favre gar nicht total nett ist. Zum Beispiel darin, zuzugeben, dass er eine Frau gern um sich hat. Er verbannt sie lieber aus seinem Leben und bucht sie nie wieder!

»Die Stunden mit ihm werden mir echt fehlen. Ich finde garantiert keinen ähnlich begabten Klavierlehrer mehr. Der Mann ist so gut, es ist unfassbar. Keine Ahnung, wie man so geschickte Finger bekommt. Ich übe wie verrückt, aber ich denke, man muss schon virtuos auf die Welt kommen, um so ein Level zu erreichen.«

Ich verschlucke mich.

Kevin schürzt die Lippen. »Wenn du jetzt daraus einen Sexwitz machst, trete ich dich!«

»Ich hab doch nichts gesagt!«, verteidige ich mich.

Nicht, dass ich keinen Spruch zu Kevins Lobgesang über Pascals Finger auf Lager gehabt hätte. So gut wie der Franzose kann er gar nicht sein, schließlich hat er ihm so einige Jahre Erfahrung voraus.

Obwohl ich denke, dass Kevin ganz schön brav und viel übt. Mit den Fingern. Für sich allein. Während er an Herrn Favre denkt.

All das kommt nicht über meine Lippen. Kevin hat auch früher manchmal so von ihm geschwärmt, damals dachte ich aber noch, dass sein Lieblingslehrer ein alter Sack wäre, und konnte meine Witzchen reißen. Jetzt fühlt sich das falsch an. Ich kann Kevin nicht mehr unterstellen, dass er in seinen Lehrer verknallt ist. Das Karma würde mich garantiert bestrafen.

»Er hat mir übrigens erzählt, dass ihr euch am Elternsprechtag noch mal begegnet seid. Davon hast du mir gar nichts gesagt.«

Was hat Pascal erzählt? Wieso macht er das denn?! Das widerspricht nicht nur all seinen Prinzipien, sondern ist auch saudämlich! Kevin wird so leicht misstrauisch! Ich dachte, er kennt ihn gut!

»Gibt nichts zu erzählen. Er hat mir nur vorgeschwärmt, wie gut du Klavier spielst und dass du weitermachen sollst, wenn du auf der Uni bist. Wann hast du eigentlich Abschlussklausuren? Dafür schon gelernt?«

»Nein, Mama. Sag mal, stehst du auf Herrn Favre?«

Ich würde jetzt liebend gern ohnmächtig werden. Oder zumindest eine Ohnmacht vortäuschen.

»Schwachsinn! Wieso sollte ich denn … Schwachsinn!«

Kevin mustert mich prüfend, zuckt dann aber mit den Schultern. »Alle fahren auf ihn ab. Du müsstest mal die Mädchen aus meiner Klasse sehen. Die stalken ihn regelrecht.«

Mein Blick wird weicher. Klar, Kevin übertreibt mit dem Wort ›stalken‹, aber ich weiß, wie Pascal damit hadert, angehimmelt zu werden. Irgendwie verstehe ich jetzt, warum ihm dieses Schüler-Lehrer-Rollenspiel-Ding zuwider ist.

»Diese dummen Hühner. Ich denke, das nervt ihn, auch wenn er es nicht zeigt. Wenn er eine Freundin hätte, würden sie ihm vielleicht nicht mehr so auf die Nerven gehen«, mutmaßt er in seltsamem Ton, bevor er sich wieder am Kaffee verbrüht.

Moment mal. Hätte mein Leben eine Pause-Taste, würde ich sie jetzt gern drücken, um Kevins Blick zu analysieren. Er sieht mich für nicht mehr als eine halbe Sekunde so verstohlen an, als wollte er ganz unterschwellig darauf anspielen, dass er es gut finden würde, wenn ich und Pascal … Nein, ich muss das falsch interpretieren. Sicher, er hängt an Herrn Favre. Er hat jetzt oft genug betont, dass er ihm fehlen wird, wenn er die Schule abschließt. Aber er kann doch nicht wollen, dass … Oder?!

Zum ersten Mal in meinem Leben verstehe ich die kleine Kröte überhaupt nicht. Ich weiß nicht, was er denkt oder sich wünscht, und ich kann ihn auch nicht fragen, weil die Beziehung zwischen seinem Lieblingslehrer und mir eine geheime, komplizierte Katastrophe ist und ich kein Recht dazu habe, ihm irgendwelche Hoffnungen zu machen oder sie zu zerstören.

Ich schweige einfach. Ich kann nicht mit ihm über Pascal reden. Eigentlich will ich nicht mal über ihn nachdenken. Wahrscheinlich sehen wir uns sowieso nie wieder. Eine seltsam unangenehme Begegnung bei Kevins Zeugnisübergabe und dann bleiben wir ehemalige Statisten im Leben des anderen.

»Mann, schmeckt der Kaffee widerlich«, motzt Kevin und schmatzt vor sich hin. »Total bitter …«

»Salz.«

Ein absolut banales Wort, aber mein Bruder bekommt so große Augen, als hätte er die tiefe Stimme etwas Außergewöhnliches sagen hören. Ich muss mich nicht umdrehen, um zu wissen, wer da gerade wach geworden und aus meinem Schlafzimmer gekommen ist.

Natürlich drehe ich mich trotzdem zu Victor um und werfe ihm einen flehenden Blick zu, in dem ziemlich viel geschrieben steht: Ich wusste nicht, dass er auftaucht, aber das ist mein Bruder und er denkt, du wärst ein One-Night-Stand, den ich aus einem Club abgeschleppt habe. Bitte spiel mit!

Victor reagiert nicht wirklich auf meine sprechenden Blicke, sondern sieht irgendwie seltsam aus. Er schmunzelt mich an. Total warm. Ganz schön creepy, ihn mit so freundlicher Miene zu sehen, schließlich müsste er mittlerweile annähernd nüchtern sein.

Als ich wieder zu Kevin gucke, ist er noch immer am Starren. Ja, ich weiß. Verdammt großer Mann! Victor hat sich angezogen und seine Haare gebändigt. Dass er sie zu einem Dutt bindet, ist mir neu, aber die Fußballer-Friese steht ihm.

»Streu eine Prise Salz in den Kaffee, dann verliert er den bitteren Geschmack«, rät die dunkle Stimme, die zwar keineswegs übertrieben warm, aber nicht so streng wie sonst klingt. Victor kommt auf uns zu geschlendert und zeigt auf die Kaffeekanne. »Kann ich auch einen haben?«

»Sicher! Warte, ich hole dir eine …«

»Schon gut, ich kann mir selbst eine Tasse holen, danke.«

Ich nicke, zeige auf einen Schrank und sehe Victor dabei zu, wie er sich meine ›Big Bang Theory‹-Tasse greift. Total seltsamer Anblick. Total seltsame Vibes! Aber nicht unbedingt unangenehm …

Er greift nicht nur in meinen Geschirrschrank, sondern öffnet auch noch ein paar andere, bis er gefunden hat, was er sucht. Als er sich zu uns an den Tresen stellt, streut er eine Prise Salz in seine Tasse und dann auch in Kevins, der im Übrigen noch immer kein Wort rausgebracht hat.

Er blinzelt stumm. Wie ich, als ich Victor zum ersten Mal gesehen habe. Dass wir uns denselben merkwürdigen Genpool teilen, kann man manchmal echt nicht abstreiten.

»Koste mal«, fordert Victor ihn auf und nimmt selbst einen Schluck.

Ich würde Kevin gern ins Schienbein treten, weil er so paralysiert wirkt, aber das lässt sich gerade nicht unauffällig tun. Victor klingt nicht mal streng oder so angepisst wie sonst, er zieht sogar die Brauen hoch und schmunzelt Kevin schief an.

Als die Kröte es endlich schafft, den Kaffee zu kosten, tut er das mit so prüfend skeptischer Miene, dass man ihm sofort ansieht, dass er ein kleiner Klugscheißer ist. Ich hoffe, er ist nicht so bescheuert und gibt gleich vor Victor einen seiner Besserwisser-Vorträge zum Besten. Mal ehrlich, Salz im Kaffee ist bescheuert, aber er muss höflich genug sein, um das abzunicken.

Kevin schmatzt und blinzelt dann überrascht. »Echt lecker. Cool«, tönt er und grinst seine Tasse an.

Mein Bruder ist der schlechteste Schauspieler der Welt, das Zeug muss ihm jetzt wirklich besser schmecken.

»Du darfst nicht zu viel nehmen, sonst wird er ungenießbar. Eine Prise reicht«, erklärt Victor, während ich auch Salz in meinen Kaffee streue. Er schmeckt wirklich verdammt bitter. Kein Wunder, dass die Packung runtergesetzt war.

»Woher hast du das mit dem Salz?«, will Kevin wissen, den der gut gemeinte Rat wohl aus der Schockstarre gerissen hat.

Victor zuckt mit den Schultern. »YouTube. Zehn Lifehacks für Dinge, die nerven. Daher weiß ich auch, dass man eine Bierflasche mit einem Apple-Laptop-Ladegerät öffnen kann. War weniger nützlich als die Sache mit dem bitteren Kaffee, aber wenn du mal in eine Situation kommen solltest, in der du weder einen Flaschenöffner, ein Feuerzeug, einen Ring oder eine Tischplatte in der Nähe hast, dafür aber einen scheißteuren Laptop, weißt du Bescheid.«

»Mit den Zähnen geht's im Notfall auch!«, entgegnet die Sauf-Kröte und lacht. Ich schwöre, er ist eigentlich verdammt klug, aber er ist auch ein bescheuerter Teenager.

»Ja, aber wenn die kaputt gehen, kosten sie noch mehr als der Laptop. Bist du eigentlich alt genug, um zu wissen, wie man Bierflaschen aufbeißt?«, fragt Victor, klingt aber noch immer nicht so streng wie gewohnt.

»Ich bin fast neunzehn«, sagt Kevin, als wäre er stolz darauf, total erwachsen zu sein. Dass er dabei wie ein Kleinkind klingt, das die Hand ausstreckt und einem Erwachsenen stolz verkündet, dass es schon fünf Finger alt ist, weiß er nicht.

Victor nickt. »Fürs Trinken hast du ab den Dreißigern noch Zeit. Nüchtern studiert und reist es sich in den Zwanzigern besser. So sieht man mehr von der Welt.«

Ja, das war ein Don't-drink-Vortrag von einem Fetisch-Zuhälter, der sich gestern mit Absinth ins Aus geschossen hat. Aber ich muss zugeben, er klingt dabei nicht bevormundend. Nur … klug. Tu, was ich sage, nicht, was ich tue.

Von wegen, er will keine Familie und Kinder, er kann verdammt gut mit Teenagern. Und das, obwohl die rothaarige Kröte vor ihm normalerweise schwer zu knacken ist. Erst recht, weil er ihn zuerst so mit seiner Optik eingeschüchtert hat.

»Ich trinke eigentlich nie«, entgegnet Kevin schulterzuckend.

Wow, er kann ja doch lügen. Ohne rot zu werden. So rot, wie er war, als ich ihm vor zwei Wochen den Kopf beim Kotzen halten musste, weil er sonst damit auf die Kloschüssel gedonnert wäre.

»Ich will Politikwissenschaften studieren. Da kommt es nicht gut, wenn man ständig Party macht und sich wegballert. Außerdem spiele ich Klavier. Verkatert üben bringt einen nicht weiter.«

Was wird das jetzt? Erwartet er sich ein Fleiß-Glitzer-Sternchen von Victor, weil er ein Musterknabe ist? Er weiß schon, dass er nicht mit Herrn Favre redet, oder?

Vic ist es doch scheißegal, ob du dich volllaufen lässt und dann nackt den Flohwalzer klimperst oder nicht.

»Schönes Instrument. Zieht bei den Mädels, oder?«, fragt der große, eigentlich so einschüchternde Mann und schmunzelt wieder schief.

Kevin grinst zurück. »Meistens, ja.«

Ich stelle gerade fest, dass mein kleiner Bruder einen gewaltigen Vaterkomplex hat. Ich kann es ihm aber nicht verübeln. Unserer ist ein Vollarsch, deshalb sieht er sich wohl anderweitig um. Und da Pascal gerade nicht in der Nähe ist, wird jetzt Victor angegrinst. Ich bin nicht die einzige Reichalt, die eine Therapie braucht.

Victor trinkt seine Tasse mit großen Schlucken leer und sieht dann zu mir. »Ich haue dann mal ab. Hast du zufällig mein Handy gesehen?«

Ich laufe zu meiner Handtasche und ziehe das schwarze Smartphone heraus. Er kommt auf mich zu, nimmt es mir ab und stellt fest, dass der Akku leer ist.

»Danke«, brummt Victor und klingt kurz wieder so, wie ich ihn kenne: angepisst und einschüchternd.

Was als Nächstes passiert, sieht ihm dafür so überhaupt nicht ähnlich, dass er das hier nicht mal getan hätte, während er noch drei Promille hatte. Er beugt sich zu mir runter, zieht mich an der Hüfte zu sich und … küsst mich.

Seine Lippen sind so weich und fühlen sich so angenehm voll an, wie sie aussehen. Dass er niemals Escorts auf den Mund küsst, stimmt so wohl nicht. Er tut es, wenn er jemandem vorspielen muss, das hier wäre ein normaler One-Night-Stand gewesen.

»Danke für gestern. Ich ruf dich an«, tönt die tiefe Stimme. Er ringt sich ein schiefes Schmunzeln ab und blickt zu Kevin, während er im Gehen die Hand hebt. »Mach's gut, Kleiner. Hat mich gefreut.«

»Mich auch. Ciao …«

Darauf, dass Kevin so irritiert klingt, kann ich mich gerade nicht konzentrieren. Mein Kopf ist noch voll mit Victors Lippen. Und dem Drang, noch mal unter vier Augen mit ihm über diese seltsame Nacht zu reden.

»Warte! Ich bringe dich raus!«, rufe ich und laufe ihm hinterher.

Als meine Wohnungstür hinter uns ins Schloss fällt, hole ich Luft. Sie kommt aber nicht aus meinem Mund, weil Victor ihn zuhält. Er funkelt mich finster an und hebt mich dann ein Stück den Flur entlang.

»Der Kleine ist garantiert ein neugieriger ›Ohr an die Tür‹-Drücker. Und du willst nicht, dass er hört, was du jetzt sagst, oder?«, flüstert er mir zu und ist dabei wieder ganz er selbst. Er wippt genervt mit dem Fuß, als er mich loslässt.

»Entschuldige. Ich wusste nicht, dass er auftaucht. Er ist mein kleiner Bruder«, erkläre ich, weil mir auffällt, dass ich Kevin nicht vorgestellt habe.

Victor schnaubt. »Also ich hab mich gestern zwar abgeschossen, aber nicht blind gesoffen – man sieht, dass er dein Bruder ist.«

»Danke, dass du mitgespielt hast. Er denkt, wir hätten uns in einem Club kennengelernt und es wäre … einfach ein One-Night-Stand gewesen.«

»Wieso erklärst du mir das jetzt noch mal? Ich hab's schon kapiert. Oder denkst du, ich küsse dich, weil ich es schön finde? Das war eine Show für den Kleinen. Wenn du jemandem in der Agentur davon erzählst, hänge ich dich übrigens kopfüber an den Kleiderständer in meinem Büro! Nicht aus Fetischgründen, einfach so, weil ich es kann!«

Ich nicke mit großen Augen. Victor ist aber noch nicht fertig.

»Und dass du mein Telefon in deiner Tasche hattest, büßt du auch noch! Schon mal was von Privatsphäre gehört?! Auch stockbetrunkene Idioten haben die und wollen, dass sie respektiert wird! Wenn du in meinem Handy herumgeschnüffelt hast, dann …«

»Hab ich nicht! Ich wollte es dir im Taxi zurückgeben, aber da warst du schon … zu stur. Ich habe es dir nur weggenommen, weil du dabei warst, eine richtig bescheuerte Nachricht an eine Frau zu schreiben, die du offensichtlich magst.«

Meine kleinlaute Verteidigung prallt an einer eisernen Miene ab. Dass er sich vor Kevin so gut zusammenreißen konnte, weiß ich zu schätzen, aber das ändert nichts daran, dass ich mir gerade mal wieder vor Victors Dominanz ins Höschen machen will. Alles beim Alten …

»Was ich gestern gesagt habe, geht dich eigentlich absolut nichts an. Es hat dich nicht zu interessieren, mit wem ich privat zusammen bin oder nicht. Ich bleibe dein Boss und wenn du jetzt denkst, du hättest einen Stein bei mir im Brett, nur weil du mir mal zugehört hast, als ich betrunken und unbeherrscht war, denkst du falsch! Ich will nicht mit dir befreundet sein oder über persönliche Dinge mit dir quatschen. Und ich weiß, wie gern du plapperst, aber nein! Du und ich – Boss und Angestellte. Nicht Saufkumpel oder Knutschfreunde! Verstanden?«

Das war die längste Schimpftirade, die er jemals vom Stapel gelassen hat. Ich nicke sie ab.

»Wiederhol es!«, verlangt Victor.

»Ähm … du hast ganz schön viel gesagt. Was davon genau soll ich wiederholen?«

Oh, er ist nicht in der Stimmung für Scherze. Ich schätze, sein Kopf hämmert ihn tot, er fühlt sich dehydriert und von mir ausspioniert.

»Dass ich dein Boss bin und dir das klar ist!«, faucht er und kommt einen Schritt näher. Ich weiche zurück und presse mich an die Wand im Flur.

»Du bist mein Boss … das ist mir absolut klar«, flüstere ich leise, aber eindringlich.

Er funkelt mich eine Sekunde lang so streng an, als würde ihm das nicht reichen, dann tritt er zurück und legt mir die Hand auf den Kopf. »Braves Mädchen«, höre ich ihn brummen, bevor er auf den Absätzen der schwarzen Boots kehrtmacht und die Treppe hinunterläuft.

Ich will zurück in meine Wohnung gehen, aber Victor dreht sich noch mal um.

»Danke. Für die Übernachtung.«

»Schon gut. Ich ...«

Er hält sich provokant die Ohren zu und läuft weiter, weil er denkt, ich wollte schon wieder plappern. Wollte ich gar nicht. Ich wollte ihm nur sagen, dass er mir nicht danken muss, weil ich glaube, dass er dasselbe auch für mich oder all seine anderen Escorts getan hätte, wenn sie Hilfe gebraucht hätten, und ich weiß, dass er gut auf uns aufpasst, obwohl er ein Distanzverhältnis einhalten will.

Okay! Es wäre Geplapper gewesen. Keine Ahnung, warum ich meine Klappe nie halten kann, aber er gewöhnt sich schon noch daran.

Ich seufze, während ich durch mein Vorzimmer trotte und versuche, eine Liste an Dingen zu erstellen, die ich heute noch abarbeiten muss. Schwierig, wenn man das Gefühl der sonst so verbotenen Lippen eines Wikingers nicht aus dem Kopf bekommt. Unmöglich, wenn einen der kleine Bruder aufgeregt anschreit und dabei mit den Händen fuchtelt.

»Oh mein Gott, Emma! Ich will eigentlich gar nicht wissen, warum du wen auch immer an dir herumtatschen lässt, aber hallo?!«

»Ja, hallo, Kevin. Und jetzt sei still.«

»Sag mal, hast du die Freundesliste unseres Vaters auf Facebook durchgescrollt und dir dann bei ihm gedacht ›Ja geilo, den lass ich mal ran‹?! Hast du einen Knall?! Der ist doch mindestens ... dr... vie... alt!«

Kevin hat auch keine Ahnung, wo er Victor einordnen soll, und wir sind leider beide ohne Ausschaltknopf ausgeliefert worden, also seufze ich vor mich hin und schenke mir noch eine Tasse Kaffee ein, während er sich ausplappert.

»Was ist das?! Ein schräger Spleen? Willst du Papa eins auswischen? Voll der Vaterkomplex! Total widerlich!«

»Hey!«, zische ich und drehe mich nach ihm um. »Ich schlafe, mit wem ich will, und brauche garantiert nicht deine Erlaubnis! Und wenn wir schon von Vaterkomplexen reden – du hast ihn doch bequatscht, wie toll du bist! ›Ich trinke eigentlich nicht. Ich spiele Klavier. Ich will Politik studieren. Guck mal, ich kann ein Rad schlagen!‹ Was sollte das?! Willst du ihn beeindrucken, damit er dir ein Weihnachtsgeschenk schickt, oder was?!«

»Du bist die blödeste Kuh der Welt!«, giftet Kevin wütend.

Ja, das hat wohl gesessen, aber mal ehrlich: Er hat angefangen!

»Ich wollte ihn nicht beeindrucken! Entschuldige, wenn mein Leben nach angeben für dich klingt! Ist eben so!«

Ja, das ist die Retourkutsche und Kevins mehr oder weniger subtile Methode, mir unter die Nase zu reiben, dass er schlauer ist und den viel besseren Lebenslauf hat.

»Na, wenn du nicht angeben wolltest, hast du ihn offensichtlich so angestarrt und angegrinst, weil du in ihn verknallt bist! Soll ich mal fragen, ob er auf nervige rothaarige Jungs steht?«

Kevin verzieht das Gesicht. Genau das wollte ich bezwecken. In Wahrheit würde ich mich lieber anschießen lassen, als meinen Bruder einem BDSM-Ausbilder zu überlassen.

»Verknallt?! Ich bin nicht schwul!«, ruft er aufgebracht und sieht plötzlich viel peinlicher berührt aus, als ich dachte. Ich möchte ehrlich gesagt gar nicht wissen, was ihm gerade durch den Kopf geht.

Sag es bitte nicht!

»Oh mein Gott, der Typ würde mich spalten wie ein Holzscheit!«

Schön, er sagt es doch. Und er ist noch nicht fertig. Kevin mustert mich plötzlich mit hochgezogener Braue und einer Mischung aus Unverständnis und Sorge.

»Sag mal, Emma, wie hast du eigentlich mit ihm ... Der passt doch nie und nimmer in ...«

Ich reiße die Augen auf und werde ebenso rot wie Kevin, weil ich nicht will, dass er darüber nachdenkt. »Hör sofort auf, es dir vorzustellen! Total krank!«, quietsche ich angewidert und zeige mit dem Finger auf ihn, bevor ich weglaufe.

Er kommt mir hinterher. »Na ja ... ich will ja nicht, aber ich muss! Wie parkt man denn einen Dodge Ram auf einem Motorradparkplatz?!«

»Kevin!«

»Hat er dir wehgetan? Alles gut bei dir?«

»Ja!«

»Okay, können wir uns jetzt betrinken, damit wir sämtliche Erinnerungen an dieses Gespräch verlieren?«

»Klar, du Abstinenzler! Würde ich total gern! Aber ich hab heute noch viel vor ...«

ENTFÜHRUNG MIT KNUTSCH-OPTION

Google Maps ist eine unheimlich praktische App. Wenn man aber Karten mit so leerem, leicht irritiertem Blick liest wie ein Labrador die Tageszeitung, kommt man damit nicht weit.

Ich bin nicht sicher, ob ich in der richtigen Straße bin. Ist das überhaupt die richtige Gegend? Küsnacht … Doch, klingt nach Vincent.

Meine Internetverbindung bricht immer wieder ab und die Karte dreht sich im Kreis. Ich auch. Bis mir auffällt, dass man von seinem halbtoten Smartphone aufsehen und die Straßenschilder in der realen Welt lesen kann. Wow. Ich bin ein extrem bescheuertes Millennium-Internet-Abhängigkeits-Opfer.

Der Straßenname stimmt. Jetzt brauche ich nur noch die richtige Hausnummer. 11. Ich stehe vor 9, also laufe ich weiter.

Die schwarze Mappe, die ich aus der Agentur geholt habe, ist ziemlich dick. Das Riesending in meine Tasche zu stopfen, hat mir Probleme bereitet. Mir war nicht klar, dass eine Wochenabrechnung so umfangreich sein kann. Ich dachte, dort würden nur ein paar Umsätze und eine Gesamtsumme stehen.

Wie viel Vincent mit der Agentur und dem Club verdient, geht mich natürlich nichts an. Ich würde niemals in seinen Geschäftsunterlagen blättern, um meine Neugier zu befriedigen. Würde auch nichts bringen, die relevanten Seiten stecken nämlich in einem Umschlag mit verdammt empfindlichem Klebesiegel. Es mit den Nägeln unauffällig hochzupulen, funktioniert nicht. Glaube ich. Nicht, dass ich das versucht hätte …

Warum er seine Finanzen so geheim hält, kann ich verstehen. Dass die Agentur und der Club äußerst lukrative Unternehmen sind, lässt sich aber spätestens dann nicht mehr verheimlichen, wenn man weiß, in welcher Gegend Vincent wohnt. Feinstes Bonzenviertel, mitten im Grünen, in der Nähe eines Sees. Hier reihen sich moderne Architektenbauten an klassische Villen.

Ich kann mir gut vorstellen, dass der mysteriöse Vampir in einem viktorianisch angehauchten kleinen Schloss lebt. Schwarz gestrichen, damit es in der grünen, freundlichen Gegend so rausknallt wie das Haus von Gru aus ›Ich, einfach unverbesserlich‹. Oder aber er lebt in einem Haus, das aussieht wie das Moulin Rouge in Paris. Rot, inklusive Turm mit Windmühle. Hier schreit aber nichts ›Ich bin ein Zuhälter aus einem Film‹, die Häuser schreien höchstens ›Wir wissen alle nicht mehr, wohin mit dem Geld, deshalb sind wir Pro-Springbrunnen‹.

Ich laufe an einer Hecke vorbei, die so hoch ist, dass ich nicht mal darüber sehen würde, würden mir noch zwei Emmas auf den Schultern sitzen. Als sie endet, stehe ich vor einer kleinen alten Villa mit der Hausnummer 13.

Zu weit gelaufen. Noch mal zurück. Am anderen Ende der Hecke lande ich wieder vor dem gepflegten Bungalow mit der Hausnummer 9.

Es gibt keine 11! Vincents Haus existiert nicht! Oder es steht in einer anderen Dimension, zu der Escorts, die schon seit einer Woche keine Buchung mehr hatten, keinen Zutritt haben.

Ich ziehe seufzend mein Handy aus der Tasche und wähle Claires Nummer.

»Alles klar, Mäuschen?«, meldet sich die freundliche, beschwingte Stimme, die vermutlich schon geahnt hat, dass ich anrufe. Ich denke, Claire weiß mittlerweile, dass ich ein Idiot bin.

»Ähm … ich bin in der richtigen Straße, aber ich finde das Haus nicht.«

»Agentur oder Vincents Privatanschrift?«, fragt sie vollkommen ernst gemeint und bringt mich dazu, beleidigt den Mund zu verziehen.

Ich mag Claire wirklich! Und ich tue ihr den Gefallen gern, aber dass sie denkt, ich wäre zu blöd, um zurück zur Agentur zu finden, kränkt mich. Ich bin manchmal etwas verwirrt, aber ich werfe doch keine Drogen ein.

»Vincents Haus. Nummer 11, oder? Das gibt es nicht. Da sind nur 9 und 13 und eine obszön hohe, ewig lange Hecke dazwischen, an der ich schon zweimal entlanggelaufen bin.«

»Ja, du siehst sein Haus von der Straße aus nicht. Der Eingang liegt eigentlich auf der anderen Seite. Aber klingle bloß nicht am Haupttor!«, warnt Claire, nicht zum ersten Mal.

Ich weiß, dass ich nicht klingeln oder mich überhaupt bemerkbar machen soll. Dass Vincent wohl nicht gern in seiner Freizeit gestört wird, kommt mir aber gelegen. So konnte ich die Nervosität ablegen, die aufgekommen wäre, hätte ich heute noch stammelnd vor dem einschüchterndsten Mann der Welt stehen müssen.

»Hast du ›Der Teufel trägt Prada‹ gesehen?«, fragt Claire.

»Ähm, ja.«

»Gut! Die Szene, in der sie die Mappe nur ablegen soll und dann doch rauf in den ersten Stock marschiert – tu das nicht! Du legst das Ding einfach in die Garage und gehst wieder.«

»Ja, aber ich sehe keine Garage.«

»Hast du das hohe silberne Tor am Anfang der Hecke gesehen, das wie eine übergroße Metallwand aussieht? Das ist die Garage. Er sperrt sie tagsüber nicht ab. An der Wand ist ein Knopf mit einem Dreieck drauf. Drück den, leg die Mappe auf den Aluminiumtisch und schließ das Tor dann wieder – der Knopf mit dem Kreis.«

Okay: Dreieck drücken, ablegen, Kreis drücken. Was ist das? Ein Botengang oder ein Playstation-Spiel?

»Alles klar«, versichere ich, weil ich mich an die seltsame Metallwand erinnern kann.

»Super. Danke noch mal, Mäuschen. Du hast was gut bei mir.«

»Blödsinn. Ist doch kein Ding. Wir hören uns.«

»Ja, ich freue mich. Ciao.«

Dass hinter der monströs hohen Hecke ein Haus liegen soll, kann ich mir zwar nicht vorstellen, aber bitte.

Ich erreiche das seltsamste Garagentor der Welt und bleibe davor erst mal stehen, um es anzustarren, weil es einen Zwillingsbruder hat. Da ist nicht ein Tor, da sind zwei. Eines eher in hellem Silberton, eines in einem dunkleren. Und ich befürchte, eines gehört zu Vincents Haus und eines zu seinen Nachbarn.

Super. Ich will Claire nicht schon wieder anrufen. Sie glaubt sowieso, dass ich mich verlaufe, wenn ich in meiner Wohnung die Toilette suche.

Bei näherer Betrachtung stelle ich fest, dass beide Tore die Playstation-Controller-Knöpfe haben. Und jetzt?

Scheiß drauf, es muss das rechte sein, das liegt näher an der Hecke, das linke gehört garantiert zu der kleinen Architektenvilla mit der Hausnummer 9.

Das Tor, das so schwer aussieht, öffnet sich überraschend lautlos. Ich fühle mich wie ein Einbrecher, als ich auf möglichst leisen Sohlen über den grau gefliesten Boden schleiche.

Was Vincent Garage nennt, nenne ich hammer Raum mit Wohnzimmerpotenzial, der größer und schöner ist als meine Wohnung. Weiße Wände, graue Hochglanzschränke, aber kein Wagen. Wahrscheinlich ist er nicht zu Hause. Noch besser, dann kann ich das hier erst recht nicht verbocken.

Ich entdecke den Aluminiumtisch, den Claire gemeint hat, und bin mir spätestens jetzt absolut sicher, dass ich hier richtig bin.

Während ich die Mappe aus der Tasche ziehe, schweift mein Blick noch mal kurz herum. Leider entdecke ich nichts, das meine Neugier befriedigen würde. Keine Bilder, Fotos oder Krimskrams, hier liegt absolut nichts herum. Doch, eine Taschenlampe hängt an der Wand. Ich weiß jetzt also, dass Vincent auf Stromausfälle vorbereitet ist. Klasse.

Irgendwie bin ich ein wenig enttäuscht, weil ich mir ein, zwei kleine, spannende Infos über den geheimnisvollen Mann im Chefsessel von ›Evig Roses‹ von diesem Botengang versprochen hatte. Keine Ahnung, was – vielleicht dass er ein Elektroauto fährt oder dass seine Fassade pink ist. Ich weiß nicht mal, wie sein Haus aussieht, nur dass er einen Haufen Kohle hat. Aber das wäre auch nicht schwer zu erraten gewesen.

Ich trete aus der Garage, drücke auf den Knopf mit dem Kreis und sehe dem beinahe lautlosen Tor dabei zu, wie es langsam nach unten fährt. Obwohl, ganz so geräuscharm klappt das diesmal nicht. Es wumpst einmal.

Habe ich mit meinen Chaos-Jedi-Kräften durch bloßes Ansehen etwas kaputt gemacht? Oder ist die Mappe runtergefallen?

»Hallo?«

Uhhh, nein, das war nicht das Tor! Das war die Tür im Inneren, die wahrscheinlich ins Haus führt. Und dieses tiefe, fragende ›Hallo‹ gehörte zu jemandem, dem ich eigentlich nicht begegnen sollte!

Das Tor ist schon so weit geschlossen, dass ich nur noch seine Beine sehe. Zumindest bis er einen Knopf an der Innenseite drückt und sich die silberne Wand wieder hebt.

Keine Ahnung, warum ich so nervös werde. Ich tue Claire hier nur einen Gefallen und bringe Vincent sein Zeug nach Hause, damit er selbst nicht in die Agentur fahren muss. Wahrscheinlich sagt er ›Danke‹ und verschwindet dann wieder im Schein seiner düsteren Aura.

Trotzdem! Das letzte Mal bin ich ihm persönlich bei meinem Vorstellungsgespräch begegnet. Seither ist er nur noch diese dunkle, mahnende Stimme am Telefon, die mich entweder vor Angst hat erstarren lassen oder die ich angehimmelt habe. Je nachdem, ob ich Mist gebaut hatte oder nicht.

Keine Ahnung, ob Claire angekündigt hat, dass ich für sie einspringe. Dabei ist sie ja nicht immer sonderlich zuverlässig.

Ich sehe ihn zwar nur bis zum Schritt, aber auch der löst einen, wahrscheinlich gesunden, Respekt in mir aus. Bevor mich der Blick aus diesen dunklen Augen trifft, beginne ich schon mal, mich zu erklären.

»Claire schickt mich. Sie konnte nicht. Ich wollte dir nur die Mappe aus …«

»Heyho!«, tönt es und allein diese beschwingte Begrüßung lässt mich stutzen. So redet Vincent nicht. Ich bin mir absolut sicher, dass er noch nie in seinem Leben ›Heyho!‹ zu jemandem gesagt hat.

Das Gesicht, das mich gerade durch das halb offene Tor angrinst, weil er sich in die Hocke gebeugt hat, um mich schneller zu sehen, gehört nicht meinem einschüchternden Boss, sondern einem jungen Typen mit Grübchen. Wir mustern uns beide.

»Oh … du bist nicht … Ist das nicht …?«, werfe ich mit halb gestellten Fragen um mich und sehe, wie er sich aufrichtet und auf mich zukommt.

Er ist deutlich größer als ich, vermutlich irgendwo in den Zwanzigern, und er scheint ziemlich gut gelaunt. Zumindest wuschelt er sich grinsend durch die schwarzen Haare, als er vor mir stehen bleibt und eine Augenbraue in die Höhe zieht.

»Darf ich fragen, warum du in meiner Garage warst? Auto zum Klauen steht keines da – das ist gerade in der Werkstatt. Hab die linke Seite zerkratzt. Briefkästen sind zu dieser Jahreszeit total aggressiv!«

Ich will eigentlich mit ihm mit grinsen, weil Typen mit kokettem Augenaufschlag und lustigen Sprüchen mich problemlos mit ihrer guten Stimmung anstecken können, aber mein Kopf prozessiert gerade, dass ich die falsche Garage erwischt habe. Hier wohnt nicht Vincent, sondern der schwarzhaarige Jan-Verschnitt, der gerade zu Recht von mir wissen will, warum ich Zeug bei ihm ablege und dann abhaue. Habt ihr hier alle denselben Garageninnenausstatter, der Aluminiumtische liebt?!

»Ich wollte nicht einbrechen! Ich habe die Garage verwechselt. Ich wollte zu … deinem Nachbarn. Ich soll eine Mappe abliefern. Ich arbeite für ihn, war aber noch nie hier, deshalb …« Ich beiße mir auf die Zunge, weil ich nicht zu viel verraten will. Keine Ahnung, was Vincents Nachbarschaft über seinen Job weiß. Ich schätze, er hängt nicht unbedingt an die große Glocke, dass er die exklusivste Escort-Agentur der Schweiz betreibt. Und selbst wenn er es tut, will er bestimmt nicht, dass seine Umsatzzahlen in fremde Hände geraten.

Bin ich froh, dass der Kerl aufgetaucht ist! Vincent hätte mich gekillt!

»Sorry! Ich nehme die Mappe wieder mit und verschwinde! Haus Nummer 11 – dazu gehört die Garage nebenan, oder? Christensen …«, murmle ich, als wäre sein Nachname ein Geheimnis, aber ich schätze, seine Nachbarn wissen, wie er heißt. Steht bestimmt auch auf seinem Briefkasten – den der Typ vielleicht angefahren hat.

Er dreht sich um, blickt zu dem Tisch, den ich schon die ganze Zeit fokussiere, und geht darauf zu. »Die hier sollst du ihm bringen?«, will er wissen und beäugt prüfend die Mappe, während er sie hochhebt.

Ich trete wieder in die Garage, bleibe neben ihm stehen und strecke die Hand aus. »Ja, danke. Und entschuldige noch mal den Einbruch.«

Er sieht auf meine auffordernd wackelnden Finger und neigt dann den Kopf. »Wie heißt du eigentlich?«

»Emma.«

»Wie alt bist du?«

»Zweiundzwanzig. Kann ich meine Mappe bitte haben?«

»Sicher. Später. Zuerst trinkst du etwas mit mir«, meint er und klopft mir grinsend mit dem Rücken der Mappe auf die Nase. Ich will sie mir schnappen, aber er zieht sie hoch. »Ich bin größer als du! Und stärker, versuch's erst gar nicht!«, brummt er und klingt dabei so amüsiert wie Kevin, seit er festgestellt hat, dass er mir körperlich überlegen ist.

Ich verfinstere den Blick. »Du kannst doch nicht mein Zeug behalten, bis ich etwas mit dir trinke! Das ist Erpressung!«

Er zuckt mit den Schultern. »Na ja, und du kannst nicht einfach in meine Garage latschen. Das ist Hausfriedensbruch.«

»Ich hab mich nur mit dem Haus vertan!«

»Blöd gelaufen. Jetzt bist du hier. Komm schon. Ich zwinge dich ja nicht, mit mir zu knutschen, nur auf einen Drink reinzukommen. Du bist hübsch und ich will mit dir quatschen. So schlimm?«

»Ja … Ähm, nein?«

Dass ich so fragend klinge, liegt daran, dass er mich verwirrt. Er klimpert mit den haselnussbraunen Augen und versucht nicht mal, zu verstecken, dass es ihm Spaß macht, mich zu mustern. Außerdem klingt er im Grunde nett und dann doch irgendwie wie der Teufel. Aber keiner, vor dem man Angst haben muss, es sei denn, böse Jungs mit Grübchen und Selbstbewusstsein machen einem welche.

»Ich bin wirklich beruflich unterwegs ... ein Botengang, mehr nicht. Ich muss ...«

»Pfff!«, tönt er, winkt mit der Hand ab, die die Mappe nicht rausrücken will, und greift mit der anderen nach meiner. »Die Arbeit kann doch zwanzig Minuten warten, oder? Es ist Wochenende und ich habe echt leckere Früchtebowle gemacht. Ich verspreche auch, ich passe gut auf die Mappe auf und du darfst nach zwanzig Minuten wieder gehen, wenn du keinen Bock mehr hast!«,

»Also wird das hier eine Zwanzig-Minuten-Entführung?«, frage ich und sehe ihn vorwurfsvoll an, nachdem ich seine Hand angefunkelt habe, die meine nicht mehr loslässt.

Er grinst. »Also Entführung klingt kriminell. Können wir es Einladung nennen? Mit Knutschoption?«

»Knutschop... Was?! Ich will doch nicht mit dir ...!«

»Mach mal die Schublade auf!«, fällt er mir in den Satz, zieht mich ein Stück weiter und deutet dann mit dem Kinn auf einen der grauen Schränke. »Die da unten. Da liegt eine Kiste, auf der ›Untersetzer‹ steht. Die wollte ich eigentlich holen.«

»Dann hol sie dir selbst!«

»Ich hab die Hände voll!«

»Ja, weil du mich und meine Mappe festhältst!«

»Genau.«

Okay, wir kommen in diesem Gespräch nicht weiter. Scheiß drauf. Dann trinke ich eben eine Bowle mit … dem hartnäckigen Typen, der hier wohnt.

Ich wurde schon bescheuerter angeflirtet. Und hatte schlimmere Dates. Eindeutig schlimmere Dates.

Ich schnappe mir die Kiste, die er meint, und werde dann durch die weiße Tür gezogen, die zuerst in eine ausladende Garderobe und danach in einen noch ausladenderen Wohnbereich führt.

Mir war klar, dass ich in einem wohlhabenden Viertel bin, in der nicht nur Escort-Bosse auf großem Fuß leben, sondern die gesamte Nachbarschaft, aber oh mein Gott, ist das ein cooles Haus!

Der Stil ist irgendwie amerikanisch. Weiße Küche mit breiter Kochinsel und dunkler Marmorplatte, helle Echtholzdielen, ein moderner Kamin, der hinter Glas liegt, und ein total überdimensioniertes Sofa, auf dem man unbedingt mal probeliegen möchte. Werde ich nicht! Kann der aufdringliche und doch irgendwie anziehende Typ sich abschminken.

Klar, er ist hübsch, vor allem im Profil, aber seine Züge sind mir etwas zu weich. Dagegen hat sogar Jan ein markantes Gesicht, und der ist ein Engel.

»Die Kiste stellen wir hier ab«, weist er an und zeigt auf die Küchenzeile. »Und dich stellen wir hier ab«, fügt er grinsend hinzu, dreht mich schwungvoll, so als würden wir tanzen und positioniert mich dann zwischen Tresen und ihm selbst. Er zeigt beim Grinsen die schneeweißen Zähne und kommt so nah, dass mir sein Parfum in die Nase steigt.

»Hey! In die Knutschoption habe ich nicht eingewilligt!«, protestiere ich, weil er gerade so ausgesehen hat, als wollte er mich küssen. Macht er aber nicht. Er zwinkert nur.

»Würde ich nie tun! Du kennst mich doch erst zehn Minuten. Gib mir zwanzig, dann willst du's auch!«

Ich weiß nicht, ob ich über so viel Selbstbewusstsein den Kopf schütteln oder lachen soll. Irgendwie ist er trotzdem nicht unsympathisch. Er wirkt einfach nur ziemlich lebenslustig und irgendwie schräg.

»Ich komme gleich wieder, dann bekommst du die versprochene Bowle!«, kündigt er an und läuft zu der großen Treppe, die hinauf in den ersten Stock führt.

»Wohin gehst du?«

Er dreht sich auf halber Strecke zu mir um und wedelt zwinkernd mit der Hand. »Deine Mappe verstecken, damit du nicht abhaust, bevor du mich total lieb gewonnen hast!«

Dass er mit Vincents Unterlagen in den ersten Stock verschwindet, finde ich alles andere als gut. Ich überlege, ob ich ihm hinterherlaufen soll, aber wenn er die Mappe in zwanzig Minuten nicht wieder rausrückt, stelle ich das schicke Haus auf den Kopf.

Schon seltsam. Wie kommt ein so junger Mensch an so verdammt viel Geld? Erbe? Bitcoins? Drogen?

»Hey, deine scheiß Anlage ist wieder ausgefallen, wir haben … Oh, hallo, wer bist du denn?«

Der Typ, der gerade durch eine der großen Terrassentüren gelaufen kommt, mustert mich. Brünett, Sidecut, ein ähnlich kokettes Grinsen wie mein Entführer, aber sein Gesicht ist noch weicher.

»Das ist Emma, hab sie in der Garage gefunden«, tönt es von der Treppe. »Sie ist meine neue Freundin. Feste Freundin, um Missverständnisse vorzubeugen.«

Ich weiß, er macht Faxen, aber er erntet trotzdem strafende Blicke von mir. »Ich kenne nicht mal deinen Namen und ich bin nur hier, weil du mich in dein Haus gezogen hast«, stelle ich klar.

Er hüpft die letzten Stufen hinunter und stellt sich neben mich. »Ich heiße Milas. Ach, und übrigens, ich hab 'ne kleine Party laufen, hatte ich das erwähnt?«

Er deutet zu der Glasfront am Ende des Wohnzimmers. Die Rollläden sind überall hinuntergezogen, man sieht nicht nach draußen, aber ich schätze, dahinter liegt ein Garten. Und nein, er hatte nicht erwähnt, dass er eine Party feiert!

»Wenn du Freunde hier hast, kann ich gehen, du hast dann ja genug Gesellschaft.«

»Nein! Nicht gehen! Du hast doch noch gar nicht von meiner Bowle gekostet!«

Er nimmt mich wieder an der Hand und läuft mit mir durch die Terrassentür.

Mein Blick schweift über die coolste private Gartenanlage, die ich jemals gesehen habe. Das Gras sieht beinahe unecht grün aus und der Pool unecht türkis. Ein Pavillon, ein überdachter Bereich mit Sitzgruppen – das hier ist das reinste Urlaubsresort!

Und er feiert wirklich eine Party. Da sind mindestens dreißig Leute, auch wenn das auf der weitläufigen Fläche nicht viel wirkt. Das Grundstück ist riesig.

»Was feierst du?«, frage ich, während er mit mir zu dem Tisch mit den Getränken läuft, der so gefüllt ist, als wäre das hier von einem Catering organisiert worden.

»Ich hatte schon vor einer Weile Geburtstag. Aber ich bin eigentlich meistens im Ausland. Jetzt bin ich hier und feiere mit alten Freunden nach.«

Also das ›alte Freunde‹ nicke ich definitiv nicht ab. Während Milas mir einen Becher mit der Bowle füllt, die zugegebenermaßen ziemlich lecker aussieht, lasse ich den Blick über die Gesichter hier schweifen.

»Sag mal, wie alt bist du denn geworden?«, murre ich misstrauisch, weil mir ein etwas verstörender Verdacht kommt.

»Hast du schon versucht, die Playlist neu zu laden?«, fragt Milas seinen Freund und überhört meine Frage.

»Ja, sicher. Aber euer Internet spinnt!«

»Lass mich mal sehen. Ich komme gleich wieder, nicht weglaufen!« Der letzte Satz ging an mich. Er folgt seinem Freund in Richtung Pavillon und drückt mir vorher noch den Becher in die Hand.

Die beiden Jungs, die auf mich zukommen und sich auch etwas einschenken, grinsen mich an, das Mädchen funkelt.

»Dich habe ich noch nie gesehen. Total schade«, meint der Braunhaarige und zwinkert mir zu.

»Hey, ich glaube, sie ist Milas' Freundin. Ich würde erst mal fragen, bevor du sie anflirtest, sonst wird er wieder sauer«, rät der Blonde.

»Du weißt, dass Milas mindestens drei Freundinnen hat, die er heute einfach nicht eingeladen hat? Würde mir nichts darauf einbilden«, giftet das Mädchen mich an.

Offensives, unbeholfenes Geflirte, Zickenspielchen, Bowle, aber kein härterer Alkohol … nur Cola, Fanta, Sprite, Capri-Sonne …

Ähm. Ich muss hier ganz dringend verschwinden! Ich bin auf einer Teenager-Party gelandet!

Wie mir nicht sofort auffallen konnte, dass die Gäste hier sogar jünger als Kevin und seine Freunde aussehen, weiß ich nicht. Es ist aber manchmal verdammt schwer, zu schätzen, ob jemand schon erwachsen ist oder nicht.

Milas sieht älter aus, aber nur wenn seine Freunde mit den besonders weichen Gesichtern nicht um ihn herumtollen. Die Mädchen sind noch schwerer einzuordnen, aber manche Jungs hier können definitiv nicht verstecken, dass sie wochentags um spätestens elf im Bett sein müssen, weil Mama sonst Stress macht. So wie der Typ, der mich gerade ›abcheckt‹.

Guck mir nicht auf den Ausschnitt! Wie alt bist du?! Neun?!

Ich weiß nicht, ob er Flaschendrehen mit mir spielen oder gestillt werden will.

Ach du Scheiße, ich muss hier raus!

»Macht die Schule fertig, nehmt keine Drogen, und Tattoos wandern mit der Erdanziehungskraft nach unten, wenn ihr älter werdet!«, klugscheiße ich, während ich meine Bowle zurück in die Schüssel schütte und auf den Absätzen kehrtmache.

Milas' Gäste starren mir bestimmt nach, als hätte ich mich plötzlich in eine alte, nörgelnde Frau verwandelt, aber darauf habe ich es auch angelegt.

Als ich zurück ins Haus laufe, hämmert mein Herz wie verrückt. Nicht, weil Teenager mir Angst machen, sondern weil ich bete, dass Milas' Eltern nicht zu Hause sind und sich gleich wundern, warum eine rothaarige Frau Anfang zwanzig ihren ersten Stock durchwühlt.

Ich brauche die Mappe wieder!

Vincent wird mich umbringen, wenn er herausfindet, dass ich seine Buchhaltung auf der Geburtstagsfeier seines Nachbarsjungen verloren habe! Wie erkläre ich das denn?!

Wieso musste der Kleine im Garagenlicht auch so alt aussehen!

Die Treppe endet in einem galerie-ähnlichen Flur. Das verdammte Haus ist riesig, aber Milas kann nicht weit gelaufen sein, er war nicht mal eine Minute weg.

Ich drücke die erste Tür auf, die ich erreiche, und lande in einem Badezimmer. Whirlpoolwanne, Glasdusche, einfach nur der Wahnsinn, aber ich kann gerade keine 5-Sterne-Bewertung abgeben, weil ich unter Zeitdruck stehe. Darauf, auf eine skeptische Mutter zu treffen, der ich erklären muss, wieso eines der Flittchen ihres verwegenen Nachbarn sich von ihrem Sohn dazu hat bequatschen lassen, nur mal kurz, aber mit Knutschoption, mit reinzukommen, habe ich keinen Bock.

Welcher erwachsene Mann benutzt denn das Wort ›Knutschoption‹?! Ich bin ja so bescheuert!

Als ich den Kopf vorsichtig in den nächsten Raum strecke, steigt mir ein Wahnsinnsduft in die Nase. Hier riecht es sogar reich! Irgendwie nach teurem Raumspray und einer Note Herrenduft.

Bevor mein Blick irgendetwas anderes erspähen kann, bleibt er an dem Gemälde an der Wand gegenüber kleben. Es ist riesig, thront über einem modernen Schreibtisch und versetzt mir einen so unangenehmen Flashback, dass ich Gänsehaut bekomme.

Viel Schwarz, das einprägsame Rot und diese verstörend brutale Ästhetik – ich bin kein Kunstexperte, aber Finns Arbeiten tragen die prägnante Handschrift eines unheimlich begabten, aber sadistischen Genies und ich würde sie immer wiedererkennen.

»Kannst du mir erklären, wie du hierherkommst und wieso du meine Wand anstarrst?«

Der Schreck lässt mich zurück in den Flur springen und panisch die Tür zuknallen. Ich habe niemanden gesehen, aber die männliche, raue Stimme gehört definitiv zu jemandem. Keinem Teenager, einem erwachsenen Mann. Sie klang so gänsehauterregend vertraut.

Nein, das kann gar nicht Finn sein. Unmöglich. Er lebt in einem Loft in der Innenstadt. Aber …?

Ich öffne die Tür erneut und trete vorsichtig in den duftenden Raum.

PRIVAT

»Neuer Versuch? Na gut. Erklär mir, wie du hierherkommst und wieso du mich anstarrst.«

Ich starre wirklich. Auf das graue Ledersofa an der linken Seite des Raumes. Dass ich seine Stimme mit Finns verwechselt habe, lag nur daran, dass dieses Bild meinen Verstand blockiert hat. Sie klingen nicht annähernd ähnlich. Eigentlich klingt niemand wie er, er hat die tiefste Stimme der Welt.

Vincent liegt auf dem Sofa, einen eReader in der Hand, den Unterarm, auf dem die schwarzen Vögel gestochen wurden, hinter dem Kopf.

»Wenn du jetzt noch mal mit meiner Tür wirfst und davonläufst, ohne ein Wort zu sagen, schmeiße ich dich raus. Nicht nur aus meinem Haus, auch aus der Agentur.«

»Entschuldige! Ich wollte sie nicht zuknallen. Und ich wollte auch nicht starren. Ich bin nur so überrascht, dass du … hier … liegst und liest.«

Vincent zieht eine der schwarzen Brauen nach oben. Ich hatte vergessen, wie markant dieses von Natur aus blasse Gesicht ist und wie dunkel seine Augen leuchten. »Na ja, für gewöhnlich nehme ich mir kein Hotelzimmer, um zu lesen. Das tue ich zu Hause.«

»Du … wohnst hier«, spreche ich aus, was eigentlich nur unsicher fragend durch meine Gedanken streifen sollte.

Das macht gerade keinen Sinn für mich. Ich weiß, dass ich im falschen Haus bin. Milas hat doch …

»Du klingst seltsamerweise so, als ob du nicht damit gerechnet hättest, mich hier anzutreffen. Bist du einfach in ein fremdes Haus gegangen, hast Türen aufgemacht und jetzt stehen wir hier und reden?«

Das würde mich sogar weniger irritieren. Ich beiße mir auf den Lippen herum, weil ich angestrengt darüber nachdenke, wie das hier zusammenpasst.

»Klär mich auf, bevor ich ungeduldig werde, Emma«, fordert Vincent mich auf. Sein Tonfall wird etwas rauer und eindringlicher. Ich begradige automatisch die Haltung und reiße mich am Riemen.

»Claire hat mich gebeten, in die Agentur zu fahren und dir die Mappe mit der Buchhaltung vorbeizubringen.«

Er starrt mir drei Sekunden lang in die Augen, dann funkeln seine dunklen Iriden. »Schön, dass sie das mit mir abgesprochen hat.

Siebzehn Jahre Zusammenarbeit in Schweigen und Aus-dem-Weg-Gehen enden lassen – wenn sie will …«

Oje, er ist sauer.

»Das erklärt aber noch nicht, warum du im oberen Stock herumläufst und Türen öffnest, ohne anzuklopfen. Ich habe eine Klingel. Und eine Haustür, vor der man warten kann, bis man hereingebeten wird.«

»Ich wollte dich nicht stören, ich sollte die Mappe nur in der Garage ablegen. Habe ich auch! Aber dann … kam jemand an und hat sie mir weggenommen.«

»Jemand hat sie dir weggenommen?«, wiederholt Vincent und zieht beide Brauen nach oben.

»Ja. Ich dachte, ich wäre in der falschen Garage.«

»Die gehören beide mir«, stellt er tonlos klar.

»Das wusste ich nicht. Und dann kam Milas an und ich dachte, ich wäre im falschen Haus – das habe ich ihm auch gesagt, aber er hat kein Wort darüber verloren, dass du hier wohnst. Und dann hat er die Mappe … irgendwo in den ersten Stock getragen.«

Vincent klappt den Reader so laut zu, dass ich zusammenzucke. Ich mustere ihn mit großen, aufgeregten Augen, als er zum Fenster geht, es öffnet und dann seinen Garten beschallt. »Milas!« Er neigt den Kopf nach draußen. »Nein! Jetzt! Stell das Zeug hin und komm rauf!«

Vincent muss nicht mal schreien, um laut zu klingen. Er schließt das Fenster wieder, seufzt, reibt sich den Nasenrücken mit den Fingern und blickt dann erwartungsvoll zur Tür.

Ich bin mir sicher, Milas läuft gerade. Ich würde zumindest rennen, würde Vincent mich so rufen. Jeder andere auch. Er lässt sich aber überraschend viel Zeit. Das fällt mir auf, weil ich in Unbehagen und Verwirrung brenne, bis er endlich durch die Tür geschlendert kommt.

»Jaaa?«, tönt er fragend, aber gut gelaunt und bleibt neben mir stehen.

»Hast du Emma glauben lassen, sie wäre im falschen Haus?«, fragt Vincent und mustert ihn so eindringlich, dass ich mir sicher bin, dass er sofort mit der Wahrheit rausrückt.

»Nö.«

Oder nicht.

Mein Blick schnellt zu ihm. Wenn er mich jetzt ins offene Messer laufen lässt, ziehe ich ihm seine Bowle-Schüssel über den Kopf!

»Na ja … ich habe sie nicht wissen lassen, dass sie im richtigen Haus ist. Das ist schon etwas anderes.«

Vincent seufzt. »Kannst du mir erklären, wieso du das tust?«

»Nö.«

»Milas!«

»War nur Spaß! Sie sieht so jung aus, ich dachte zuerst, sie wäre einer meiner Gäste.« Er grinst und zuckt mit den Schultern.

Total gelogen. Er wusste, dass ich für Vincent arbeite, das habe ich auch gesagt.

Vincent überdreht die Augen. Ich kenne den Blick. Kleine Brüder nerven – das kann ich absolut nachvollziehen.

Dass er auch so eine Kröte zu Hause hat, wusste ich nicht. Aber ich hätte die Ähnlichkeit sehen können, hätte ich etwas genauer hingesehen. Die gleiche helle Haut zu pechschwarzen Haaren. Die gleiche Kinnpartie, obwohl Vincents Gesicht natürlich deutlich markanter ist.

Dass ich mich von seinem kleinen Bruder habe anflirten lassen, ist mir ziemlich peinlich. Als würde sich Claire von Kevin dazu überreden lassen, etwas mit ihm zu trinken.

»Entschuldige dich bei Emma. Und wenn du noch einmal jemanden anlügst …«

»Entschuldige!«, fällt Milas ihm ins Wort, damit er seine Drohung nicht ausspricht. Er schmunzelt mich verstohlen an.

Wow, ich will wissen, wie man kleine Brüder so gut abrichtet! Vincent sollte einen Ratgeber schreiben.

»Schon gut«, entgegne ich. »Wo hast du die Mappe hingelegt?«

»Liegt im Gästezimmer. Kann ich wieder gehen? Sonst werfen die sich noch in den Pool und das willst du nicht.«

Vincent nickt und Milas macht auf dem Absatz kehrt. Er streckt den Kopf aber noch mal durch die Tür und blinzelt seinen Bruder an.

»Du, Papa, das Internet funktioniert nicht. Weißt du, wieso?«

»Sehe ich aus wie jemand von der Telefongesellschaft? Schalt das Modem mal aus und ein.«

»Hab ich schon. Tut sich nichts.«

»Na dann …«

»Aber ich streame Musik über mein Handy! Kann ich jetzt nicht mehr.«

»Leg eine CD ein.«

»Ich hab keine CDs, ich bin doch nicht hundert!«

»Willst du eine von meinen CDs haben?«

»Oh mein Gott, ja. Ich war sowieso der Meinung, dass es Zeit für alle ist, nach Hause zu gehen! Bruce Springstone hilft mir garantiert dabei!«

»Bruce Springstone … sicher«, murmelt Vincent und lehnt sich seufzend an seinen Schreibtisch, während SEIN SOHN wieder zu seinen Freunden geht.

Ja, ich habe das ›Papa‹ gehört und stecke seither all meine Energie da rein, nicht wie ›Der Schrei‹ von Edvard Munch auszusehen.

Milas ist sein Sohn! Wann hat er ihn gezeugt?! Mit … Na ja, wenn Victor schon gern mit Kurt Cobain abgehangen hat, war Vincent garantiert auch dabei. Aber er sieht so alterslos aus. Manchmal wie Mitte dreißig und dann wieder … Oh mein Gott, er hat ein Kind! Und es hat mich entführt, um mit mir zu knutschen!

»Überrascht?«, reißt mich die tiefe, plötzlich sehr melodisch klingende Stimme aus den Gedanken. »Du wusstest nicht, dass ich einen Sohn habe«, unterstellt er mir wahrheitsgemäß. »Die meisten sind perplex, wenn sie davon erfahren. Einem Escort-Agentur-Besitzer steht die Vaterrolle augenscheinlich nicht sonderlich gut.«

Das stimmt nicht. Dieses Gespräch über das Modem war ein Vater-Sohn-Dialog par excellence. Die Rolle steht ihm, aber überrascht bin ich trotzdem.

Ich hatte bisher überhaupt kein Bild von Vincents Privatleben. Es gab für mich keinen auf dem Sofa liegenden, ein EBook lesenden Vampir, nur einen, der ein ganzes exklusives, verruchtes Imperium managt und unter Kontrolle hält. Klar geht er aber auch mal nach Hause und ist dort anscheinend … ›Du, Papa‹.

»Doch, der Vater steht dir sehr gut! Ich bin mir sicher, du machst das mit dem Erziehen genauso hervorragend wie die Sache mit der Agentur. Und dem Club. Milas ist total nett und …«

»Ich wollte nur wissen, ob du überrascht bist, ich habe keinen Antrag auf Absolution bei dir eingereicht«, unterbricht er mich und schüttelt langsam den Kopf. »Dass jemandem aus dem Sex-Business die Vaterrolle augenscheinlich nicht steht, war keine Bitte um schmeichelndes Dementi, sondern eine Feststellung. Ich arbeite in einer Branche, die sich nicht gut mit Kindern vereinbaren lässt. Das ist eine bloße Tatsache. Mein Selbstbewusstsein musst du nicht streicheln, ich weiß, was ich tue und wie und ob ich darin gut bin oder nicht. Wir beide müssen das mit dem Kommunizieren noch üben. Du verstehst mich gern falsch, Emma.«

Vincents Dominanz beruht auf einer so ruhigen, einnehmenden Art, dass man selbst dann Gänsehaut bekommt, wenn er gar nicht sauer ist.

Victor ist vielleicht lauter und direkter und lässt einen unmittelbarer zusammenzucken, aber ich verstehe zumindest immer, was Sache ist. Wenn Vic ›Halt die Klappe!‹ brummt, will er, dass ich die Klappe halte. Wenn Vinc mit der dunklen Stimme ›Du verstehst mich gern falsch‹ summt, kann das alles heißen. Er hat nämlich absolut recht, ich kann ihn nicht einschätzen.

Er hat die Hände in den Hosentaschen vergraben, lehnt noch immer an seinem Schreibtisch, ein Bein locker vor das andere gestellt. Jeans, graues Shirt, kein Gel in den Haaren. Trotzdem sieht er aus wie der dunkle König des rosenbedeckten Wunderlands.

Hat durchaus Anhimmelpotenzial, wenn man Abstand hält und ihn nur aus der Ferne bewundert. Aber mit ihm zu reden, fühlt sich an, als würde man durch ein Minenfeld laufen, wobei der Wegesrand voller Fettnäpfchen ist.

Ich muss mich am Riemen reißen und aufhören, einfach vor mich hin zu plappern.

»Entschuldige. Ich hab dich wohl wirklich falsch verstanden«, gestehe ich und warte, bis der Escort-König wieder zu mir spricht.

»Das funktioniert so nicht«, sagt er und neigt erwartungsvoll den Kopf, so als müsste ich ihn jetzt schon verstehen. Tue ich nicht, aber ich halte mich zurück, bleibe still und warte auf eine Erklärung.

So rational bin ich für gewöhnlich nicht, aber Vincent erzieht wirklich effektiv und schnell. Drei Sätze von ihm und ich verhalte mich nicht mehr wie ein verpeiltes, nervöses Ding ohne Sprachausschaltknopf.

»Entweder interpretierst du mich falsch oder du siehst mich so an, als hättest du Angst vor mir. Beides muss nicht sein. Wenn du nachdenkst, bevor du redest, kannst du mir gern Fragen stellen oder deine Meinung sagen. Du musst nicht vor mir zu Kreuze kriechen, schweigen oder alles abnicken. Mir so devot aus dem Weg zu gehen, funktioniert vielleicht, wenn wir uns nur ab und an am Telefon über Buchungen unterhalten, aber nicht, wenn du zu mir nach Hause kommen willst.«

»Ich weiß nicht, was du meinst.«

»Bin ich so kompliziert?«

Ja!

»Nein, aber ich habe nicht vor, dich noch mal privat zu stören. Ich habe Claire nur einen Gefallen getan, weil sie nicht konnte. Ich platze nie wieder in dein Haus, versprochen.«

»Ach, weißt du mehr über Claires zukünftige Pläne als ich? Kommt sie nächste Woche wieder? Steigt sie nicht aus? Will sie mich nicht aus ihrem Leben haben, weil sie mich plötzlich für Gift für ihre lächerliche Beziehung hält?«

Miene, Miene, Fettnäpfchen, Miene – ich weiß nicht, wohin ich springen soll!

Vincent wird merklich sauer, wenn das Thema auf Claire fällt.

»Ich weiß bestimmt nicht mehr als du. Und nein, ich denke nicht, dass sie bleibt, aber ich kann die Mappe beim nächsten Mal wirklich nur in die Garage legen. Wenn du willst, dass ich sie wieder vorbeibringe. Kein Problem, mache ich gern.«

Vincent mustert mich mit versteinerter Miene. Worüber er nachdenkt, kann ich nicht sagen, nur dass ich stolz auf mich bin, weil ich noch nicht hyperventiliert, gequietscht oder mich sonst irgendwie dämlich verhalten habe.

»Bist du nicht neugierig? Gehst du, ohne mir die Fragen zu stellen, die du gern stellen würdest? Private Fragen. Kannst du darauf verzichten? Und so tun, als wärst du nie hier gewesen? Bin ich so uninteressant für dich?«

Was wird das denn jetzt? Ein Test, den ich ausschließlich verbocken kann? Wieso stellt er so merkwürdige Fragen über meine Fragen? Klar bin ich neugierig! Ich brenne in meiner Neugier, aber ich denke, er will hören, dass ich die Klappe über all das hier halten kann und nie wieder darüber sprechen werde. Oder?

»Nicht nervös werden, Emma. Sag mir nicht, was du denkst, das ich hören will, sondern die Wahrheit.«

Ich hole Luft, viel mehr, als ich für den kurzen Satz brauche. »Du bist alles andere als uninteressant«, gestehe ich, zucke vorsichtig mit den Schultern und will noch etwas ergänzen, aber Vincent schmunzelt plötzlich.

»Gut. Dann bleib noch eine Weile hier. Ich könnte Gesellschaft von jemandem gebrauchen, der zumindest schon eine Weile erwachsen ist. Aber hör auf, mich anzusehen, als wäre das hier wieder dein Vorstellungsgespräch. Ich habe dich schon eingestellt. Übrigens auch, um Männern Gesellschaft zu leisten und Konversation zu betreiben. Kannst du dabei bitte nicht so aussehen, als würde ich dich ängstigen, sobald ich die banalsten Sätze sage?«

Ich nicke. Er hat recht, die Sache mit dem Konversationbetreiben sollte ich draufhaben. Obwohl ich nicht weiß, ob ich verhindern kann, dass die Nervosität hinter meinen Augen leuchtet. Das ist keine Angst, das ist Respekt – Respekt vor einem Mann mit so viel Macht und so vielen Facetten, dass ich … Oh mein Gott, ich verstehe gerade zum ersten Mal den Titel von ›Fifty Shades of Grey‹ – das hier ist ›Fifty Shades of Black‹!

Vincent macht eine auffordernde Kopfbewegung. Ich komme auf ihn zu, stehe aber allein vor seinem Schreibtisch, weil er nicht mehr daran lehnt, sondern an dem silbernen Tisch mit den Getränken hantiert. Als er mir ein Glas über die Tischplatte zuschiebt, sehe ich ihn fragend an.

»Koste.«

Wie er so schnell einen so bunten Drink mixen konnte, weiß ich nicht, aber das Ding ist eine Geschmacksexplosion. Fruchtig, süß, irgendwie kitzelnd sauer im Abgang – total lecker.

»Danke! Was ist das?«

Vincent schenkt sich selbst ein Glas Whiskey ein. Oder Rum – beides braun, ich kann das nicht unterscheiden.

»Eigenkreation. Kannst du genau so im ›SORT‹ bestellen. Nennt sich V-6.«

»V-6?«

»Ja. Hast du eine Lieblingscocktailzutat?«

»Vielleicht Malibu? Ist da welcher drin?«

»Noch nicht.« Victor greift sich eine Flasche aus der mehr als gut gefüllten Bar und verleiht meinem Cocktail einen zusätzlichen Schuss. »Und?«

»Ja … Merkwürdig. Aber lecker.«

Er nickt und lehnt sich dann wieder neben mich an den Schreibtisch. »Gefällt dir der Club?«, fragt er und schwenkt sein Glas, während er mich mustert.

Ich will mich auch an den Schreibtisch lehnen, lasse es dann aber, weil mein Körper einfach zu angespannt ist. Es ist zwar nett, dass er mir etwas zu trinken anbietet und Small Talk mit mir führt, aber es fühlt sich seltsam an, hier zu sein und in die Privatsphäre eines Mannes einzudringen, der nicht mal beruflich viele Menschen an sich heranlässt. Niemand bekommt einfach so einen Termin bei Vincent und jetzt wirkt er so, als hätte er alle Zeit der Welt.

»Der Club ist der Wahnsinn. Ich war gestern zum ersten Mal dort«, erzähle ich und sehe ihn mit den Schultern zucken.

»Ich weiß.«

Ähm … okay?

»Warst du auch da?«, will ich wissen.

»Nein. Ich bin kaum noch dort, es läuft auch ohne mich. Aber ich weiß, wer durch meine Tür kommt – Clubtür oder Agenturtür.«

Ich nicke und versuche, nicht paranoid zu werden. Dass Vincent so viel weiß und alles sieht und mitbekommt, ist Teil seiner geheimnisvollen Aura und Teil meiner Albträume.

Mittlerweile habe ich ein oder zwei Dinge getan, die er lieber nicht erfahren sollte. Unter anderem seinem Sohn auf den Hintern geguckt – als ich noch geglaubt habe, er wäre über zwanzig!

Ich habe gerade das Gefühl, dass er meine Gedanken liest und sich meine Missetaten notiert. Warum er den Cocktail V-6 nennt, wird mir auch klar. Weil man sechs davon braucht, um sich nicht mehr in die Hosen zu machen, sobald er einen ansieht.

Ein lautes, platschendes Geräusch aus dem Garten lässt uns beide die Köpfe drehen. Vincent brummt das Fenster an, bevor er darauf zugeht. Ich folge ihm, stelle mich auf die Zehenspitzen und schiele über seine Schulter.

Ja, da ist jemand im Pool gelandet. Aber sie ziehen ihn gerade wieder raus.

»Egal, ob sie sieben oder siebzehn sind, man kann sie nicht allein lassen, weil sie sonst absaufen.«

»Wieso feiert Milas seinen Geburtstag eigentlich nicht in deinem Club?«, will ich wissen. Er hat mir vorhin schließlich erlaubt, neugierig zu sein. »Du hättest doch die perfekte Location für eine Party. Nicht, dass dein Garten nicht der Wahnsinn wäre, aber im Club könnten sie sich zumindest nicht ins Wasser werfen.«

Vincent neigt den Kopf. »Du willst wissen, wieso ich es vermieden habe, einem Haufen Eltern zu erklären, wieso ich ihre Kinder in meinen Nachtclub lasse?«

»Na ja, du hättest ihn doch bestimmt geschlossen. Und eben nur Bier und Wein ausgeschenkt, nichts Hartes, oder …«

»Sicher hätte ich das. Aber ich bin der Vater mit dem zweifelhaften Beruf – so jemandem vertraut man nicht, egal welche Rahmenbedingungen er schafft.«

»Wissen sie, dass du …«

»Nein. Der Club gibt genügend Anlass, damit sich spießige Helikoptereltern das Maul über mich zerreißen. ›Evig Roses‹ ist eine

Model- und Eventagentur, die ich nur nebenher betreibe. Ironischerweise habe ich ein paar der besonders spießigen Väter in meiner Kundenkartei. Doppelmoral stand schon immer ganz hoch im Kurs. Aber erklär das einem Neunjährigen, der dich fragt, warum seine Klassenkameraden nicht auf seine Geburtstagsfeier kommen dürfen.«

Menschen können solche Idioten sein. Nur weil Vincent in einem eher ungewöhnlichen Gewerbe arbeitet, heißt das nicht, dass er ein schlechter Vater ist oder kein Pflichtbewusstsein hat. Und Milas kann erst recht nichts dafür.

»Das ist doch beschissen …«, murre ich vor mich hin.

Vincent nickt. »Milas hatte es nie einfach mit mir. Er war zuerst auf einer öffentlichen Schule. Aber ich musste ihn runternehmen, als er elf wurde. Es ging nicht mehr. Sogar die Lehrer haben ihn unfair behandelt. Er saß ein Jahr lang allein an einem Tisch und hat schlechte Noten dafür bekommen, wenn niemand mit ihm Referate oder Gemeinschaftsarbeiten machen wollte. Er hat sehr darunter gelitten, mein Sohn zu sein.«

Was Vincent mir erzählt, während er den Blick nach draußen gerichtet hat, tut mir im Herzen weh. Wenn jemand Kevin so behandeln würde, würde ich ausrasten.

»Ich wusste zuerst nichts von seinen Problemen an der Schule. Als er aufsässig wurde und Mist gebaut hat, habe ich es erfahren. Aber was erwartet man von einem Kind, das über lange Zeit in die Ecke gedrängt und selbst von Erwachsenen, die es eigentlich beschützen und aufs Leben vorbereiten sollten, mit Steinen beworfen wird? Ich bin froh, dass er stark genug war, zurückzubeißen, und nicht daran zerbrochen ist. Ich habe ihn für den Mist, den er an der alten Schule gebaut hat, nie bestraft. Er wusste sich nicht anders zu helfen. Aber er hätte mir viel früher davon erzählen müssen.«

»Ich hoffe, du hast den Lehrern deine Meinung gegeigt«, murre ich vor mich hin, weil mich die Geschichte wütend macht, obwohl Vincent nicht wirklich mit den Vorfällen ins Detail gegangen ist. Ein Kind fertigzumachen, ist einfach nur schäbig, erst recht, wenn die fadenscheinige Begründung dazu lautet, dass sein Vater einen fragwürdigen Beruf hat. Bescheuert.

Vincent schmunzelt kurz und zuckt mit der linken Schulter. »Oh, ich denke, ich bin der rachsüchtigste Mensch der Welt, wenn es um meinen Sohn geht. Glaub mir, jeder, der involviert war, arbeitet heute nicht mehr als Pädagoge. Wenn man schon so lange in meinem Gewerbe ist, lernt man viele Menschen kennen. Menschen aus der Schulaufsicht, Menschen aus der Politik. Und sie tun einem alle überraschend gern äußerst große Gefallen.«

Ja. Sich mit Vincent anzulegen, ist keine gute Idee. Und sich mit seinem Sohn anzulegen wohl so was wie sozialer und beruflicher Selbstmord. Diese Idioten können froh sein, dass er ›nur‹ eine Escort-Agentur leitet und kein Drogenkartell. Ich habe gesehen, was die in ›Breaking Bad‹ mit Leuten getan haben, die ihnen querkamen. War schlimmer, als sich einen neuen Job suchen zu müssen.

Vincent schenkt mir passenderweise einen ›I am the one who knocks‹-Blick. Dann zieht Mister Heisenberg eine Augenbraue nach oben, weil er aus dem Augenwinkel sieht, wie die Kinder eine Stereoanlage nach draußen in den Garten tragen.

»Dein Internet geht offenbar noch immer nicht …«, stelle ich fest und muss schmunzeln, weil sie das Ding anstarren, als hätten sie ein Artefakt vor sich.

»Das Internet funktioniert, ich habe nur das WLAN abgedreht«, gesteht Vincent. »Die Musik war so furchtbar, dass die Katze weggelaufen ist. Ich denke, sie kommt nie wieder.«

Ich muss lachen, auch weil ich gerade sehe, dass sich Milas anscheinend doch die CDs seines Vaters geschnappt hat.

»Ich bezahle die Getränke, passe auf, dass niemand ertrinkt, schwanger wird oder satanistische Rituale durchführt, und verstecke mich dabei in meinem Büro, weil mir der Kleine verboten hat, das untere Stockwerk zu betreten – dass ich mir ein wenig Spaß gönne, indem ich ihn zwinge, sich durch meine CD-Sammlung zu wühlen, halte ich für fair.«

Oh ja, das ist es. Und jeder, der behauptet, Vincent wäre kein guter oder aufopfernder Vater, hat einen Knall.

Als ich merke, dass ich mich unbewusst ziemlich entspannt neben Vincent an die Fensterbank gelehnt habe, fällt mir auch auf, dass seine düsteren Vibes plötzlich viel angenehmer zu ertragen sind. Nicht, dass er etwas von seiner einnehmenden Dunkelheit verloren hätte, aber dieser unwirklich beschäftigte, mächtige Mann im Chefsessel von ›Evig Roses‹ ist gerade ein klein wenig wirklicher geworden.

Dass Vincent sich vor mir so greifbar verhält und so private Dinge mit mir teilt, macht nicht wirklich Sinn für mich. Ich vermute, ihm ist stinklangweilig, weil er hier oben eingesperrt ist, und er will einfach mit jemandem quatschen. Claire wäre ihm bestimmt lieber, aber manchmal nimmt man, was man kriegen kann.

»Soll ich dir noch was verraten?«, höre ich ihn verschwörerisch brummen.

Ich nicke eindringlich. »Ja, bitte.«

»In der Bowle ist alkoholfreier Sekt. Hab die Flaschen heute Morgen ausgetauscht.«

»Willst du nicht, dass sie Alkohol trinken?«

»Sie sind alt genug und ich bin der letzte Mensch, der so naiv ist, zu glauben, sie würden nicht trinken, wenn sie feiern gehen. Eigentlich habe ich das nur gemacht, weil ich es unterhaltsam finde, den Placeboeffekt zu beobachten. Hatte ich erwähnt, dass ich diesen Raum nicht verlassen darf? Und nur dieses Fenster habe? Sieh mal, wie der kleine Blonde wankt. War aber auch schon sein fünftes Glas Fruchtsaft.«

Ich verschütte beim Lachen beinahe Vincents Cocktail. In dem übrigens wirklich Alkohol ist – der Placeboeffekt würde meine Wangen nicht so zum Glühen bringen.

»Wohnt Milas eigentlich bei dir oder bei seiner …«

»Er verbringt die meiste Zeit am Internat. Die Privatschule, auf die ich ihn geschickt habe, tut ihm gut. Ich war zwar immer dagegen, dass er irgendwo aufwächst, wo sich reiche, versnobte Menschen zusammenrotten, aber dort hinterfragt oder missgönnt niemand irgendeine Form von Wohlstand. Neid treibt Menschen zu furchtbaren Dingen an – zumindest das fällt an dieser Schule weg. Obwohl ich denke, dass er sich dort etwas zu sehr amüsiert … aber zumindest geht es ihm gut.«

Mir schwant gerade Böses. Bonzen-Internat – da klingelt etwas bei mir. Wenn Kevin und Milas in dieselbe Klasse gehen und mein Bruder gleich hier auftaucht, springe ich aus dem Fenster!

»An welches Internat geht er?«

»Nicht ans Ingenium-Gymnasium«, antwortet Vincent. »Schloss Lindemuth. Im Ausland.«

Ich kann wieder atmen. Auch wenn es mir etwas schwerer fällt, solange Vincent mich so wissend mustert. Er weiß, dass ich sein Geld für die Schulgebühren meines Bruders verwendet habe. Wahrscheinlich weiß er auch, in welche Klasse Kevin geht und dass er Klavierunterricht von Pascal bekommt. Und er weiß, dass mir vorgestern ein Keks unter das Sofa gerollt ist, ich ihn nur abgepustet und trotzdem gegessen habe!

Oder ich übertreibe etwas mit meiner Paranoia.

BUCHUNGEN UND SCHLUSS-MACHEN

Ist Milas dein einziges Kind oder hat er Geschwister?«, frage ich, um meine Gedanken zu zerstreuen.

»Ich wollte nie Kinder. Dementsprechend ist es mir nur einmal passiert.«

Klingt, als wäre das schwarzhaarige Energiebündel mit dem koketten Grinsen, das gerade den Arm um ein Mädchen legt, ein Unfall gewesen.

»Warst du mit seiner Mutter verheiratet? Oder bist du noch …«

Er könnte noch mit ihr zusammen sein. In seiner Welt funktioniert Liebe auch unter seltsamen Bedingungen. Unserer Welt. Sek und Ivy sind ein Paar, schlafen aber noch mit anderen. Claire schafft noch an, obwohl sie mit jemandem zusammen ist. Victor versteckt seine Peitschen vor einer Sabrina und ich … bin die meiste Zeit damit beschäftigt, mich selbst schräg zu finden.

»Die Sache mit der Schwangerschaft ist passiert. Darüber konnte ich nicht entscheiden. Aber dass ich nie heiraten werde, hatte ich in der Hand. Ehe ist nichts für mich. Beziehungen im klassischen Sinn ebenso wenig. Ich lasse mir nicht gern in mein Leben oder Entscheidungen reinreden. Und Kompromisse waren auch noch nie wirklich mein Fall. Irgendwo bediene ich doch das Klischee des ewigen egozentrischen Workaholics im Sexbusiness.«

»Das heißt, du warst nie mit Milas' Mutter zusammen? Ist sie eine Escort?«

Mir kommt gerade eine Vermutung, die mich absolut schockieren würde. Ich kenne jemanden, der Vincent schon ungefähr so lange nahesteht, wie Milas alt ist. Jemand, der ihn geliebt hat und nie zurückgeliebt wurde und jetzt einen Schlussstrich gezogen und mir seine ›Botengänge‹ übertragen hat.

»Ich will nicht mit dir über sie reden«, stellt Vincent unmissverständlich klar und klingt dabei dunkler, aber auch emotionaler als bisher. Er schwenkt sein Glas, hebt hoheitsvoll das Kinn und mustert mich dann doch irgendwie forschend. »Sieh mich nicht so an. Es geht ihr gut. Es ging ihr immer gut, dafür sorge ich.«

Ich nicke, traue mich aber nicht, zu sagen, dass er sich nicht vor mir rechtfertigen muss, weil er nie mit der Mutter seines Kindes zusammen war. Es ist sein Leben. Und Milas scheint glücklich und unbeschwert – vielleicht ein wenig zu glücklich, er sitzt gerade zwischen zwei Mädchen, die sich darum streiten, wer ihm ihren Getränkebecher überlassen darf. Ganz der Papa.

»Und nein, die Mutter meines Sohnes hat nicht für mich angeschafft. Irgendwo ziehe selbst ich Grenzen.«

Okay, es ist doch nicht Claire. Aber ich denke, sie hat trotzdem früher für ihn gearbeitet – vielleicht im Club.

Irgendwie habe ich das Gefühl, dass ein Mann wie Vincent nur Frauen an sich heranlässt, die seine Welt kennen und ein Teil davon sind. Im Gegensatz zu Victor. Der sich jetzt ins Herzschmerz-Koma trinken muss, weil er sich der Frau, die er gernhat, nicht erklären kann.

Vincents Art, mit Beziehungen umzugehen, mutet vielleicht etwas kaltherzig an, aber sie ist nicht unklug. Ob Liebe sich wirklich so rational kleinhalten lässt, weiß ich nicht. Diese Anforderung stellt er aber vielleicht gar nicht an Beziehungen.

»Wie lief deine letzte Buchung?«, fragt er, nachdem er eine Weile stumm geblieben ist und sich mit dem Rücken zum Fenster an das Fensterbrett lehnt. Wahrscheinlich will er seinem Sohn nicht beim Knutschen zusehen – kann ich verstehen, mir kommt schon bei Kevin das Kotzen.

»Gut. Alles in Ordnung. Ich denke, er war zufrieden.« Sogar einmal mehr, als er zufriedengestellt werden sollte. »Aber ich glaube nicht … dass er wieder bucht. Zumindest nicht mich.«

Nach so vielen Tagen ohne Nachricht von Tina habe ich die Hoffnung aufgegeben, dass Pascal mich wiedersehen will. Claire hatte er einmal die Woche. Mein Terminkalender ist aber leer, auch für die nächsten Tage.

»Hilf mir auf die Sprünge. Ich habe nicht jeden Kunden jeder Escort im Kopf – wer genau war deine letzte Buchung?«

Vincents Frage klingt nicht seltsam oder misstrauisch, trotzdem wird mir etwas mulmig zumute, als ich seinen Namen vor ihm ausspreche. »Pascal. Er bucht aber als Marcel.«

»Favre«, tönt er irgendwie melodisch und doch spöttisch.

»Ja. Er ist etwas … kompliziert. Und distanziert. Ich bin wohl nicht das richtige Mädchen für ihn.«

»Wenn du das in diesem persönlich gekränkten Tonfall piepst, muss ich dir den besonders hübschen Mann als Kunden wegnehmen.«

Ich starre Vincent an und merke selbst, wie enttäuscht ich geklungen habe. »Nein! Er ist mir egal! Ich schäme mich nur, dass ich ihn vielleicht als Kunden vergrault habe. Das hat nichts mit ihm persönlich zu tun. Er ist ein Idiot. Und so schön ist er auch nicht. Irgendwie knochig.«

Ja, ich habe den schönsten Mann der Welt gerade aus einer Panikreaktion heraus ›gar nicht so schön‹ und ›knochig‹ genannt. Ohne beim Lügen rot zu werden. Das liegt daran, dass die Angst in mir tobt, dass ich gleich den ›Verlieb dich nicht in Kunden‹-Vortrag von Vincent ernte, vor dem mich schon alle gewarnt haben.

Er neigt prüfend den Kopf. Und ich versuche, dezent angewidert zu wirken, damit er sieht, dass Pascal mich kein bisschen interessiert.

»Bist du immer so emotionsgeladen, wenn du über Kunden sprichst? Stell das ab.«

Ich nicke und lasse den Blick auf den Boden schweifen, weil ich seine Musterung nicht mehr aushalte. Diese dunklen Augen sind so seelenerforschend, dass ich nervös werde.

»Du hast noch niemanden vergrault, Kleines. Ich könnte dich Tag und Nacht verkaufen, an so viele Männer, dass du dir ihre Namen nicht mehr merken könntest.«

Ich blicke wieder zu ihm auf. Seine dunkle Stimme klingt irgendwie beruhigend und doch so verdorben. »Ich habe seit einer Woche keine Buchungen bekommen«, gestehe ich leise und zucke mit den Schultern. Da Vincent nicht alle Termine im Kopf haben kann und das eigentlich Tinas Job ist, weiß er das vermutlich gar nicht. Geheim halten kann ich es aber sowieso nicht. Irgendwann wird ihm Tina sagen, dass ich mich nicht gut verkaufe.

»Du klingst enttäuscht über den Urlaub, den ich dir geschenkt habe«, sagt Vincent und verschränkt die Arme vor der Brust. »Ich dachte, ich tue dir damit einen Gefallen. Nachdem ich dir die Lektion mit Noack verpasst habe und du selbst dann noch brav arbeiten warst, nachdem du eine Begegnung mit einer wütenden Ehefrau hattest und deinen zerschundenen Arsch in Victors Wochenendhaus schleppen musstest, dachte ich mir, du würdest ein wenig Ruhe für deinen Körper begrüßen.«

Ich blinzle perplex. »Also hätte ich Buchungen bekommen?«

Vincent schmunzelt. »Was an meinem ›Ich könnte dich an so viele Männer verkaufen‹-Vortrag war missverständlich für dich? Zu subtil? Zu wenig schmutzig? Ich könnte für deine hübsche, enge, junge Muschi dreimal am Tag Geld nehmen. Bis sie so brennt, dass du mich anbettelst, dich nicht mehr ficken lassen zu müssen. Verständlicher?«

Ich schlucke. Das Gute: Ich bin offenbar kein hässlicher Ladenhüter, den niemand will. Das Schlechte: Vincent macht mir gerade Angst. Als er die Hand nach meinem Gesicht ausstreckt, muss ich mich zusammenreißen, um nicht dem Reflex nachzugeben, zurückzuweichen. Er legt die Finger an meine Wange. Sie sind nicht so kalt, wie ich befürchtet hatte.

»Du wolltest es so hören, oder?«

Wollte ich das?

»Ich sagte, ich könnte das machen. Aber ich mache es nicht. Hör auf, mich so ängstlich anzusehen. Ich habe versprochen, auf dich aufzupassen, wenn du für mich arbeitest. Erinnerst du dich?«

»Ja …«

»Das tue ich auch. Ich verkaufe dich nicht an jeden, der dich will. Ich halte die ganzen wenig lukrativen, unglamourösen Jobs von dir fern, dafür bist zu mir zu schade.«

Vincent nimmt die Hand wieder runter und sieht sich meine Reaktion an. Ich muss das erst mal verarbeiten. Er hat mir Urlaub geschenkt, damit ich mich erholen kann, und gibt mir nur die ›guten‹ Jobs – was auch immer das heißt.

Mir war nicht klar, dass man sich im selben Moment geschmeichelt und total besonders, aber auch wie ein lebloser Gegenstand mit Preisschild fühlen kann.

»Danke …«, murmelt die käufliche Aprikose, die gerade unwissend eine Woche Urlaub hatte, und versucht zu schmunzeln.

Ganz ehrlich: Ich wollte es so. Ich habe mich selbst ins Schaufenster gestellt und hatte Glück, dass es Vincents Fenster war. Andere Zuhälter hätten mich wahrscheinlich schon längst ausgebrannt aus dem Bett eines Freiers geschleift, um mich ins nächste Bett zu werfen. Ich darf nette Autoren und berauschend gut aussehende Lehrer vögeln und bekomme danach sogar eine Woche Urlaub.

Mein Körper ist ein Verleihgegenstand und gehört dem dunkelsten, aber umsichtigsten Mann in der Branche. Eigentlich kann ich mich glücklich schätzen. Wenn man sich schon kopfüber in die Dunkelheit stürzt, kann man froh sein, wenn man in Vincents Armen landet.

»Ich dachte schon, meine Fotos für den Katalog wären total unansehnlich geworden«, gestehe ich schmunzelnd und sehe, wie Vincent sich vom Fensterbrett abstößt.

»Ich habe schon länger nicht mehr in den Katalog gesehen. Victor hat deine Fotos ausgesucht und Tina hat sie hochgeladen. Aber ich gehe davon aus, dass man dich kaum aus einem schlechten Winkel treffen kann. Außerdem ist unser Fotograf gut.«

Er weckt den großen iMac auf seinem Schreibtisch aus dem Schlaf und setzt sich in den schwarzen Ledersessel. Ich stelle mich neben ihn und blinzle neugierig auf den Bildschirm.

»Setz dich«, tönt die dunkle Stimme, weil es ihn scheinbar nervt, dass ich neben ihm im Stehen zapple.

Ich lasse meinen Blick durch den Raum schweifen und entdecke den Fußhocker, der eigentlich zu dem grauen Lehnsessel neben dem Sofa gehört, aber den Lehnsessel kann ich nicht zum Schreibtisch ziehen – zu schwer.

»Kannst du mir bitte erklären, was du jetzt tust?«, höre ich Vincent verständnislos brummen, als ich mich bücke und beginnen will, den Hocker zu ziehen.

»Ich soll mich setzen?«, frage ich und blinzle ihn unsicher an, weil er so finster aussieht.

»Ja! Auf mich! Das war keine Aufforderung, mein Büro umzustellen!« Er überdreht die Augen.

Ich lasse den Hocker peinlich berührt los und schiebe ihn unauffällig mit dem Fuß wieder dorthin, wo er war. Peinlich. Klar meinte er seinen Schoß. Man kann mir die bescheuerte Beknacktheit nur leider nicht an einem Nachmittag austreiben.

Ich gehe langsam auf ihn zu, sehe ihn verstohlen an, aber er hat den Blick wieder auf den Monitor gerichtet und beugt nur den Oberkörper ein Stück zurück, damit ich mich setzen kann.

Als ich den Hintern auf seinen Oberschenkeln niederlasse, tue ich das so vorsichtig, als wäre ich zu schwer für ihn. Es macht mich aber auch nervös, auf ihm zu sitzen. So als hätte ich einen sündhaft teuren, exklusiven Stuhl unter mir, der über ein Imperium herrscht.

»Gut. Jetzt versuch es weniger steif und mit atmen. Schön, dass du so viel Respekt vor mir hast, aber du bist steifer als jeder Schwanz auf Viagra. Ich zieh dir gleich ein Kondom über den Kopf.«

Kaum ist Vincent fertig damit, mich mit vorwurfsvollem Humor zu überschütten, von dem ich nicht wusste, dass er ihn raushauen kann, legt er einen Arm um meine Mitte und zieht mich nach hinten an seine Brust. Ich entspanne die Muskeln automatisch, weil ich so tief in seinen Schoß gerutscht bin, dass die Position bequem wird.

»Bist du zufrieden mit dem iMac?«, frage ich, weil ich nicht weiß, was man sagt, während man auf dem Schoß seines Bosses sitzt, sich nicht darauf konzentrieren will, ob man in seinem Schritt etwas fühlt, und Zeit zu überbrücken hat, bis er die Nacktfotos von einem aus der iCloud gezogen hat. Small Talk über den scheißteuren PC, den ich auch gern hätte, aber nie haben werde, erscheint mir angemessen.

»Ob ich zufrieden mit dem Computer bin? Wieso, willst du mir einen neuen verkaufen?«

Anstatt verlegen herumzupiepsen oder zu stammeln, halte ich die Klappe. Zumindest das hat Vincent mir abgewöhnt.

Ich versuche, ruhig weiter zu atmen, als er die Hand unter mein Top schiebt und anfängt, mit den Fingerspitzen kleine Kreise auf meinem Bauch zu ziehen. Ich denke nicht, dass ihn das anmacht, das wirkt eher wie eine entspannende Nebenbeibeschäftigung – wie das Kritzeln von Bildchen, während man telefoniert.

Es dauert etwas, bis sich die PDF-Datei öffnet lässt. Der Katalog ist ganz schön umfangreich, aber so stylish gestaltet, dass ich etwas neidisch auf die Fähigkeiten des Grafikdesigners werde.

Vincent scrollt das Inhaltsverzeichnis durch. Ich würde ihn gern darum bitten, mal bei Jans Namen haltzumachen und mir seine Fotos zu zeigen, aber bevor ich mich dazu durchringen kann, springt er zu meiner Seite.

Die Fotos sind wirklich verdammt gut geworden. Mir gefällt vor allem die Serie, in der er mir die Rosen auf die Haut gephotoshopt hat. Sieht aus wie eine Mischung aus Tattoo und einer Schattenreflexion.

Dass ich auf jedem Foto Klamotten anhabe, irritiert mich etwas. Was hat er denn mit denen gemacht, für die ich mich nackt auf dem Boden gerekelt habe?

Oh, da ist noch eine zweite Seite. Als Vincent weiter klickt, beuge ich mich nach vorn, um die Fotos genauer unter die Lupe zu nehmen. Ich sehe für gewöhnlich, wo retuschiert wurde. Ich bin der

Albtraum meiner Freunde, wenn sie mir ihre Instagram-Bilder zeigen und stolz behaupten, sie hätten keine Bearbeitungs-Apps benutzt.

»Das gefällt mir am besten«, sagt Vincent und fährt mit dem Cursor über eines der Nacktbilder. Sie sind alle ziemlich geschmackvoll, sinnlich, zeigen nicht alles, aber viel.

»Wegen der Haare?«, frage ich, weil das Rot darauf so kräftig leuchtet.

»Nein …«, brummt er und schiebt mir die Fingerspitzen plötzlich in den Bund meiner Jeans. »Weil man deine kleine Muschi darauf erahnen kann, ohne sie wirklich zu sehen. Ästhetisch sehr ansprechend. Und geil …«

Ich piepse auf, weil ich eine Sekunde lang denke, er hätte etwas Vibrierendes in der Hosentasche, das er mir gleich mit der Hand in mein Höschen schiebt, aber Vincent trägt keinen Vibrator mit sich herum, mein Handy vibriert in meiner eigenen Hosentasche.

Ich ziehe es raus, will nur kurz sehen, wer versucht, mich zu erreichen, aber Vincent nimmt die Finger aus meiner Hose und greift mein Handgelenk.

»Geh ran«, weist er emotionslos klingend an. Ich befürchte aber, dass in ihm sehr wohl Emotionen toben, nachdem er Claires Namen auf meinem Display gelesen hat.

Ich denke, sie will nur wissen, ob alles geklappt hat, aber das zu besprechen, während ich auf Vincent sitze, will weder ich noch sie. Er schon. Und er ist der Boss …

»Hey …«, sage ich und versuche, nicht merkwürdig zu klingen, ihr aber trotzdem irgendwie zu vermitteln, dass wir lieber später telefonieren sollten.

»Alles gut gegangen, Mäuschen?«, fragt sie mit ebenso beschwingter Stimme wie immer.

»Ja, ich … Ja.«

»Super. Danke! Ich bin wirklich froh, dass du das für mich gemacht hast. Noch mal in Vincents Haus zu gehen, würde sich scheiße anfühlen. Er ist sowieso …«

»Hab die Mappe abgegeben! Alles gut!«, falle ich ihr ins Wort, weil ich versuche, eine gute Freundin zu sein, die verhindert, dass sie Dinge über Vincent sagt, die Vincent lieber nicht hören sollte.

Claire schweigt kurz. Keine Ahnung, wie der Mann hinter mir gerade aussieht, aber ich stelle mir vor, dass seine Miene so finster ist, dass selbst Victor Angst bekommen würde. Ich fühle, dass er viel tiefer atmet als vorhin.

»Alles in Ordnung?«, will Claire wissen.

»Sicher. Kann ich dich später anrufen?«

Stille. Drei Sekunden lang.

»Sag mir nicht, dass du ins Haus gegangen bist.«

»Doch.« Ich kneife die Augen zusammen. Ich will nicht lügen, aber ich will ihr jetzt auch nicht alles erklären. Beschissene Situation! Obwohl es hier nicht mal um meine seltsame Ex-Beziehung geht.

»Steht Vincent neben dir?«

»Nicht direkt … so ähnlich.«

Kann dieses Telefonat bitte sofort enden?! Ich verbrenne hier zwischen den beiden und sie sind nicht mal im selben Raum!

»Geh Emma, sonst …«

Okay, es ist jetzt nicht mehr mein unangenehmes Gespräch. Vincent nimmt mir das Handy aus der Hand und hält mich fest, als ich von ihm runterrutschen will, um den beiden ihre bestimmt emotionsgeladene Privatsphäre zu lassen.

»Wann genau hast du beschlossen, mich wie jemanden zu behandeln, von dem du dich scheiden lassen musst, um deine lächerliche Beziehung zu dem debilen Punkjungen vom Hauptbahnhof zu führen?«, fragt Vincent, wird zwar nicht laut, schreit seine vorwurfsvolle Kritik aber trotzdem zum Himmel.

»Spar dir das arrogante Getue, Vinc! Ja, du bist so viel besser und intelligenter. Freu dich doch und kauf dir was davon!«, feuert Claire zurück. Ich kann sie hören, sie spricht eindeutig laut genug.

»Strafendes Schweigen oder aggressive gespielte Gleichgültigkeit? Mehr hast du nicht mehr für mich übrig? Na gut. Wir haben es begonnen, wie du es beginnen wolltest, und jetzt beenden wir es eben, wie du es enden lassen willst. Das ist nur konsequent, Claire. Gut gemacht.«

Oh, Vincent ist ein furchtbarer Streitgesprächspartner. Er wird nicht übertrieben laut, er beschimpft nicht vulgär oder flucht einen an. Er trifft einen stattdessen auf eine emotional so zermürbende Art, dass die Sätze auch noch nachhallen, wenn man schon längst allein ins Kissen heult. Mir persönlich ist vulgäres Schreien ja viel lieber. Tut nicht so weh.

Ganz ehrlich: Irgendwie verstehe ich ein ganz kleines bisschen, wieso Vincent sauer ist. Claire hätte ihm zumindest sagen können, dass sie ab jetzt nicht mehr kommt und die Arbeit weitergibt. Sie geht ihm wirklich aus dem Weg und das tut ihm weh. Ich verstehe sie beide, aber ich bin mir nicht sicher, ob sie wissen, dass sie so sauer aufeinander sind, weil sie irgendwie gerade in einer Trennung stecken. Sie nennen es nicht so, weil sie es auch nie Beziehung genannt haben, aber es läuft auf dasselbe hinaus.

»Ja, du hast recht!«, höre ich Claire sagen. »Ich habe es angefangen und ich beende es! Aber die Scheiße dazwischen hast du zu verantworten!«

Ich schätze, sie hat aufgelegt. Oder er. Vincent wirft mein Handy auf den Tisch.

Ich sitze auf meinem schwer atmenden, absolut wütenden Boss, während Nacktfotos von mir vor uns auf dem Bildschirm leuchten. Willkommen in meinem Leben – möchte jemand tauschen? Ich biete dafür auch einen sexy Bi-Ex-Freund und meine Kröte von Bruder ist eigentlich auch ganz süß.

SEX-MONSTER UND FREUNDE

»Kannst du mir mein Glas holen?«, sagt Vincent nach einer scheinbar endlosen, unangenehmen Ewigkeit des Schweigens und zeigt mit der Hand auf seinen Drink, der noch am Fensterbrett steht.

Ich hüpfe von ihm runter, schnappe mir das Whiskeyglas und reiche es ihm. Augenkontakt vermeidet er, aber er wirkt irgendwie ruhiger, nicht mehr so unbeherrscht, wie er am Telefon geklungen hat.

Entweder ist er gut darin, emotional aufwühlende Ereignisse schnell zu verarbeiten, oder er ist gut darin, sie zu verdrängen.

»Danke.«

»Bitte. Wenn ich gehen soll, dann …«

»Zieh dich aus und setz dich auf meinen Schreibtisch.«

Jetzt blickt er zu mir. Und seine Augen haben nie schwärzer ausgesehen.

Er macht eine auffordernde Handbewegung und drückt den Kopf dann gegen die Stuhllehne.

»Bist du sicher, dass du das willst?«, frage ich, weil ich denke, er tut das nur aus einer Trotzreaktion heraus. Wütender ›Ich will meine Ex vergessen‹-Sex ist mir nicht fremd, aber wenn mich der einschüchterndste Mann der Welt darum bittet, wird mir etwas mulmig.

»Fragst du mich tatsächlich, ob ich mir sicher bin, ob ich ficken will? Wenn du denkst, das hätte irgendetwas mit Claire zu tun, denkst du falsch. Ich ficke meine Escorts schon mal. Und ich hatte dich noch nicht. Also hör auf, mich anzusehen, als hätte ich ein gebrochenes Herz und deshalb einen harten Schwanz. Sie kränkt mich vielleicht in meiner Eitelkeit, aber das hält mein Ego aus, keine Angst.«

Ich nicke seine Worte ab und beginne, mich auszuziehen. So beeindruckend Vincents starker Charakter auch ist, die Dunkelheit, die ihn umgibt, ist spannend, aber kalt. Eiskalt.

Als ich nackt auf ihn zugehe, kann ich keinerlei Emotionen in seinem Gesicht ablesen. Aber seine Züge sind trotzdem faszinierend.

Ich setze mich vor ihm auf den Schreibtisch und lasse mich mustern. Er verzieht auch dabei keine Miene.

Mein Herz hämmert wie verrückt. Sex mit Vincent ist etwas, bei dem ich selbst in meiner Fantasie immer nervös war. Ich vermute, er hatte schon unzählige Frauen, trotzdem denke ich, dass er wählerisch ist. Bei ständiger Auswahl im Überfluss macht das Sinn.

Vincent hebt die tätowierte Hand, streckt Zeige- und Mittelfinger aus und trennt sie dann zum Victory-Zeichen. Ich folge seiner nonverbalen Anweisung und spreize die Beine.

Dass er nicht von seinem Stuhl aufsteht und mich nur mustert, hilft mir nicht gerade, den schnellen Herzschlag zu beruhigen. Sein Blick wandert von meiner Mitte zu meinen Augen.

»Angst?«, spricht er ein Wort aus, das meine Gefühle annähernd beschreibt.

Ich will aber nicht nicken, weil er diesmal mich falsch verstehen würde. Es ist keine Angst im furchteinflößenden Sinn, es ist nervenstrapazierende Nervosität, weil ich ihn nicht einschätzen kann, aber die beiden Gefühle ähneln sich gerade sehr.

Vincent rückt mit dem Stuhl näher, greift meine Beine und bringt mich dazu, den Oberkörper ein Stück nach hinten zu neigen, weil er meine Füße auf den Armlehnen seines Stuhls platziert. »Hör auf, Angst zu haben. Ich bin nicht grob. Entspann dich …«

Die letzten Worte haucht er mir zwischen die Beine, bevor er mich dort küsst. Seine Zunge drückt so fest und gekonnt zu, während sie über mich gleitet, dass mein Körper unmittelbar unter Strom steht.

Ich dachte, er will mich nur auf seinem Schreibtisch vögeln, bis er kommt. Dass er beim Sex so großzügig ist, hätte ich nicht gedacht. Obwohl. Charakterstarke Männer sind meistens gute Liebhaber. Und haben einen Knall. Ich kann gerade nicht klar denken, weil Vincent mich wahnsinnig macht.

Schon allein die Tatsache, dass mich dieser unnahbare, mächtige Mann leckt, würde meine Gedanken und Gefühle schon Achterbahn fahren lassen, aber oh mein Gott, er macht das so gut, dass ich mich gleich vergesse.

Ich versuche, mich zusammenzureißen und nicht zu laut zu stöhnen, weil ich nicht will, dass Milas hört, wie sein Vater mich gerade wortwörtlich vernascht.

Als sich meine Lust nach nicht mal drei Minuten zum Höhepunkt auftürmen will, beißt Vincent plötzlich sanft zu und lässt von mir ab. Er richtet sich auf, zieht sich das T-Shirt über den Kopf und deutet mir dann mit einem ungeduldigen Fingerzeig an, den Oberkörper etwas aufzurichten.

»Willst du kosten, wie heiß du schmeckst?«, raunt er.

Seine Stimme klingt noch tiefer als sonst, so als würde ein Dämon einen zu perversen Dingen überreden.

Als ich nicke, packt er mein Kinn und drückt mir seine Zunge in den Mund. Vincent hat mich schon geküsst, aber nicht so. Während er mich dazu bringt, mich selbst zu schmecken, streift er sich die restliche Kleidung ab. Ich will an ihm hinuntersehen, aber er hält mein Kinn oben, auch als er den Kuss abbricht.

»Noch Angst vor mir?«, raunt er, schmunzelt aber verdorben.

»Nein.«

»Habe ich dich geil gemacht?«

Und wie!

»Ja.«

»Gut. Ich ficke gern Mädchen, die schon so heiß sind, dass sie bei jedem Stoß zittern.«

Oh mein Gott, ich liebe seine Vorlieben!

»Willst du dich an mir austoben, bis du die aufgestaute Geilheit loswirst?«

Keine Ahnung, was genau er damit meint, aber ja, ja, ja!

Als Vincent sich wieder auf den Stuhl setzt und mich auffordernd ansieht, verstehe ich, was er will. Ich darf mich wieder auf ihn setzen. Wann er sich den Gummi übergestreift hat und wo er ihn hervorgezaubert hat, weiß ich nicht. Ich weiß nur, dass sein Körper beeindruckend ist. Die harten Muskeln unter der nobel blassen Haut sind einfach nur heiß.

Er ist nicht einschüchternd groß wie Victor, aber seine Härte sticht trotzdem, weil ich mit einem Knie von der Sitzfläche rutsche und mich schneller auf ihm niederlasse, als ich beabsichtigt hatte.

Vincent lässt mich den Schmerz wegstöhnen, lehnt den Kopf in die Lehne und legt die Hände an meine Hüften, ohne mich zu drängen. Er weiß, dass ich sowieso ungeduldig bin, schließlich hat er mich beinahe bis zur Ekstase geleckt und bietet mir jetzt seine Männlichkeit an, zu der ich selbst dann nicht Nein sagen könnte, wenn uns die ganze Agentur dabei zusehen würde.

Ich bin so heiß darauf, dieses scharfe Gefühl in mir zu befriedigen, dass meine Gedanken und mein Schamgefühl vernebeln. Dass er es genau darauf angelegt hat, kommt uns beiden zugute. Ich stöhne mir die Seele aus dem Leib, während ich ihn reite, und Vincent kommt in den Genuss meiner zuckenden Muskeln.

Obwohl ich mir sicher bin, dass ich mich gerade heiß und gut anfühle, bleibt seine Miene überraschend … entspannt. Er hat die Lippen leicht geöffnet, knurrt leise vor sich hin und mustert mich mit einem glasigen Schleier über den schwarzen Iriden.

Jeder andere Mann würde mit mir kommen, als ich mich fest auf ihn drücke und mich der Höhepunkt so heftig überrollt, dass ich das Blut in meinen Ohren rauschen spüre. Vincent lässt mich nur ein kurzes tonloses Stöhnen hören und zieht mich an den Oberarmen in eine geradere Haltung zurück, nachdem ich vor Erschöpfung an seinem Oberkörper zusammengesackt bin.

Mein Herz rast, seines schlägt zwar fest, aber ruhig.

Oh mein Gott, wie kann es ihn so kaltlassen, wenn ich ihn bespringe wie ein notgeiles Flittchen und er fühlt, wie ich komme?!

»Deine Muschi ist wirklich so eng, wie Victor behauptet hat. Nett …«, brummt er.

»Entschuldige! Ich bin zu schnell gekommen …«, piepse ich beschämt einen Satz, den sonst nur Jungs piepsen.

Vincent drückt mein Kinn hoch und schüttelt langsam den Kopf. »Ich wollte nicht mit dir kommen. Das geht nicht so schnell bei mir. Du hast geil ausgesehen, warst hungrig nach meinem Schwanz, bist heftig gekommen – du hast alles richtig gemacht, Kleines. Aber jetzt bin ich mit Ficken an der Reihe.«

Vincent packt meine Oberschenkel und steht auf. Ich denke, er will mich zum Vögeln auf seinen Schreibtisch legen, aber er setzt sich in Bewegung.

Ich schlinge die Arme um seinen Nacken und atme den Duft seiner Haut ein. Als wir auch am Sofa vorbeilaufen und Vincent mit einer Hand die Türklinke greift, schrecke ich aus meiner Sextrance hoch.

»Warte! Wohin gehst du?!«

»In mein Schlafzimmer. Das Sofa ist zu klein. Und am Boden fickt man nur, wenn man zwanzig und verzweifelt ist.«

»Aber …!«

Dass ich mein rotes Gesicht gegen meinen Unterarm drücke, macht mich nicht unsichtbar, aber ich wäre es gern, weil Vincent mit mir gerade splitternackt und sichtlich scharf durch den Flur läuft.

»Was ist, wenn …!«

»Wenn ich ihn nicht rufe, kommt er nicht rauf, solange C… eine Frau hier ist.«

Wir wissen beide, dass er ›Claire‹ sagen wollte, auch wenn er es als Räuspern abtut.

Vincent stößt die Tür zu einem Raum auf, der einem Einrichtungsmagazin entsprungen sein könnte. Ich sehe viel Grau, Beige und Silber, aber ich kann meinen Blick nur kurz über seine Schulter schweifen lassen, dann landet mein nackter Körper auf kühler, weicher Bettwäsche.

Ich hebe noch mal den Kopf, weil ich sehen will, ob Vincent die Tür wieder zugestoßen hat. Trotz Lustschleier, der mein Schamgefühl eigentlich zuverlässig im Zaum hält, will ich nicht, dass er mich bei offener Tür nimmt. Tut er aber nicht, sie ist geschlossen.

»Hoch mit dem Becken«, höre ich die dunkle Stimme sagen und sehe Vincent nach einem der Kissen greifen. Als ich den Hintern ein Stück hebe, unterlagert er mein Becken und spreizt meine Beine.

Er beugt sich über mich und lässt eine Hand über meinen Körper wandern. Sie rutscht von meinem Oberschenkel über meinen Bauch zu meinen Brüsten, ehe er die Finger unter meinen Kiefer drückt.

»Wenn du sehen willst, wie ich dich ficke …« Vincent dreht meinen Kopf zur Seite.

Da lehnt ein riesiger Spiegel in einem dicken schwarzen Rahmen, der beinahe die ganze Wand einnimmt. Er zeigt mir den beeindruckenden Körper des Mannes, der sich gerade in mich stößt.

Mein Becken reckt sich ihm durch das Kissen entgegen. Er kann mich so tief nehmen, dass seine Härte ein Stechen auslöst, jedes Mal, wenn sie ganz in mir verschwindet. Ich will feststellen, dass das wehtut, aber mein Verstand schluckt den beißenden Impuls, schiebt ihn hinter meine Erregung und wandelt das tiefe Nehmen dann in das schärfste Gefühl überhaupt.

Vincents Rhythmus ist ebenso einnehmend wie diese spannende Dunkelheit, die ihn umgibt. Der Blick in den Spiegel ist unsagbar scharf. Ich kann nicht aufhören, mir anzusehen, wie sein Körper sich über meinem bewegt.

Mir kommt das Zeitgefühl abhanden, weil ich in einer Art Sextrance schwebe, aber meine Mitte fühlt sich so heiß gevögelt an, dass die Lust wieder beginnt, sich in mir aufzustauen.

Dass Vincent so lange so hart kann, ist anstrengend. Mein Körper glüht, aber ich will nicht, dass er aufhört. Hat er auch nicht vor. Sein Stöhnen ist etwas lauter geworden, knurrender, aber dieser Mann hat sich so verdammt gut unter Kontrolle, dass ich glaube, er könnte das hier so lange machen, bis seine Muskeln ihm den Dienst quittieren – seine Männlichkeit hätte damit kein Problem.

»Na? Schon wieder besonders geil?«, haucht mir die dunkle Stimme gegen die Lippen.

Schon wieder? Er fickt mich seit … Tagen! Klar kapituliert mein Körper da irgendwann und will noch mal kommen.

Vincent hält meinen Kopf fest, fährt dabei mit dem Zeigefinger über meine geöffneten Lippen und schiebt mir den Finger dann in den Mund. Ich wimmere angeheizt vor mich hin.

»Augen offen lassen, Kleine. Den Mann, der dich fickt, immer ansehen …«

Seine Stimme ist reines Aphrodisiakum. Er müsste mich wahrscheinlich nicht mal berühren. Wenn er mir lange genug perverse Dinge ins Ohr haucht, würde ich auch zu stöhnen beginnen.

»Gut. Und jetzt lass mich tun, was ich will, und sieh einfach so heiß aus, wie du dich fühlst.«

Vincent greift eines meiner Beine und legt es an seinen Körper. Seine freie Hand knetet meine Brüste und lässt dann meine Brustwarzen so hart werden, dass das Reiben seines Zeigefingers einen Impuls auslöst, der meine Mitte noch intensiver pulsieren lässt.

Obwohl ich regelrecht high von meiner Lust bin, fällt mir auf, dass er es genießt, mich so scharf zu sehen. Die dunklen Augen glühen, er knurrt beim In-mich-Stoßen. Als seine Finger meine Brustwarzen freigeben und zu meiner empfindlichsten Stelle wandern, wird mein Stöhnen heiser. Er muss nicht mal über mich reiben, er kitzelt mich nur kurz und ich sehe Sterne blitzen. Der Orgasmus ist heftig und scharf, aber weil er nicht aufhört, mich zu nehmen, auch als er abklingt, beginnt mein Körper, mich spüren zu lassen, wie überreizt er ist.

Das kann doch nicht sein, oder?! Kommt er überhaupt nicht? Ich weiß nicht, ob ich noch lange …

»Genug?«, höre ich die dunkle Stimme fragen, bevor ich es aussprechen muss.

Ich nicke, kneife die Augen zusammen, damit meine Beine sich nicht verkrampfen.

»In Ordnung. Sieh mich an, Emma«, flüstert er mir ins Ohr und hebt das Gesicht dann vor meines.

Vincent verändert das Tempo, seine Stöße werden ruppiger, schneller, und ich sehe zum ersten Mal, wie sein Gesicht aussieht, wenn er selbst kurz vor dem Höhepunkt steht. Hinter den schwarzen Augen Emotionen leuchten zu sehen, hat Suchtpotenzial.

Der kontrollierteste Mann der Welt wirkt plötzlich so unbeherrscht, dass selbst seine dunkle Stimmen kratziger und heller klingt. Als seine Härte in mir pulsiert, drückt er seine Lippen auf meine und stöhnt mir das letzte unbeherrschte Geräusch in den Mund.

Nachdem er von mir ablässt, schließe ich die Augen und lausche dem Klingeln in meinen Ohren.

Vincent verschwindet über mir und ich starre schwer atmend auf die gedimmten Spots an der Decke. Ich glaube, ich grinse – ziemlich breit sogar, keine Ahnung, ich kann meinen Körper und mein Gesicht gerade nicht fühlen.

Mir Sex mit Vincent vorzustellen, ist mir nie wirklich gut gelungen, weil ich keine Ahnung hatte, auf was er steht oder wie er sich verhält. Ich konnte ihn nicht einschätzen. Hätte ich mich festlegen müssen, hätte ich vermutet, dass er einfach auf harten Sex steht. Oder Fesselzeug. Dominanzspielchen. Aber heiliger Sexgott! Der Vampir aus der Agentur ist ein Monster im Bett! Und das meine ich als Kompliment.

Mich hat noch nie jemand so lange so gut gevögelt, und obwohl mein Körper fix und alle ist …

»Vinc?«

Ich schrecke hoch, weil nicht ich seinen Namen ausgesprochen habe. Die Stimme kam vom Flur und sie klang verdammt jung!

»Schlafzimmer! Komm rein.«

Was?!

Ich will mir die Decke über den nackten Körper ziehen, aber Vincent liegt darauf und verknotet gerade das Kondom. Wenn er jetzt einen der jungen Gäste von Milas absolut abgeklärt hier reinspazieren lässt, zweifle ich ganz stark an seiner Kompetenz als Vater!

Als die Tür aufgeht, halte ich mir eine Hand vor die Brüste und überschlage die Beine.

»Sorry, ich weiß, dass ich störe, aber … Oh, hi, Emmchen!«

Sek hebt die volltätowierte Hand und grinst mich an, bevor er wieder zu Vincent blickt und sich an die Wand neben der Tür lehnt. Ich winke auch, piepse einmal, was so was wie ›Hallo‹ gepaart mit ›Ich bin verwirrt‹ heißen soll. Dass Sek einfach so bei Vincent reinschneit, wusste ich nicht. Es sieht aber so aus, als wäre das hier nicht ungewöhnlich.

»Zwei Dinge«, sagt er mit der jugendlich klingenden Stimme und gestikuliert seine Worte mit. »Erstens: Ich glaube, einer der Freunde deines Sohnes hat Gras eingesteckt. Aber keine Angst, Diva nagelt ihn so lange auf der Stelle fest, bis du ihr ein Leckerli gibst. Und zweitens: Die Sache mit dem Schweden ist etwas eskaliert. Wir brauchen da möglichst schnell eine neue Lösung. Und mit ›möglichst schnell‹ meine ich sofort. Ich habe mit Luke gesprochen und der traut dem Typen ziemlich viel zu.«

Ich hänge Sek an den Lippen und fühle mich wie in einem Mafia-Film. Vincent ist der Pate, Sek der Informant seines Vertrauens und ich bin … Ich bleibe auch in der Filmversion das durchgebumste Flittchen.

Vincent steigt knurrend aus dem Bett, reißt seinen Kleiderschrank auf und zieht sich an. »Gras, in meinem Haus! Ich drehe ihm den Hals um, wenn er davon wusste!«, brummt er wütend.

Ich bin überrascht, dass ihn diese Sache mehr zu beschäftigen scheint als die mit dem Schweden, die so geklungen hat, als stünde ein blutiger Bandenkrieg bevor, den es abzuwenden gilt.

»Ich glaube, es ist nur ein Joint. Und Milas weiß nichts davon«, meint Sek beschwichtigend.

»Das will ich ihm auch raten, wenn ich seinen Führerschein nicht in der Luft zerreißen soll! Er fährt sowieso ständig Briefkästen an! Ich schwöre, ich stecke ihn auf die verdammte Militärschule, wenn ich ihn mit Drogen erwische!«, knurrt Vincent vor sich hin, während er in seine Hose steigt.

Mann, ist der sauer. Wegen eines Joints? Der nicht mal Milas gehört? Echt jetzt? Da kann jemand Gras echt nicht leiden.

Dass er so einen ausgeprägten Beschützerinstinkt hat, wenn es um seinen Sohn geht, ist aber ein sehr schöner Charakterzug. So eiskalt, wie es manchmal anmutet, ist sein Herz gar nicht. Zumindest nicht sein Papa-Herz.

»Ich komme gleich wieder …«, kündigt die tiefe Stimme an, bevor Vincent durch die Schlafzimmertür verschwindet.

»Sechzehnjährige zu vermöbeln, ist total verboten und beschert dir garantiert einen wütenden Eintrag in einer Facebook-Elterngruppe! Vergiss das nicht!«, flötet Sek ihm auf dem Gang nach und grinst.

Vincent vermöbelt bestimmt keine Kinder, trotzdem möchte ich gerade nicht in der Haut des Jungen mit dem Joint stecken.

»Na?«, tönt Sek noch immer grinsend, als er den Blick zu mir schweifen lässt. Er stößt sich von der Wand ab und lässt sich auf die andere Seite des Bettes fallen. »Alles cool, Emmchen?«

»Ähm … ja. Bei dir?«

Er zuckt mit den Schultern und zieht dann die Augenbraue mit dem Piercing nach oben.

»Was?«, piepse ich verunsichert, weil er beginnt, den Kopf zu schütteln, während er mich mustert.

»Nichts. Sag mal, heißt du jetzt Claire 2.0 oder darfst du deinen Namen behalten und übernimmst nur die Rolle?«

Ich schnaube und rücke ein Stück nach oben, um den Oberkörper auch ans Kopfteil zu lehnen. Klappt nicht ohne Stöhnen. Meine Muskeln sind noch Pudding.

Dass Sek meine beleidigten Blicke treffen, juckt ihn herzlich wenig.

»Schwachsinn. Ich war hier, weil ich ihm seine Buchhaltung vorbeigebracht habe!«, stelle ich klar.

»Aha, wie Claire immer.«

»Ihm war nur langweilig und er brauchte etwas Gesellschaft!«

»Claire.«

»Wir haben nur geredet und er hat sich etwas an mir ausgetobt!«

»Also jetzt hörst du's aber selbst, oder?«

»Nein!«, brumme ich und verschränke bockig die Arme vor der Brust.

Sek lacht, der amüsierte Tonfall klingt aber in einem Seufzen aus. »Mann, du bist so bescheuert, Emma«, unterstellt er mir in mitfühlendem Tonfall.

»Hey! Ich bin nicht bescheuert! Wäre ich nicht hier, hätte er auch jede andere Escort genagelt! Er war einfach scharf! Und wollte mit jemandem reden …«

»Sicher. Jede andere. Rate mal, wie viele in der Agentur wissen, dass Vincent einen Sohn hat.«

»Schon klar, dass er das nicht jedem erzählt, aber er wusste nicht mal, dass ich hier reinstolpere! Das war mehr oder weniger ein Versehen und er musste es mir sagen.«

»Ach. Musste er? Dann hat er dir sonst rein gar nichts Persönliches verraten? Über ihn oder Milas …?«

»Nein, ich weiß gar nichts«, murmle ich.

Ich murre vor mich hin. Blödsinn, ich weiß wirklich kaum etwas. Außer dass Milas mal Probleme in der Schule hatte, auf welches Internat er geht, wie Vincent mit anderen Eltern klarkommt, dass Milas kein Wunschkind war, er ihn aber über alles liebt … Ach du Scheiße. Er ist wirklich verdammt persönlich geworden, oder?!

»Claire war in Vincent verliebt!«, platzt es aus mir heraus, weil mir spontan das passende Gegenargument zu Seks Claire-2.0-These einfällt. »Ich bin nicht in ihn verknallt! Ich meine, sicher, er sieht gut aus und er ist spannend und …«

»Und er hat so ein großes Herz, wenn es um Milas geht. Und es fühlt sich so besonders an, dass er nur dich in sein Privatleben lässt und niemanden sonst …«, ergänzt Sek meine Aufzählung mit säuselnder Stimme. »Und er ist so scheißegut im Bett, dass dir das Hirn aus der Birne knallt, wenn er dich fickt – alles schon von Claire gehört. Und von der Claire vor Claire. Vincent sucht sich immer ein Mädchen, das ihm besonders gefällt, und lässt es in sein Leben. Und die sehen mich dann immer irgendwann mit ihren großen, hübschen Augen an und piepsen mir zu: ›Ich denke, das mit uns ist etwas anderes, er liebt mich.‹«

Dass Sek mich für so bescheuert hält, kränkt mich ein wenig. Obwohl, ich halte Claire auch nicht für bescheuert. Vincent ist wirklich ein verdammt anziehender Mann, der vögelt, als hätte er

Sex erfunden und perfektioniert. Außerdem mag ich ihn in der Vaterrolle und bewundere den Geschäftsmann in ihm, aber ich liebe ihn nicht.

Faszination, eine kleine, harmlose Verschossenheit, mehr kann man mir nicht unterstellen. Das hier wird garantiert kein Erotikroman, in dem sich die bescheuerte Protagonistin in den Oberzuhälter verknallt! Die krepieren am Ende immer, damit der Typ dann geläutert werden und den verruchten Job an den Nagel hängen kann! Ja, ich lese solche Bücher, aber ich will in keinem leben!

Da verknalle ich mich ja vorher in Victor! Mit dem würde ich zumindest nur ein Leben voller lautstarker Streitereien, Sex, bei dem er einpennt oder mich zerquetsch, und zu viel Absinth führen!

»Ich werde dir sicher nie zupiepsen, dass ich Vincent liebe, oder so bescheuert sein, zu glauben, dass er sich für mich ändert«, versichere ich Sek.

Er nickt. »Gut. Wenn du es schaffst, die Einstellung beizubehalten und das hier auf Dauer professionell zu sehen, bin ich stolz auf dich. Versteh mich nicht falsch, ich mag Vinc sehr, aber er ist beschissen zu seinen Claires. Nicht dass er sie nicht mit Geschenken, Geld und den besten Jobs überhäufen würde, aber sie heulen trotzdem immer alle. Viel. Damit er dich als Frau emotional gut behandelt und dich nicht mehr anschaffen schickt, müsstest du schon aus seinem Sperma entstanden sein.«

Ich verziehe das Gesicht. »Ging die Beschreibung vielleicht noch widerlicher? Kannst du nicht einfach ›seine Tochter sein‹ sagen?«

Sek lacht bescheuert. Und sieht dabei einfach nur schnuckelig aus. Ich freue mich, ihn wiederzusehen, auch wenn die Umstände etwas schräg waren.

»Geht es Ivy gut?«, frage ich, weil ich das Thema wechseln möchte.

»Ja, danke. Wir haben erst gestern über dich gesprochen.«

»Echt? In welchem Zusammenhang?«

»Beim Ficken. Ivy ist etwas zu groß für die neue Lederpritsche in unserem Keller und ich hab gesagt: ›Weißt du, wer da draufpassen würde? Emma! Die ist winzig!‹«

Oh Gott, ich kenne so schräge Leute! Und sie sind trotzdem furchtbar liebenswert.

Sek und ich blicken beide zur Tür, als sie aufspringt. Vincent sieht noch immer schlecht gelaunt aus, aber zumindest brennt da kein Höllenfeuer mehr hinter den dunklen Iriden. Die Sache mit dem Joint scheint geklärt.

Er kommt auf uns zu und legt Klamotten und eine Tasche auf der gepolsterten Bank vor dem Bett ab, die offensichtlich mir gehören. Dass er mir mein Zeug bringt, ist nett. Dass er so skeptisch den Kopf neigt, macht mich aber nervös.

»Ernsthaft?«, sagt die dunkelste Stimme der Welt tonlos. So klingt er am gefährlichsten.

Ist er sauer, weil Sek neben mir liegt? Ist er jetzt eifersüchtig, wenn es nicht um Kunden geht?!

»Mit Schuhen in meinem Bett? Sofort runter von meiner Matratze oder ich schmeiß dich aus der Agentur!«

Klar geht es nicht um mich. Das Gespräch vorhin hat mich etwas verrückt gemacht.

»Du kannst mich nicht rausschmeißen«, entgegnet Sek, während er aus dem Bett springt. Er klingt amüsiert. »Ich bin der Einzige, der weiß, wie man den Drehstuhl in deinem Büro verstellt. Ohne mich sitzt du nach drei Tagen so weit unten, dass dich die Leute, die reinkommen, für kleinwüchsig halten werden.«

Vincent verzieht die Lippen kurz zu einem Schmunzeln. »Wieso habe ich den Schrottstuhl eigentlich noch?«

»Damit du mich um sieben Uhr morgens aus dem Schlaf klingeln kannst, um mir zuzubrüllen, dass ich sofort kommen muss, weil der Stuhl außer Kontrolle geraten ist und Tina weint, weil sie sich darauf schwindelig gedreht hat, als sie dir helfen wollte. Du würdest diese Morgen vermissen. Ich auch.«

Keine Ahnung, wieso Sek nicht schon längst Vincents neue Claire ist. Er bringt ihn zum Lachen. Ich dachte, das schafft nur Victor.

Unser komplizierter, schwer zu durchschauender Boss dreht sich zu mir. »Zieh dich an. Ich habe dir ein Taxi gerufen.«

Er muss arbeiten und was er mit Sek zu besprechen hat, ist offenbar nicht für meine Ohren bestimmt.

Ich nicke und greife nach meinen Klamotten. »Soll ich dir die Mappe am nächsten Wochenende vorbeibringen?«, frage ich leise, weil wir dieses Thema noch nicht geklärt haben.

Vincent schüttelt den Kopf. »Nein. Ich hole sie selbst.«

Ich muss aufpassen, nicht so große, überraschte Augen wie Sek zu machen. So viel zu seiner ›Er will mich als seine neue Claire‹-These! Bullshit! Ihm war nur langweilig!

»Du hast eine Buchung am Wochenende. Zu groß, um sie abzusagen. Freitag bis Sonntag. Hast du einen gültigen Reisepass? Falls nicht, besorg dir einen.«

Ich falle beim Anziehen beinahe um, weil ich nicht darauf achte, was mein Körper gerade abzieht. In meinem Kopf schrillt es. Wer bucht mich denn drei Tage? Und fährt mit mir ins Ausland?!

»Ähm … wer will mich denn so lange und wohin geht es?«, frage ich vorsichtig.

Vincent hebt hoheitsvoll den Kopf und mustert mich. »Spielt das denn eine Rolle? Wenn er dir nicht gefällt, sagst du dann ab, und wenn er dir gefällt, lässt du dir den Urlaub mit ihm bezahlen? Leite ich eine Escort-Agentur oder eine Partnervermittlung?«

Ohhhh, dünnes Eis! Ich erinnere mich an Vincents Vortrag darüber, dass ich aufhören soll, emotional zu reagieren, wenn es um Kunden geht.

Als ich zu Sek schiele, sehe ich ihn unauffällig mit der Hand vor seinem Hals herumfuchteln. Ich soll aufhören, solche Fragen zu stellen. Ist wohl wirklich besser. Vincent sieht mich an, als hätte ich vor, irgendetwas Verbotenes zu tun.

»Reiß dich zusammen. Und enttäusch mich nicht, Emma«, summt er so bedrohlich leise, als wäre es ein Mantra.

Ich nicke.

»Tina schickt dir die Buchungsdetails und dein Flugticket heute noch via Mail.«

»Alles klar.«

Fliegen, geil! Hab ich noch nie gemacht! Ich kotze bestimmt!

»Gut. Du kannst die Woche darauf wiederkommen. Der Code für meine Haustür ist 2909 – Milas' Geburtsdatum.«

Vincent wendet sich ab. Ich stehe verdattert da und versuche zu verhindern, mich in Claire zu verwandeln. Schwierig, mir fällt nämlich auf, dass das da nicht meine Jeans und mein Top sind, die er mir hingelegt hat. Zumindest ist es meine Tasche.

»Halt die Ohren steif, Emmchen«, meint Sek noch, der wartet, bis Vincent ein paar Schritte den Gang entlanggemacht hat. »Du hast dein Höschen übrigens falsch rum angezogen.«

Na Hauptsache, ich hab nicht vor Panik reingemacht wie ein nervöser Hund – mehr kann man heute echt nicht mehr von mir verlangen.

»Mach's gut, Sek. Grüß Ivy.«

»Mach ich. Du kriegst das alles hin. Wir denken an dich«, sagt er zwinkernd und verschwindet.

Das klingt zwar halb wie eine Anspielung auf die Sache mit der Sexbank, aber auch wie lieb gemeinte spirituelle Unterstützung.

Ich warte, bis ich die Tür zu Vincents Büro ins Schloss fallen höre, und schleiche dann die Treppe nach unten. Diva liegt auf dem Wohnzimmersofa, anscheinend ist sie vor der lauten Musik im Garten geflüchtet.

Dass sie sich an mich erinnert und mit dem Schwanz wedelt, freut mich. Ich streichle die Dobermanndame kurz, will aber nicht zu lange bleiben, weil ich Angst habe, dass ich so durchgebügelt aussehe, wie ich mich fühle. Nicht unbedingt ein Anblick für neugierige Teenie-Augen.

Weil ich nicht weiß, wo in diesem riesigen Haus vorn ist, will ich durch den Hintereingang raus, durch den ich gekommen bin. Die Tür scheint aber abgeschlossen.

»Du musst etwas fester ziehen, die klemmt manchmal.«

Als ich mich umdrehe, steht Milas hinter mir. Klar hat er mich runterkommen sehen! Mein Karma ist so eine Bitch!

»Danke.«

»Du gehst schon?«

Ich denke, er will mich gleich dazu überreden, doch noch mal seine Bowle zu kosten, aber er wirkt nicht mehr so frech und kokett wie bei unserem ersten Aufeinandertreffen. Eher etwas schüchtern und unsicher.

»Ja. Ich muss nach Hause. Hat mich aber gefreut.«

»Weißt du zufällig, ob Claire nächste Woche wiederkommt?«, fragt er und zuckt gespielt gleichgültig mit den Schultern.

Ich würde den Kleinen gerade echt gern knuddeln. Er sieht so verdammt jung aus, dass ich darüber nachdenke, mir einen Termin bei Jans Augenarzt zu machen, weil ich ihn für einen Erwachsenen gehalten habe. Ist er nicht. Er ist noch ein halbes Kind in einem etwas älter aussehenden Körper, genau wie Kevin.

»Ähm … ich weiß nicht. Ich denke nicht.«

Ich will ihn nicht anlügen. Claire kommt nicht mehr.

Milas nickt. »Okay. Kommst du wieder?«, will er wissen und bringt mich mit der Frage etwas aus dem Konzept.

»Ja. Ich denke schon. Nicht nächste Woche, da muss ich arbeiten, aber übernächste Woche.«

»Alles klar.«

Ich schmunzle und gehe, weil ich mir das hübsche, nachdenkliche Gesicht nicht mehr ansehen kann. Keine Ahnung, wie viel er über die Agentur seines Vaters und seine eigenwilligen Beziehungen zu ausgewählten Escorts weiß, aber ich bin mindestens genauso überfordert mit der Situation wie Milas.

Ich sollte eine blöde Mappe mit langweiligen Zahlen hier abgeben. Jetzt wanke ich in Claires Unterwäsche hier raus. Und sie passt mir nicht sonderlich gut. Mein Arsch frisst ihr Höschen. Wenn das kein Zeichen ist …

SÜßESCHLAMPE!!!!

Es tut mir so leid! Ich wollte mich melden, aber mir ist ein Haufen Chaos dazwischengekommen! Ich wollte mich wirklich mit dir treffen! Leider kann ich auch nächstes Wochenende nicht, weil ich arbeiten muss. Ich hoffe, du bist mir nicht böse.

Emma

Ich drücke auf *Senden* und seufze meinen Laptop an, bevor ich den Kopf visuell dramatisch neben mein leeres Weinglas auf die Küchenplatte fallen lassen.

Was für ein schräges Wochenende!

Eigentlich will ich nur noch ins Bett, aber ich kann sowieso nicht schlafen, weil ich auf eine E-Mail warte und kein Auge zutue, bevor ich sie gelesen habe. Dabei geht es nicht um die Antwort auf die Entschuldigungs-Mail an Lias, die ich gerade getippt habe. Ich warte auf die Nachricht der bipolaren Frau, die sich für Vincent manchmal auf seinem Schreibtischstuhl dreht und die mir verraten kann, wohin die erste Auslandsreise meines Lebens geht.

Ich war noch nie weiter als zweihundert Kilometer von zu Hause weg. Und die zweihundert Kilometer habe ich auch nur geknackt, weil ich mich einmal in den falschen Zug gesetzt habe.

Ob ich mich freuen oder vor Angst heulen soll, weiß ich noch nicht. Auch wenn Vincent mir verboten hat, emotionale Unterschiede bei Kunden zu machen, abstellen kann ich meine Gefühle nicht. Wie auch?

Wenn Finn mich gebucht hat, um mich in Kasachstan zu verscharren und ein Bild davon zu malen, heule ich!

Wenn es Lias ist, der aufgegeben hat, mich privat zu erreichen, und stattdessen eine Buchung gemacht hat, um mich übers Wochenende auf eine Buchmesse mitzunehmen und mir aus Schuldgefühlen zwanzig Autoren vorzustellen, für die ich in Zukunft designen darf, freue ich mich.

Dass mich ein vollkommen neuer Kunde gleich ein Wochenende lang bucht, ohne zu wissen, ob ich beim Vögeln vielleicht vom Bett falle – soll passieren! –, kann ich mir nicht vorstellen.

Es können eigentlich nur Finn oder Lias sein. Der Dritte scheidet aus. Pascal würde mich nicht mit nach Frankreich nehmen. Oder sonst wohin. Zusammen reisen ist zu intim. Zu nah. Das hält er nicht aus. Und mich würde es verwirren. Ich weiß nicht, ob ich ihm so nah sein kann, ohne Blödsinn zu denken.

Komm schon, Tina! Wälz dich vom Psychologen deiner Mutter runter und schick mir die verdammte Buchung!

Ich trotte seufzend auf meinen Kühlschrank zu und schnappe mir die Weinflasche, die Kevin hiergelassen hat. Was ich ihm erzähle, weiß ich noch nicht. Vielleicht, dass ich eine Reise gewonnen habe oder dass ich spontan …

Es piepst! Ich stürme zu meinem Laptop, stolpere beinahe über das Ladekabel und öffne meinen privaten Posteingang.

süßeschlampe1111@gmx.com

Ich denke zuerst, es ist Spam, aber im Betreff steht ›Buchung Emma‹.

Süßeschlampe1111?

Echt jetzt, Tina? Scheiß drauf! Endlich!

Als ich zu lesen beginne, klopft mein Herz wie wild.

Buchungsbeginn: Freitag, 06:00 Uhr

Buchungsende: Sonntag, 24:00 Uhr

Veranstaltungsbuchung – festliche, elegante Kleidung (kirchentauglich)

Flugtickets und Einladung im Anhang.

Ich scrolle und klicke und scrolle und klicke – nichts. Tina! Bist du besoffen?! Da steht weder ein Kundenname, noch hat sie einen Anhang hinzugefügt.

Die Frau macht mich fertig!

Hey!

Du hast vergessen, mir den Kundennamen und den Anhang zu schicken!

Danke für deine Mühe,

Emma

Wenn sie mich jetzt die ganze Nacht lang zappeln lässt, drehe ich durch!

Festliche, elegante Kleidung, die kirchentauglich ist. Das klingt nach … Hochzeit? Wer bucht denn eine Escort für eine Hochzeit? Ich weigere mich, jemanden zu heiraten! Schon gar nicht Finn in Kasachstan, bevor er mich zu Farbe macht!

Ups, sorry!

Hier mit Anhang. Der Kunde ist Marcel. Kennst du ja schon. Gute Reise! Ruf mich nicht an, ich weiß auch nicht mehr!!!

TINA

Ich fühle, dass ich schockiert und überrascht bin, aber ich habe keine Ahnung, wieso ich so grinse.

Pascal will, dass ich ihn auf eine Hochzeit begleite? Das macht absolut keinen Sinn. Meine Mundwinkel begreifen das aber nicht. Habe ich gerade gekichert? Ach, scheiß drauf, ist doch niemand hier, vor wem soll ich verstecken, dass ich einen Knall habe und mich wie Bolle freue?

Klar, ich könnte jetzt Gott und die Welt hinterfragen und seine Gedankengänge analysieren, ebenso wie die Tatsache, dass er rein gar nichts von einer Hochzeit erwähnt hat, aber scheiß doch drauf! Ich fliege mit dem mich schwer verwirrenden Eisprinzen nach ….

Ich klicke auf das Dokument, auf dem EINLADUNG steht.

Verona? Der Wahnsinn! Nora heiratet Andrea? Wie cool ist das denn? Lesbenhochzeit!

ÜBER DIE AUTORIN

Jasmin Romana Welsch wurde 1989 in Graz geboren und lebt auch heute noch mit ihrem Freund und ihrer Hündin Yuki in der Steiermark. Obwohl sie bereits im Teenageralter das Schreiben für sich entdeckte, begann sie ein Jurastudium. Erst nach der Veröffentlichung ihres ersten Romans widmete sich die junge Autorin gänzlich der Schriftstellerei. Aus ihrer Feder stammen mehrere Jugendbücher, in denen sich fast immer humoristische, aber auch dramatische Akzente wiederfinden.

Kontakt

Homepage: www.jasminromanawelsch.com

Facebook: www.facebook.com/ JRWelsch

Begegnen Sie den Charakteren aus 'Evig Roses' in ...

Jasmin Romana Welsch

Teach me Love: ONCE & TWICE

16. März 2018, Sternensand Verlag

616 Seiten, broschiert

€16,95 [D]

New Adult Liebesroman

Als Taschenbuch

Ein dekadentes Internat, zwei junge Lehrer und eine Studentin, die verspricht, diskret zu sein

Es gibt viele Gründe, um auszuziehen. Du hast einfach Lust auf einen Tapetenwechsel, dein Nachbar möchte plötzlich Death-Metal-Schlagzeuger werden oder dein Freund entdeckt seine Leidenschaft für gynäkologische Untersuchungen an anderen Frauen.

Ich würde wirklich gern den Death-Metal-Typen als Grund vorschieben, aber um bei der Wahrheit zu bleiben: Ich bin wegen der Sache mit dem Gynäkologie-Hobby ausgezogen.

Jetzt bin ich vorübergehend heimatlos. Wobei, ganz ohne einen Platz zum Schlafen muss ich nicht auskommen. Es gibt da diese Übergangslösung – eher unkonventionell, aber doch spannender als vermutet. Und heißer. Was hauptsächlich dem unwirklich attraktiven Französischlehrer zuzuschreiben ist, der verblüffend viel hinter dem höflichen Lächeln versteckt hält. Ein wenig trägt auch der knurrende Sportlehrer zu meinem reizvoll-frivolen Abenteuer bei, aber der Mann hat ein Dominanzproblem. Außerdem ist er ein Arschloch. Teilweise. Manchmal. Ich kann ihm trotzdem nicht aus dem Weg gehen, weil ich anscheinend einen Knall habe. Verknallt bin ich aber nicht! Das ist alles nur lockerer Spaß, den wir geheim halten müssen, da die beiden natürlich einen Ruf zu verlieren haben.

STERNENSAND VERLAG

Besucht uns im Netz:

www.sternensand-verlag.ch

www.facebook.com/sternensandverlag